L'ESPRIT,

OV

L'AMBASSADEVR,

LE

SECRETAIRE,

ET LE

PERE DE FAMILLE:

TRAITTEZ EXCELLENS

DE

TORQVATO TASSO;

Mis en nostre langue, par
I. BAVDOIN.

✤

A PARIS,

Chez AVGVSTIN COVRBE, au
Palais, à l'Enseigne de la Palme.

M. DC. XXXII.

Auec Priuilege du Roy.

A
MONSIEVR
LE BARON,
DE POYANE.

ONSIEVR,

*Bien qu'il soit
tres-veritable que les
Vertus des Predecesseurs
ne passent pas quelque-
fois à leurs descendans, si*

est-ce qu'il arriue le plus
souuent que les Lions
& les Aigles se portent
de leur nature à pro-
duire leurs semblables,&
mesme que les Creatures
inanimées se ressentent
necessairement de l'influ-
ancë des Astres qui les
engendrent. Que si cette
verité a lieu parmy les
Animaux imparfaits, à
plus forte raison le doit
elle auoir en l'Homme,
qui est leur Maistre, &

leur Roy. Elle paroiſt
manifeſte en vous, qui
de la Nobleſſe que vous
tenez hereditaire de vos
Anceſtres, en tirez cet
aduantage, de iouïr non
ſeulement de la gloire de
voſtre Naiſſance ; mais
de celle qui eſt legitimement deüe à vos propres
actions. Vous auez vn
Pere, MONSIEVR,
que le ſiecle où nous
ſommes ne peut aſſez ad-
mirer, & qui poſſede tou-

tes les plus hautes qua-
litez qu'vne genereuse
Nature sçauroit auoir
mises en vn Gentilhomme
de son merite. Quelque
soing que prenne la Re-
nommee de les publier, elle
n'en parlera iamais assez
dignement ; & pour
grandes que soient ses
loüanges, elles se trouue-
ront trop petites à com-
paraison des merueilles
qu'il a faites. La force
de son courage a sceu re-

sister aux plus violents
efforts des Ennemis de la
France, & la sincerité de
son Ame s'est tousiours
monstrée inesbrâlable au
seruice de sa Patrie. Tesmoing le Pays de Lan-
nes, où il a plû au ROY
l'establir pour Lieute-
nant, charge que deffunct
son Pere auoit aussi exer-
cée ; Et tesmoing encore
la Ville d'Ax, qui parmy
les applaudissemens &
les acclamations vniuer-

selles est par luy mesme si
sagement gouuernée, qu'il
n'est pas possible de rien
adiouster, ny au soing
continuel, ny à la vigi-
lance infatigable qu'il y
apporte. Comme tous ces
effects sont nobles au dernier poinct, lon en peut
appeller de mesme du
tout illustre la cause; qui
procede en luy d'vn in-
uiolable zele au bien de
l'Estat, & au seruice de
nostre PRINCE. Aussi

ne fut-ce pas sans suiet
qu'vn si IVSTE ROY
s'en estant allé en Bearn,
pour y faire executer la
main-leuee en faueur des
Ecclesiastiques, luy donna
le Gouuernement de la
ville de Nauarrains, &
vn peu apres la charge de
Lieutenant general au
Royaume de Nauarre,
& au pays de Bearn. En
ces employs, & en tous
les autres il a tousiours
esté soigneux des interests

du Public plus que des siens propres, & digne imitateur des Vertus de ses Ancestres, comme vous l'estes des siennes. J'appelle aussi son Chef-dœuure la Naissance qu'il vous a donnée, & le vostre, l'habitude que vous auez prise à luy ressembler entierement. Comme luy, MONSIEVR, vous estes doüé d'vn Esprit capable de toutes les grandes choses, d'vne Va-

leur inuincible dans les
dangers, & d'vne Gene-
rosité sans exemple. Com-
me luy vous sçauez l'Art
de gaigner les affections;
& ce vous est vne qua-
lité naturelle de n'auoir
de la hayne que pour le
vice. Comme luy vous
traitez obligeamment les
honestes gens, par le fa-
uorable accueil que vous
leur faites d'ordinaire; Et
pour le dire en vn mot,
Vous n'auez comme luy

que de loüables inclina-
tions ; parmy lesquelles
ie n'appelle pas vne des
moindres, celle qui apres
la gloire des Armes, esti-
mee la principale estude
de la Noblesse, vous fait
cherir à son imitation la
lecture des bons Liures.
Ie ne doute point,
MONSIEVR, que
celuy-cy ne soit de ce nombre, & que vous n'en
demeuriez bien tost d'ac-
cord, veu la connoissance

que vous auez de la lan-
gue de son Autheur ;
Aussi ne l'ay ie pas tra-
duit en la nostre , pour
me picquer de la vanité
de pouuoir adiouster le
moindre esclat à sa gloire,
mais plustost pour releuer
la foiblesse de mon style
par vn raisonnement si
haut que le sien, & par la
merueilleuse force de ses
pensees. Que si la Version
que i'en ay faite ne respŏd
à mon desir , il ne laissera

pas d'estre accomply, pour-
ueu que Vous me faßiez
l'honneur de la receuoir,
& qu'en vous la presen-
tant ie puiße vous asseu-
rer que ie suis,

MONSIEVR,

Vostre tres-humble seruiteur,
I. BAVDOIN.

EXTRAICT DV PRIVILEGE
du Roy.

PAr grace & priuilege du Roy, il est permis à Augu-
stin Courbé, Marchand Libraire à Paris, d'imprimer,
ou faire imprimer, & exposer en vente vn liure intitulé *les
Morales de Torquato Tasso*, diuisé en trois volumes, & mis
en nostre langue par *I. Baudoin* ; Et defences sont faites à
tous Libraires, Imprimeurs, & autres, de l'imprimer ny
faire imprimer, sans sa permission, ou de ceux qui auront
droict de luy: & ce pendant le temps de six ans, à compter
du iour que ledit liure sera acheué d'imprimer pour la
premiere fois, à peine aux contre-venans de mille liures
d'amende, confiscation des exemplaires, qui se trouue-
ront contrefaits, & de tous les despens, dommages &
interests, ainsi qu'il est plus amplement porté par les
lettres de Priuilege; Données à Mets le 26. Ianuier 1632.

Signé   *Par le Roy en son Conseil,*

VIGNERON.

ET ledit Courbé a fait transport de la moitié dudit
Priuilege à Toussaint du Bray, aussi Marchand
Libraire iuré à Paris.

Ce second Volume a esté acheué d'imprimer ce 16. iour
de Iuillet, 1632.

INVENIENTQVE VIAM AVT FATA
QVADERITQVE VOCATVS APOLLO
C'est jcy le portrait, l'exemple, et le sommet
Des plus rares Esprits;
Mais l'immortel crayon de Virgile, et d'Homere
Se voit dans ses Escrits.

L'ESPRIT,

OV
L'AMBASSADEVR.

DIALOGVE
DE TORQVATO
TASSO.

AV temps que le Soleil est à son leuer, & qu'il commence de luire sur l'horison, com-

me mes sens n'estoient
point enseuelis dans vn
profond sommeil, ny tout
à fait esueillez aussi, tellement que mon repos te-
noit vn milieu entre l'vn
& l'autre; ie fus tout eston-
né d'oüir que ce mesme
Esprit qui depuis quatre
ans en ça m'entretient paisiblement, s'en vint pres
du cheuet de mon lict, &
s'approchāt de mon oreil-
le; Dors-tu? me dit-il, d'v-
ne voix claire & charman-
te. A ces mots rompant
les liens qui tenoient mes
sens attachez, & les em-

peſchoient d'agir, ie m'eſ-
ueillay tout de bon, &
pour ſatisfaire à ce qu'il
me demandoit, ie dormois
en effet, luy reſpondis-je,
ou pluſtoſt ie ne faiſois
que ſommeiller : mais ta
voix m'a tout à fait eſ-
ueillé, & ie l'ay connuë
auſſi toſt par ſa douceur
merueilleuſe : car elle eſt
toute autre que celle des
mortels, & me ſemble ſi
agreable, qu'à chaque fois
que tu viens parler à moy,
ie te prendrois volontiers
pour vn des Eſprits du Pa-
radis, & te croirois en-

A ij

uoyé icy bas, pour adoucir
l'amertume de mes maux,
n'estoit que ie te trouue
plus prompt à la consola-
tion qu'à l'assistence. Cela
me met vn peu en peine, à
ne t'en point mentir, pource qu'il me semble que
les Anges n'apportent pas
moins de secours que de
reconfort, bien que d'ailleurs ie ne puisse veritablement iuger de ton estre, si
tu n'es ny vn Ange, ny vn
mauuais Esprit. Ce qui me
fait apprehēder quelques-
fois, que tu ne sois vn de
ces fantosmes qui s'appa-

roiſſent de nuict, & qu'vn
de nos Poëtes a nom-
mez

Eſprits d'erreur & de men-
ſonge,
Qui nous abuſent par le
ſonge.

A ces mots l'Eſprit me
ſembla hauſſer ſa voix plus
que de couſtume; & bien
qu'il parlaſt comme en colere, ſi eſt-ce que ie pris
garde qu'à ſon accouſtu-
mée, il entre-meſloit à ſes
parolles ie ne ſçay quoy de
doux & de rauiſſant. In-

grat, me dit-il, est-ce donc
ainſi que tu recompenſes,
tant de faueurs ſignalées,
& tant de bons offices, que
ie te rends tous les iours?
Aſſeuremēt tu m'as ſi fort
offenſé de m'appeller vn
fantoſme plein d'erreur,
que ie t'abandonnerois de-
formais, n'eſtoit que le
deuoir m'oblige d'obeir
de poinct en poinct à Ce-
luy qui veut que i'aye vn
particulier ſoin de toy, &
que ie te prenne en ma
protection. A ces langa-
ges ie deuins tout à coup
honteux & faſché, ſi bien

que me tournant du cofté
d'où venoit fa voix ; De
grace, luy refpondis-je,
pardonne à ma fragilité;
ou fi tu ne veux fouffrir à
mon ignorance de douter
des chofes, ne m'ofte pas
du moins la confolation
de me pouuoir plaindre.
Car ie trouueray à mon
mal vne efpece d'allege-
ment, s'il m'eft permis de
te dire le mefme qu'Enée
dit à fa mere, laffé des per-
fecutions de la fafcheufe
Iunon.

Pourquoy par vne fausse
image
Trompes tu ton fils tant de
fois;
Et pourquoy n'a t'il l'ad-
uantage
D'oüir ta veritable voix?

Que si ie ne me trompe,
tu me sembles plus cruel
qu'elle, en ce que tu ne te
monstres iamais à moy, au
lieu qu'elle se presentoit
quelquesfois à ses yeux,
soubs vne forme emprun-
tée; il est vray que tu me
fais ouyr ta voix, & par

conſequent que tu as vn
corps, pource que la voix
ne ſepeut former que par
le moyen de la langue ;
mais cela ne ſert que d'accroiſſement à mes deſplai-
ſirs, & à mon enuie. Que
ſi tu as vn corps, pour-
quoy ne le fais tu voir?
Eſt-ce qu'il y a plus de
contentemēt à t'ouyr qu'à
te regarder, ou que tu n'es
qu'vn pur effet de mon
ſonge, ainſi que i'ay dit
tantoſt, & qu'eſtant com-
me la creature de mon
imagination, tous les diſcours que tu m'as tenus

iusques icy ne peuuent
estre qu'imaginaires? A ces
parolles l'Esprit s'estant
pris à rire; Ton extraua-
gance, me dit-il, née de
l'excez de tes ennuis, me
fait tourner en risée toute
ma colere. Car il semble
à t'ouyr parler, que ie sois
quelqu'vn de ces Fantof-
mes que ton Poëte a def-
crits, ou quelque Ombre
nocturne de celles que
les bonnes femmes ont
accoustumé de coniurer
parmy l'horreur des tene-
bres. Toutesfois bien que
dans l'opinion que tu en

as tu me sois vn iuste sujet
de mocquerie , si est-ce
que ton ignorance me fait
pitié, & m'oblige en quelque façon à t'esclaircir de
tes doutes. Puis qu'il est
donc vray que toute la
connoissance que vous au-
tres mortels auez icy bas,
procede du sens ou de l'intellect, ie me veux seruir
du premier, & y ioindre la
raison, pour te descouurir
des particularitez & des
secrets touchant les cho-
ses qui me regardent, où
possible tu n'as iamais creu
de pouuoir atteindre. Pour

te les mieux faire com-
prendre, ie dis, que ſi tu
dormois, tu ne pouɾrois ny
voir, ny ouyr, pource que
le ſommeil eſt vn lien qui
tient les ſens enchaiſnez.
Or eſt il qu'il n'y a point de
doute que tu vois, & pour
preuue de cela tu n'as
qu'à tourner les yeux vers
ce balcon, par les ouuer-
tures duquel tu verras
que le Soleil leuant paſſe
ſi pur & ſi clair, qu'apparemment il nous promet
vne fort belle iournee.
Quant à l'ouye, il eſt certain que l'vſage ne t'en eſt

point interdit, & que mes
parolles diſtinctemēt pro-
ferees penetrent dans ton
oreille. Mais afin que par
l'eſpreuue de tous les ſens,
tu ſois fortifié comme il
faut dans vne choſe dont
ie t'aſſeure, prends moy la
main droite, que ie te donne à baiſer pour vn gage
de ma foy.

En effet il eut à peine
acheué de parler ainſi, qu'il
poſa ſur moy ſa main, que
ie ſentis auſſi froide que
les glaces de l'Apennin.
Toutesfois pource qu'il la
tint quelque temps preſ-

fee fur mon bras , elle fe
refchauffa peu à peu , &
l'effet de cette chaleur fut
tel, que mon cœur s'en al-
legea de beaucoup, & fen-
tit ie ne fçay quel reconfort, que ie puis mieux
imaginer que defcrire. Cependant ce premier froid
que i'auois fenty, me fai-
fant croire qu'il ne procedoit pas d'vne main, mais
pluftoft d'vne dure piece
de glace, me faifit de telle
forte, que mes fens en furent comme perclus, &
mes membres immobi-
les. Mais enfin raffeuré par

cette derniere chaleur, qui
penetra iusques dans mon
ame, ie me donnay la har-
diesse de luy toucher sa
main, & de l'enlacer dans
la mienne, comme cer-
tains peuples du Nord ont
accoustumé de faire, quãd
ils s'en vont salüer leurs
Princes ; & il faut aduoüer
qu'elle me sembla si dou-
ce, & si polie, qu'elle eust
peu donner ensemble &
de l'amour & de l'enuie
aux plus belles Dames:
Neantmoins pource que
tout cela n'empeschoit
pas que ie n'eusse tousiours

les mesmes doutes qu'au-
parauant ; pour le reduire
à m'en esclaircir ; ie sçay,
luy respondis-je, que le
sommeil a cela de propre
d'assoupir tous les sens
exterieurs ; ce qui n'em-
pesche pas toutesfois qu'il
ne fortifie, & n'augmente
l'imagination, tant s'en
faut qu'il l'affoiblisse, &
la diminuë. La raison est,
pource que tandis que le
corps est enseuely dans le
sommeil, l'ame qui n'a pas
accoustumé d'estre oisiue,
ne trouuant pas à exercer
ses fonctions sur les sens
exterieurs,

exterieurs, se tourne vers
les Images des choses sensibles, qu'elle conserue
dans la memoire, telle-
ment qu'elle s'accommo-
de si bien de la diuersité de
ces formes, qu'il n'y a rien
hors de nous qu'elle ne se
puisse figurer en soy-mesme comme vray sembla-
ble; iusques là mesme
qu'elle vnit assez souuent
des choses qui ne sont pas
d'vne nature à estre jointes
ensemble: Et ainsi toutes
ces particularitez bien cõ-
siderees, ce n'est pas merueille si ie m'imagine de

B

songer maintenant, ou de raisonner en songeant; ny si ie pēse que ce que ie voy, & que i'oy est plustost dans l'imagination que dans la realité.

A ces mots l'Esprit s'estant mis à rire bien plus fort qu'auparauant, retira sa main de dessus moy: puis il commença de parler ainsi. Il y a souuent vne grande ressemblance entre les choses qui sont les objets des sens exterieurs, & celles qu'on s'imagine en songeant: De quoy toutesfois la personne qui

fonge ne peut donner vne
diftinction , mais bien
l'homme qui eſt eſueillé,
pource qu'alors il eſt capable de connoiſtre eſgale-
ment la difference qu'il y a
entre le vray , & les appa-
rences:comme par exēple,
ſi tu viens à te remettre en
memoire quelque ſonge
du paſſé , & à le comparer
aux diſcours que ie t'ay
faits autresfois , il té ſera
facile de voir que tu ne
ſonges point, puis qu'il eſt
certain que le conſente-
ment que preſte au ſon-
ge celuy qui dort,eſt gran-

dement foible , & que
chancellant toufiours, il
doute s'il fonge, ou bien
s'il ne fonge pas, quand il
vient à s'efueiller en fur-
faut. I'adioufte à cela
qu'aux fonges il n'y a ny
ordre ny fuitte , au lieu
qu'en noftre raifonnemēt
tout y eft reiglé. Car de
quelque façon que l'on
confidere vn fonge, l'or-
dre n'en eft iamais tel qu'il
y ayt de la liaifon, & qu'il
refponde à celuy d'vn au-
tre. Que s'il y a quelquesfois des fonges reiglez,
comme ceux des hommes

sages & temperez, cela
n'empesche pas qu'il ne
s'y trouue tousiours de
l'extrauagance, & mesme
aux plus naturels. Car ie
ne mets pas au rang des
vrays songes ceux des ma-
lades, ou des yurongnes,
qui pour la violente agi-
tation des humeurs sont
tousiours confus & tur-
bulents, joint que l'excef-
siue abondance des fu-
mees trouble l'imagina-
tion, comme l'impetuosi-
té des vents esmeut les riuieres les plus calmes.
Mais quant aux raisonne-

mens que ie te fay, ils sont
tels, qu'il n'y a rien de dis-
cordant en leurs parties,
& sont dans vne telle iu-
stesse, qu'à les bien considerer tu connoistras clairement, que l'harmonie en
est aussi parfaite que celle
de plusieurs veritez jointes ensemble. A toutes ces
raisons i'en adjousteray
vne autre, qui est que les
songes, dont lon se sou-
uient quand on ne dort
plus, sont facilement connus pour tels par celuy qui
se les represente, quand il
vient à s'esueiller. Or il

n'en arriue pas de mesme
en matiere du discours,
puis qu'il est certain que te
souuenant des choses que
ie t'ay dittes, tu ne penses
pas les auoir songées. Cela
estant, tu ne peux que mal
à propos tenir mon raisonnement pour vn songe, si
ce n'est que tu veuilles appeller de ce mesme nom
les vains succez de la vie
humaine, où vous autres
mortels ne trouuez rien
de durable, & qui ne soit
sujet à reuolution. Aussi
est il vray que tous ces objets qui se presentent à vos

sens, ne sont à propre-
ment parler que des maf-
ques de la verité, & de
foibles images des chofes
purement effentielles, que
vous ne pouuez voir icy
bas, pource que vous auez
les yeux de l'intellect tous
couuerts du voile de l'humanité. Que fi vous auez à
les ouurir quelque iour, ce
ne fera qu'en l'autre vie, où
leur beauté fera fi merueil-
leufe & fi manifefte, qu'af-
feuremēt vous vous moc-
querez de vous eftre ainfi
laiffés abufer par le paffé.

Voila ce que me dit l'Ef-

prit, le difcours duquel
redoublant defia l'enuie
que i'auois de luy en oüyr
dire dauantage; Il me femble, luy refpondis-je, que
ces dernieres parolles fe
doiuent entēdre des Idees,
dont il eft fouuent parlé
dans les Efcholes des Philofophes. Mais ie voudrois
bien fçauoir fi l'on ne peut
pas les voir encore en ce
monde? On le peut en ef-
fet, me repliqua-t'il, pourueu que ce foit par vne
grace particuliere de quelque Genie, qui ait autant
de bonne volonté pour

autruy , que i'en ay pour
toy. Que si tu desires d'en
estre mieux esclaircy, possible trouueras-tu que par
le moyẽ de Venus, son fils
Enee eust le bon-heur de
voir ces mesmes Idees,
comme ton Poëte le de-
monstre par ces vers :

Durant la nuict la plus es-
pesse
Elle vint briller à mes yeux,
Telle qu'elle paroist aux
Dieux,
Se confessant estre Deesse.

Tu peux voir par là qu'elle

se monstra sans doute à Enee, non comme vne personne mortelle, mais comme vne Deité. Ce qui est encore declaré par ces parolles, que Virgile dit en suitte:

Regarde, car ie consens
A dissiper les nuages ;
Qui par de fausses images
Peuuent offusquer les sens.

Et vn peu apres elle le fortifia dans cette creance, en luy faisant voir Neptune, Pallas, & Iupiter.

L'Esprit vouloit passer

outre; mais ma trop gran-
de curioſité fut cauſe que
l'interrompant; il me ſemble, luy dis-je, qu'en cet
endroit Enee ne vit pas
propremẽt les Idees, mais
bien les Intelligences,
d'autant que Neptune,
Pallas, Iupiter, & Iunon
ne ſont autre choſe, que
celles des Spheres qu'on
leur attribue. Tes parol-
les, reſpondit l'Eſprit, ont
aſſeurement preuenu les
miennes. Que ſi tu conſi-
deres comme il faut ce
que i'ay dit n'aguere, tu
trouueras qu'Enee vid poſ-

fible les Intelligences, fans
que toutesfois on le doi-
ue affeurer. Ce que ie n'ay
pas auffi fouftenu affirma-
tiuement , comme fça-
chant bien que Iunon, &
Neptune fe prennent pour
les Intelligences de l'eau,
& de l'air, & que par le
nom de Venus fe doit en-
tendre ce haut Efprit, qui
fait mouuoir le troifiefme
Ciel. Mais quant à Pallas,
comme on ne luy attribuë
ny le mouuement ny la
conduitte de pas vn globe
celefte, lon ne peut di-
re par confequent qu'elle

soit vne Intelligence desti-
née au gouuernemēt d'au-
cune Sphere d'enhaut. De
maniere qu'il est vray semblable qu'estant née du
cerueau de Iupiter, elle ne
peut mieux estre nommée
que l'Idée vniuerselle du
monde ; qui est la crea-
ture, & la fille aisnée de
Dieu.

Icy l'Esprit s'imposa si-
lence, & me laissa dans vn
estonnement si profond,
que pour l'obliger à con-
tinuer ; certainement, luy
dis-je, il faut que i'aduoüe
qu'à cette fois ie suis es-

ueillé, & que ie n'ay fait
que dormir par le passé,
puis qu'apres auoir si souuent leu & releu le Poëte
diuin, ie n'ay iamais eu
l'esprit d'ouurir les yeux à
la consideration de si hautes merueilles. C'est pourquoy si tu veux estre en-
uers moy ce que fut jadis
Venus à Enée, comme elle
estoit la Deesse d'amour,
tu me dois traiter, ce me
semble, aussi amiablement
qu'elle traita son fils, &
par vne grace particuliere,
me rendre digne de voir
ces merueilleuses Idées, &

ces Intelligences dont tu
me fais prendre enuie. Ce
que tu veux sçauoir, re-
partit l'Esprit, est vne chose de si grande consequence, qu'il n'est ny permis à
toy de le desirer, ny à
moy non plus de te l'o-
ctroyer. Toutesfois, si tu
veux que ie satisfasse à vne
partie de ton desir, il faut
que tu sçaches, que les
Dieux, ou les Demons se
rendent visibles en deux
façons. Car vous autres
mortels voyez les formes
immortelles, ou pource
qu'elles vous purifient la
veüe

veüe de telle forte, que
vous pouuez fupporter
l'efclat de la Diuinité, ou
bien à caufe qu'elles prennent vn corps, qui peut
eftre vn objet proportionné à vos fentimens hu-
mains. Quand vous les
voyez donc de la premiere
façon, vous pofez ce que
vous auez de terreftre, &
par le moyen de la fplen-
deur de ces formes in-
corruptibles, vous diffipez
loing des yeux de l'enten-
demēt toutes ces vapeurs
& ces nuees, qui peuuent
s'exhaller ou de l'imagi-

nation, ou du sens, & qui
ont accoustumé de seruir
d'obstacle à la veüe des
choses vniuerselles, & immortelles, comme nous
voyons que les vapeurs
qui s'esleuent en l'air chã-
gent ordinairement l'as-
pect des Estoilles , & les
font paroistre tãtost moindres , & tantost plus grandes, ou moins esclattan-
tes qu'elles ne paroistroiẽt
à nos yeux, sans ce broüil-
lard qui s'y oppose com-
me vn voile. Mais toutes
les fois que ces formes
immortelles se monstrent

à vous en la seconde ma-
niere, il faut de neceſſité
qu'elles empruntent vn
corps, & qu'il y ayt en
elles & le mouuement &
les circonſtances, qui ac-
compaignent la nature
corporelle & viſible. Or
l'vne & l'autre de ces ma-
nieres ne furent point in-
connuës à l'excellent Poëte de qui i'ay allegué l'authorité. Car à bien conſiderer ſes vers, il s'y remarque qu'Enée fut porté
plus haut que la condi-
tion des mortels, quand
il eut le bon-heur de voir

C ij

Venus, par qui luy-mesmé
fut esleué à la contemplation des Intelligences &
des Idées. Mais lors que
Venus s'apparut à luy
soubs vne figure humai-
ne, & que Mercure luy
fut enuoyé par Iupiter, ils
poserent tous deux leur
diuinité, & s'accommo-
derent à la façon ordinaire
dont vous autres mortels
auez accoustumé de voir
les choses du monde. C'est
pour cela mesme que ton
Poëte ayant à faire voir
Venus à Enée, ne descrit
ny son habit, ny son corps,

& se contente de dire,

Qu'elle parût de nuict telle
qu'vne Deesse.

Aussi est-il vray que la lumiere n'est autre chose
que cette haute contem-
plation, qui nous separant
des tenebres de ce mon-
de , nous fait considerer
l'estre & la nature des
Dieux. Mais quand cette
Deesse se monstre à luy
soubs vne figure humaine,
alors le mesme Poëte s'ar-
reste à descrire de poinct
en poinct sa mine, sa taille,

& son vestement; & en
fait de mesme de Mercu-
re quand il dit :

Qu'il fend de ses deux ta-
lonnieres
La nuë, & les vagues al-
tieres;
Et tire les morts de l'Enfer,
Auecque sa verge de fer.

En suitte dequoy lors qu'il
le fait disparoistre, il monstre bien clairement qu'il
auoit pris vn corps d'air,
& le donne à connoistre
par ces vers :

Ayant cessé de parler,
Il s'esuanoüit en l'air,
Et sa forme, bien que vaine,
Semble toutesfois humaine.

Or pource que ie sçay bien que tu n'adioustes pas moins de foy à l'authorité de ce Poëte, qu'à celle des plus grands Philosophes, ie te veux monstrer la difference qu'il met entre les Fantosmes & les Dieux, quand ils se forment vn corps d'air. Voicy en peu de parolles la description qu'il fait d'vn Fantosme :

C iiij

La Deeſſe, ſans plus at-
tendre
Faict vn Monſtre confu-
ſement,
Qui ſemble auoir du mou-
uement,
Et parle ſans ſe faire en-
tendre.

Par où tu peux voir à mon
aduis, que les attributs de
ce Fantoſme, qui n'eſt
qu'vne Ombre, dont les
paroles ſont vaines, &
n'ont ſeulement que le
ſon, ſans ſe faire enten-
dre, ne ſe remarquent

aucunement en moy, veu que mes raifonnemés ont du fens , & que ie m'en fers à exprimer mes penfees. Ce que tu peux mettre en doute maintenant, eft fi i'ay des forces ou non; Mais il fera meilleur pour toy de le croire, que d'en vouloir faire vne efpreuue. Car fi tu m'importunois pour te la donner, i'ay belle peur qu'elle ne fuft telle, que tu n'en remuerois iamais.

Il n'en dit pas dauantage, & me fit prendre enuie à moy-mefme de ne

plus parler, comme ie vis
qu'il auoit finy son dis-
cours par des menaces.
Mais luy, qui par mon si-
lēce, s'apperçeut bien que
i'apprehendois de luy estre
importun, me sçeut r'as-
seurer accortement; & re-
prenant son discours; Tu
vois assez, continua-t'il,
que ie comınence mainte-
nant de satisfaire à ton desir; mais, pour te mieux
contenter, ie veux que tu
me voyes reuestu d'vn de
ces corps que nous qui
sommes des Esprits incor-
ruptibles auons accoustu-

mé de prendre en nous fai-
fant voir à vous autres
mortels. Sçache donc
qu'il eft d'vne nature prefque femblable à celuy que
ton ame porta du Ciel
quand elle fut jointe à fon
corps : car i'ay à t'aduifer
d'vne chofe tres-impor-
tante, qui eft, que l'ame
eftant pure, fimple, & im-
mortelle, pourroit difficilement s'accompagner de
ces membres foibles &
terreftres, fi elle n'auoit
vn corps plus pur, plus leger, & plus fubtil que l'ordinaire. Que fi tu me con-

fideres bien, tu pourras voir en partie quel eſt ce corps, que ie compare à vne eſcorce encore ten-dre, & qui eſt couuerte d'vne autre eſcorce plus dure.

Ayant acheué de parler ainſi, il frappa ſoudain contre vne feneſtre; qui s'ouurit tout à l'inſtant auecque la meſme vio-lence, que ſi vn tourbil-lon de vent l'euſt choc-quée. Alors toute la cham-bre fut eſclairée de mille rayons, comme au leuer du Soleil; & parmy cette

clarté extraordinaire, qui
m'esbloüiſſoit au lict où
i'eſtois couché, il s'apparut à moy vn garçon, qui
ſembloit ſortir d'enfance,
pour entrer dans la jeuneſſe. La barbe ne commen-
çoit pas encore à luy poin-
dre, & les traits de ſon viſage eſtoient ſi rauiſſants,
qu'il ſeroit beaucoup plus
facile d'imaginer, que de-
peindre vne beauté auſſi
parfaite que la ſienne. Il
auoit tous les mēbres bien
proportionnez, le teint
plus blanc que du laict, les
cheueux de couleur d'or,

& les yeux bleus, tels qu'Homere les attribuë à la Deeſſe d'Athenes. Là brilloit ie ne ſçay quoy de diuin, & de ſi agreable, qu'encore que ie fuſſe eſ-bloüy par leur trop grande lumiere, ſi eſt-ce que les graces qui s'y remarquoiẽt ne laiſſoient pas d'en mo-derer l'excez. Il auoit les mains grandement belles, de l'vne deſquelles, à ſça-uoir de la gauche, il tenoit deux gands, & de l'autre il s'appuyoit ſur vne table. Quant à ſon habillement, il eſtoit auſſi beau que

pourroit eftre celuy du
Courtifan le plus lefte
qu'on fçauroit trouuer,
& le mieux veftu à la mo-
de. Mais ce qu'il y auoit de
plus remarquable en fon
habit, eftoit vne ceinture
de velours en broderie
d'argent, faite fi artifte-
ment, qu'encore que les
figures en fuffent petites,
fi eft-ce qu'à les regarder
de loin, elles ne laiffoient
pas de paroiftre grandes.
Voyant que les Images
du Ris, du Ieu, & des Graces y eftoient reprefen-
tées, ie m'imaginay d'a-

bord que c'estoit la mef-
me ceinture de Venus, qui
par vne secrete vertu rend
les personnes aymables,
& mesme ie creu qu'elle
la luy auoit possible pre-
stée, comme elle fit au-
tresfois à Iunon. En cet
esquipage il se fit voir à
mes yeux, & si charmant,
& si beau, qu'il me sem-
bla veritablement que tel
deuoit estre l'Amour quãd
il deuint amoureux de Psi-
ché. Or ce qui m'estonna
dauantage ; fut de voir
qu'il n'estoit pas seul, mais
accompagné d'vn grand
nombre

nombre d'enfans fembla-
bles à de petits Amours,
qui fe tenoient affez loin
de luy par vne maniere de
refpect. Il n'y en auoit
qu'vn feulement, qui plus
grand que les autres, &
plus qualifié qu'eux, les
joignoit de fi pres, qu'ils
pouuoient parler enfem-
ble fans eftre oüys. D'a-
bord tout rauy de ces merueilles, ie tournay les yeux,
tantoft vers l'vn, & tan-
toft vers l'autre; Mais enfin vaincu par ie ne fçay
quel defir, i'attachay mes
yeux fur le vifage de celuy

D

qui me sembloit estre le
Roy des autres, & apres
que ie me fus vn peu remis
de l'estonnement où i'e-
stois, ie commençay de
luy tenir ces langages. Si
tu es Cupidon, & si tous
ces autres enfans qui t'ac-
compaignent sont pareil-
lement les petits Amours,
d'où vient que vous n'a-
uez tous point d'ailes ? Ie
ne te demande pas où sont
tes flesches, pource qu'encore que tu n'en ayes au-
cunes, ny point de car-
quois,ie ne laisse pas pourtant d'en sentir secrete-

ment les blesseures ; Ce
qui me fait croire que tu
n'as pas voulu rendre visibles ceux-cy seulement,
te contentant qu'ils fus-
sent connus d'vne autre
maniere. S'estant mis à
sousrire à ces mots ; Ie
n'empesche pas , me res-
pondit il, que tu ne croyes
tel que tu voudras l'effet
des dards que tu m'attri-
bues ; mais pour le regard
des ailes , quand ie serois
l'Amour mesme, & que ie
les aurois posees , tu ne
deurois pas t'en estonner,
ce me semble. Car il ne me

doit pas estre moins per-
mis qu'à vous autres hom-
mes de me desguiser, puis
qu'aussi bien nous som-
mes au Carnaual. Par ces
parolles m'ayant fait douter s'il estoit l'Amour, ou
bien s'il ne l'estoit pas, ie
voulu m'en esclaircir, &
continuay mon discours
ainsi. Tu as dit n'aguere
que tu voulois prendre vn
corps semblable à celuy
que mon ame a reçeu du
Ciel, sans considerer qu'vn
peu auparauant tu auois
mis en auant, que vous
autres Esprits auez accou-

ftumé de prendre vn corps
d'air, pour vous rendre vifibles aux mortels. Mais
ie ne voy pas que ces pa-
rolles s'accordent entre
elles, ny mefme auec ton
vifage. La raifon eft, pource que la lumiere de ton
corps tient pluftoft du fir-
mament que de l'air. Que
fi le mien eft celefte, côme
tu dis, à plus forte raifon
le tien le deuroit il eftre.
Tu t'abufes, me refpon-
dift-il, & t'arreftes à des
queftions que ie treuue vn
peu trop curieufes. Ie fuis
contêt neantmoins de t'en

esclaircir; à cōdition qu'a-
pres cela tu ne m'importu-
neras plus, pour en sçauoir
dauantage, ny pour t'en-
querir des choses qui sont
au dessus de toy. Sçache
donc qu'il n'est pas incōpa-
tible que mō corps ne soit
ensemble aëriē & celeste.
Car bien que ce Philoso-
phe que le vulgaire met par
dessus tous les autres, soit
d'opinion que le Ciel est
d'vne essence tout à fait
differente de celle des quatre Elemens, suiuant en cela pour guide le mouue-
ment ; qui pour estre au

Ciel d'vne autre façon
qu'il n'est aux corps pe-
fants, ou bien aux legers,
luy fait tirer cette confequence, que la nature en
eft diuerfe; fi eft-ce que
fon Maiftre, qui euft vne
plus grande connoiffance
de nous, & des chofes
d'en-haut, en a iugé bien
autrement, quand il a dit
que le Ciel qui eft compofé des quatre Elemens, ne
l'eft pas de fes parties
plus corruptibles, mais des
moins impures, qui ont
les vertus des Elements,
& non pas leurs imper-

fections ny leurs vices.
Pour preuue de cela, tu
n'as qu'à regarder le Ciel,
& tu verras qu'il a la tranf-
parence de l'air & de l'eau,
la clarté du feu, & la refi-
ftence de la terre ; ou fi tu
veux, cette qualité qui le
rend vn corps folide &
palpable. Il n'eft pas que
tu n'ayes ouy dire quel-
quesfois, qu'au commen-
cement Dieu fepara les
eaux d'auecque les eaux,
& que tu ne fçaches auffi
qu'il y a là haut des four-
ces de pluye, que nous
voyons tomber auec vio-

lence, quand les catara-
ctes du Ciel sont ouuer-
tes. Cela estant, tu ne
dois point t'estonner de ce
que i'ay dit de l'air, ny tenir pour incompatible que
i'aye tiré mon corps du
Ciel, & qu'il soit aërien;
ce que toutesfois ie ne te
nie point, & ne l'affirme
non plus, pource que ie ne
veux pas t'asseurer encore
si ie suis entieremēt aërien
& celeste ensemble, ou
simplement reuestu d'air,
comme sont plusieurs Es-
prits de ceux qui sont leur
demeure au Ciel, qui pour

n'esbloüir vos yeux d'vn
trop grand esclat, pren-
nẽt quelquesfois vn corps
de ce mesme air qui se re-
sout si facilement.

L'Esprit eut bien à pei-
ne acheué de parler ainsi,
que ie recommençay de
luy dire : Ie ne sçaurois tirer d'autre consequence
de tes parolles, sinon que
tu es vn Esprit aërien, ou
Celeste, ou Elementaire.
Quoy qu'il en soit, rap-
portant ce que tu dis à ce
que ie me souuiens d'a-
uoir leu autresfois ; Ie te
prends pour mon Genie

tutelaire, à qui appartient
le soing de ma conduitte:
car cet autre, qui preside
à l'appetit concupiscible,
& qui le rend enclin à la
generation, est de la na-
ture de l'eau, si ce que i'en
ay autresfois appris est veritable; ou mesme c'est de
luy que l'eau emprunte
cette secrette vertu d'estre
plus feconde que ne font
tous les autres Elemens,
comme le demonstre la
prodigieuse grandeur des
animaux qu'elle produit;
ce qu'on ne peut pas dire
de ceux qui fendent les

i / arts. Mais d'vn autre cofté
tu me fembles eftre l'A-
mour; car bien que tu ne
reueilles point en moy la
concupifcence, ny le defir
d'engendrer, ie ne laiffe
pas toutesfois de fentir
que des rayons de tes
yeux s'eflance droit aux
miens vne certaine vertu,
qui paffant iufques au
cœur, produit en moy ie
ne fçay quelle enuie des
belles chofes, qui me fait
fouhaitter ardemment de
les mettre au iour. Auec-
que cela mon ame brufle
d'impatience de prendre

des ailes pour s'esleuer aux
Beautés celestes; & desia
mesme ie sens vne certai-
ne demangeaison, sembla-
ble à celle que sentent les
enfans quand les dents
leur viennent, ou bien les
oyseaux, lors qu'apres
auoir esté quelque temps
à muer, ils se recouurent
d'vn mol duuet. Mais re-
mettant à ton retour à dire ce que i'entends par les
ailes dont ie parle, ie te diray maintenant que pour
ma consolation ie vou-
drois bien voir les tiennes.
Que si tu es l'Amour, ce

n'eſt pas merueille que tu
les puiſſes poſer quand tu
veux, bien que d'vn autre
coſté il me ſēble fort difficile que tu les deſpouilles,
s'il eſt ainſi que tu ſois cet
Amour Celeſte, que vous
autres mortels auez ac-
couſtumé de nommer Aiſ-
lé en vne langue bien differente de la noſtre. La raiſon eſt, d'autant que s'il
faut tenir pour veritable
ce que i'en ay appris, ce
diuin Amour a touſiours
ſes ailes, & ne les quitte
iamais, pource qu'il en a
beſoin à voler.

Comme i'eus finy mon
discours. Te voyla, me
respondit-il, dans le plus
haut poinct de mes se-
crets, dont ie ne veux pas
t'esclaircir encore. Tou-
tesfois afin de ne t'abu-
ser, sçache que quand
mesme ie serois l'A-
mour Aërien & Celeste,
car ie ne suis point asseu-
remēt vn esprit aquatique,
il ne seroit pas incompatible que ie ne peusse auoir
des ailes, sans que pour
cela tes yeux les vissent.
Mais comme ie ne t'ad-
uoüe pas d'estre l'Amour

Celeste, ainsi ie t'asseure
que ce mesme Amour a
veritablement deux ailes,
qui sont si grandes, qu'il
en couure presque tout le
monde. L'vne s'estend
vers l'Occident, & l'autre
vers l'Orient, lors que cet
admirable Genie assis en
son throsne a le dos tour-
né au Midy, & le visage
du costé du Septentrion.
Il m'entretenoit de ces
excellens discours, par
qui ma curiosité ne pou-
uoit estre bien satisfaite,
lors qu'ayant pris garde
que les choses qu'il me cachoit,

choit , ne faiſoient que
m'engager plus fort dans
mes doutes ordinaires ,
i'adouë, luy dis-je , que tu
m'as fort bien prouué que
ie ne ſonge point ; mais
pource que tu n'as pas ſatisfait entierement à ma
doute,ie penſe à part moy,
s'il eſt poſſible que ce ſoit
icy l'imagination non pas
d'vn homme qui dort ,
mais bien d'vne perſonne
eſueillee , qui ſe laiſſe emporter à ſa fantaiſie. Car en
effet, il n'eſt pas à croire
combien eſt grande la force de l'imagination ; Et

E

quoy qu'elle semble estre
plus puissante que iamais,
quand l'ame se ramasse en
soy-mesme , lors qu'elle
n'est point occupée à exercer les sens exterieurs; il
ne laisse pas neantmoins
d'arriuer quelquesfois ,
qu'elle les force, s'il faut
ainsi dire, par vne estrange
violence , & les abuse de
telle sorte, qu'eux mesmes
ne sçauent point distin-
guer leurs propres objets;
ce que i'ay appris par la
lecture de ces grands Poëtes, ausquels il est raisonnable qu'õ adiouste beau-

coup de foy. Car ie me
fouuiens que Petrarque
dit :

Bien que mille objets ie re-
garde,
Si ne voi-je tant feulement
Que celle par qui mon tour-
ment
Naiſt du beau feu qu'elle
me darde.

Et auant luy le Prince des
Poëtes exprime ainſi l'ardente paſſion de l'amou-
reuſe Didon :

Absente elle le voit absent,
L'entretient, l'escoute, & le
sent.

Ce qui est encore cause que par vn effet de la mesme imagination Horace s'escrie :

Bacchus, qui de ton Am-
brosie
Me viens remplir à cette
fois ;
Dans quels antres, & dans
quels bois
Transportes-tu ma fan-
taisie ?

A quoy se rapportent en quelque façon les vers du Poëte Dante , qui apres auoir veu l'ombre d'Assuere, de Mardochée, & de Lauinie fait à bon droit cette exclamation :

O qu'vn plaisir est impar-
  fait,
S'il ne tire son origine,
Que du seul bien qu'on s'i-
  magine,
Sans le posseder en effet!

Aussi, à dire le vray, l'on ne peut nier que l'Esprit ne s'esgare quelquesfois,

& que soit qu'on doiue
appeller cela folie, com-
me celle d'Oreſte & de
Penthée, ou fureur diui-
ne, comme il ſe remarque
en ceux qui ſont pris d'a-
mour ou de vin; tant y a
que l'effet en eſt tel, qu'elle ne peut pas moins bien
que le ſonge repreſenter
pour veritables les choſes
fauſſes. Ie diray bien dauantage; c'eſt qu'elle ſemble le pouuoir faire facilement, pource qu'au ſom-
meil, il n'y a que les ſens
qui ſoient liez, au lieu
qu'en la fureur dont il eſt

queſtion , la raiſon eſt tout à fait empeſchée, & l'eſprit troublé. Cela me fait mettre en doute quelquesfois, ſi ie ne dois point tenir pour veritable ce que i'oys dire ordinaire-ment de ma folie, & ſi ma viſion n'eſt point ſembla-ble à celle de Penthée, ou d'Oreſte. Il eſt vray que n'eſtant pas coupable d'vn forfait, tel que le leur, s'il faut qu'il y ait en moy vne eſpece de folie, ie veux croire qu'elle procede ou de Bacchus ou d'Amour. Car auec ce que ie me laiſse quelquesfois emporter au vin auec excez, ie confesse que i'ay trop de passion pour la beauté, & pour les bonnes graces de celle qui me pourroit rendre heureux par la moindre des faueurs qu'elle communique à ceux qui l'ayment le moins. L'Esprit se mit à sousrire, comme s'il eust pris plaisir à m'ouïr, puis il me respõdit ainsi. Ces mesmes raisons de la continuation & de l'ordre, qui te monstrent qu'il n'y a point de songe en ce que tu dis, peuuent

auſſi t'en apprendre la di-
uiſion. Car, comme le re-
marque fort bien Petrar-
que, que tu as allegué le
premier, l'erreur qui prend
naiſſance de l'imagination
n'eſt pas de durée. C'eſt
pour cela meſme que Dan-
te compare les Fantoſmes
à ces ampoulles qu'on
void s'eſleuer ſur l'eau en
tẽps de pluye, qui ne ſont
pas pluſtoſt formées, qu'elles ſe deſtruiſent. En quoy
toutesfois ie ne trouue pas
qu'il ſoit beaucoup raiſonnable en ſa concluſion.
Car bien qu'il ne faille pas

douter que l'allienation de l'Esprit ne puisse estre vn obstacle à l'operation des sens, si est-ce qu'il ne les trouble pas dauantage que fait le songe.

N'estant pas entierement satisfait de cette response, qui m'engagea dans vne nouuelle doute; Certainement, luy dis-je, si tu veux que ie croye tout à fait que tu es vne vraye substance, qui pour ma satisfaction as pris vn corps visible, il faut necessairement que tu me preuues qu'il n'est pas in-

compatible, qu'il n'y ayt
des Demons & des An-
ges, par deſſus le nombre
des Intelligences, qui reſ-
pondent à celuy des Sphe-
res celeſtes. Car s'il y a des
Demons, leurs ſubſtances
ſont corporelles, ou elles
ne le ſont pas, ou eternelles, ou corruptibles. Or
eſt il, qu'à le prendre de
quelque façon que ce ſoit,
il y a touſiours de l'inconuenient. D'ailleurs l'hu-
maine raiſon, qui en ma-
tiere de Philoſophie n'entre dans la vraye conſe-
quence des choſes que par

la voye du mouuement,
semble ne trouuer pas ce
qu'elle cherche touchant
les Demons. Que si ie te
prenois toy-mesme pour
vne de ces Intelligences
dont ie viens de parler,
comme ton visage le de-
monstre, quelle opinion
faudroit il que i'eusse de
tous les autres Esprits? Or
tu sçais bien que les Intelligences mesme ne sont
pas connues de la raison, si
ce n'est en tant qu'elles
donnent le mouuement
& le bransle aux corps celestes. A quoy certes estans

fans ceſſe occupees, il n'y
a pas d'apparence qu'elles
quittent le Ciel, pour s'a-
muſer icy bas. I'adiouſte à
cela, qu'il n'eſt pas croya-
ble que le nombre en ſoit
plus grand que des Sphe-
res qu'elles font mouuoir,
la nature n'ayant pas ac-
couſtumé de multiplier les
choſes mal à propos, &
fans qu'il en ſoit beſoin.
Que ſi elles eſtoient en
plus grand nombre que
les globes qu'elles agi-
tent, il faudroit qu'elles
fuſſent oyſiues; ce qui ne
s'accōmoderoit pas bien

à la nature des chofes du
monde , qui ont toutes
leur propre operation, &
ne font pas fufceptibles
d'oyfiueté.

Ces parolles vn peu fub-
tiles, firent que l'Efprit redoublant fa voix; A ce que
ie voy , me refpondit-il,
tu prends contre moy les
mefmes armes que les
Geans prirent autresfois
pour faire la guerre aux
Dieux. Mais fi tu ne veux
renouueller en toy-mef-
me l'exemple du chafti-
ment qu'ils fouffrirent, &
que pour te perdre, ie me

serue de ma colere com-
me d'vn esclat de foudre,
ne tarde point à les poser
bas auecque respect, pour
ouyr paisiblement toutes
les raisons que i'ay à t'alleguer au contraire. Par elles
ie te monstreray qu'il y a
des Demons, & quels ils
sont ; ce que ie feray en
deux façons, à sçauoir, &
par les arguments que ie
tireray des choses qui vous
sont les plus connuës à
vous autres mortels, ou
mesme par celles-là qui se
cachent à vos sens, & par
ces autres dõt nous auons

connoiſſance. Il faut pour
cet effet que ie me ſerue
premierement des preu-
ues qui touchent les ſens;
d'où paſſent dans voſtre
entendement toutes les
connoiſſances qu'il a, ſelon la maxime de vos Eſ-
choles , *Qu'il n'y a rien
dans l'intellect, qui n'ayt
eſté premierement dans le
ſens.* Ie dis donc que s'il
n'y auoit aucuns Demons,
l'on ne pourroit nulle-
ment iuger de la cauſe
de pluſieurs effets qui ſe
voyent; joint que le pro-
grez & l'ordre de la nature
ſeroient

feroient deffectueux en quelque façon & dans la difcorde. A quoy j'aioufte qu'il manqueroit ie ne fçay quoy à l'embelliffe-ment du monde, de maniere, que pour fauuer les apparences, & pour ne di-re qu'il y ayt ou du deffaut en la nature, ou de l'im-perfection en l'Vniuers, il faut neceffairement de-meurer d'accord qu'il y a des Demons, s'il eft ainfi qu'il y ait des Magiciẽs, des Sorciers, & des Demonia-ques, comme il n'en faut pas douter. Car fi cela n'e-

F

ſtoit, vos Loix auroient
en vain impoſé des peines
à ceux qui vſent de ſorti-
lege. Que s'il ſe trouue
quelqu'vn que l'authorité
des Loix ne ſoit pas capable de conuaincre; ie m'aſſeure que liſant l'Hiſtoire,
il ne pourra nullement
douter de l'eſtre des De-
mons, s'il ne veut nier
que les Grecs & les Ro-
mains ayent autrefois eſté.
Tu as leu les merueilles de
Simon l'Enchanteur, &
ce que firent jadis les Magiciens de Pharaon, lors
qu'à l'imitation de Moyſe,

ils conuertirent leurs ver-
ges en serpents. Que si de
l'Histoire des Chrestiens
ou des Iuifs, tu veux passer à celle des Gentils, re-
mets toy en memoire ce
qu'Apollonius de Tianée
a escrit de la table des
Gymnosophistes, des grã-
des choses que les Brac-
manes faisoient, & du
merueilleux moyen par
lequel Apollonius se tira
de la prison, où l'Empe-
reur Domitian le retenoit
iniustement. Mais possible
que tu ne voudras point
adiouster .foy à vn Escri-

uain qui n'eſt pas approu-
ué du commun conſente-
ment du monde; comme
en effet ie ſuis bien content que tu ne le croyes
point, ſi la raiſon te l'or-
donne ainſi. Tu ne peux
pas neantmoins t'oppoſer
à l'authorité de l'Hiſtoire
Romaine, puis qu'il n'eſt
point de nation ſi barbare,
ny ſi deſreglée en ſa Religion, qui ne tienne pour
veritables les choſes qui
s'en treuuent eſcrittes. Si
tu croys donc l'Hiſtoire
Romaine, pourquoy n'en
fais tu de meſme des Eſ-

prits ? Cet admirable ferpent, qui d'Epidaure & du
temple d'Esculape fuiuit
volontairement les Am-
baffadeurs des Romains
iufques dans leur ville; où
il ne fut pas pluftoft arriué
qu'il en chaffa la pefte;
qu'eftoit-il autre chofe
qu'vn de ces Genies tute-
laires, qui font deftinez
à guerir les maladies des
mortels ? Quelque grand
que foit vn Philofophe,
pourra-t'il iamais rendre
raifon, ou de l'arriuée extraordinaire de ce mer-
ueilleux ferpent, ou du fa-

F iij

Iutaire effet qu'il cauſa, s'il
ne côfeſſe qu'il y a des Demons & des Anges? Cet-
te ancienne Statuë de Iu-
non, qui vn peu apres la
priſe de Varus, interrogée
par vn ſoldat Romain, ſi
elle agreoit qu'on la tranſ-
portaſt à Rome, luy reſ-
pondit qu'elle en eſtoit
bien contente; Auroit-elle
peu dire ces mots, ſi quelque eſprit ne l'euſt animée
pour les luy faire proferer?
Aſſeurement le ſimulacre
de la fortune qui fut con-
ſacré au temps que Corio-
lan, vainqueur des ingrats

Romains, se laissa fleschir
par les prieres des Dames
à mettre les armes bas, &
se desister de sa victoire,
n'auroit peu iamais parler
deux fois, comme il fit,
sans l'assistance particuliere de quelque Esprit. Il
eust esté impossible de
mesme, que celuy qui ad-
uertit les Romains de la
deffaite du Roy de Mace-
doine, & qui leur en dit la
nouuelle le propre iour
que ce Prince fut vaincu,
leur eust donné aduis d'v-
ne chose si incertaine, &
qui s'estoit passée si loin

d'eux, s'il ne l'euſt appriſe
de deux Eſprits, qui mon-
tez ſur deux cheuaux blācs,
s'apparurent à luy par vne
voye extraordinaire.   A
cette merueille fut ſem-
blable encore celle qui aduint apres la bataille qui ſe
donna entre les Romains
& les Latins, lors qu'vne
voix fut ouye en l'air, diſant qu'il en eſtoit mort
plus d'vn, du coſté de ces
derniers. Toutes ces cho-
ſes ſans doute eſtoient des
effets d'vne creature im-
mortelle ; & il n'y pouuoit
auoir apparemment de la

Fourberie, comme aux responses des Oracles, que les Prestres faisoient parler à leur mode dans les lieux secrets, où ils se rendoient, n'y donnant entrée qu'à ceux qu'ils vouloiēt. Mais ces hautes merueilles que ie viens de rapporter ne furent ny faites de nuict, ny dans les cachettes des Temples, mais en plein midy, à la veüe des armées, & en pleine assemblée du Senat. Cela estant, l'on ne peut qu'iniustement mettre en doute de si grādes veritez, ny desmesler

ce nœud , comme font
quelquesfois les Poëtes
tragiques en l'explication
de leurs fables , sans l'assistance particuliere des Natures diuines & immor-
telles. Il faut donc bien
qu'il y en ait par dessus le
nombre qu'en prescrit le
Maistre des Peripateticiẽs,
& qu'elles s'occupent à
quelque autre chose qu'à
faire mouuoir les Cieux.

L'Esprit s'arresta icy
quelque peu , comme s'il
se fust appresté à quelque
autre argument, lors que
ces parolles faisans naistre

en moy de nouuelles dou-
tes; Tu dis, luy respon-
dis-je, que s'il y a des Magiciens, il faut qu'il y ait
aussi des Demõs, bien que
toutesfois il me semble
que la premiere condi-
tion ne presuppose pas vne
consequence necessaire :
car, si ie ne me trompe, en
ce que i'en ay ouy dire autresfois, par ce mot de
Magicien, se doiuent entendre les Negromãciens,
autrement les Enchan-
teurs, & ceux qui ne s'a-
musent qu'à connoistre
naturellement les secret-

tes proprietez des chofes.
Cela prefuppofé, ie ne
trouue pas incompatible
qu'on ne puiffe attribuer
à la nature beaucoup de
chofes dont le vulgaire
fait Autheurs les Genies
ou bons, ou mauuais. La
raifon eft, pource que la
Nature a compofé de qua-
litez actiues & paffiues
tous les corps mixtes. Or
eft-il qu'il n'eft point de
corps naturel, qui ne fouffre en agiffant, comme il
fe voit par l'exemple de la
fcie, de laquelle il eft bien
difficile de fe feruir pour

fendre vne pierre fans
qu'elle y laiffe quelqu'vne
de fes dents, ou fans que
la pierre mefme les ef-
mouffe; Et bien que tous
les corps foient propres à
faire & à patir chacun à
fon tour, cela n'empefche
pas toutesfois qu'il n'y en
ait quelques vns, entre
lefquels par vne fecrette
conformité, fe trouue vne
certaine correfpondance
que le vulgaire ne connoift
pas.

L'Efprit m'interrom-
pant là deffus; Tu dis vray,
me refpondit-il, & cefte

correſpondance n'eſt au-
tre choſe que l'Amour.
Car comme parmy les
hommes, il s'en trouue
aſſez qui ſe picquent d'e-
ſtre Amoureux, ſans que
toutesfois ils s'y eſchauf-
fent beaucoup ; au lieu
qu'il y en a beaucoup qui
aiment ſans le faire paroiſtre, & de qui l'on peut
dire, que plus leur flamme
eſt cachée, & plus elle eſt
ardente ; il en aduient de
meſme des autres ouura-
ges de la Nature, eſtant veritable, que chaque corps
a naturellement de l'a-

mour pour la chose qui luy est propre. Ainsi voyõs nous que la terre seiche & aride ne demande qu'à estre humectée; comme au contraire quãd elle est par trop humide, elle se plaist à estre rechauffée par les rayons du Soleil. Mais il y a certaines Amours entre les herbes, les plantes, les animaux, & les autres Chefs-d'œuure de la Nature; qui ressemblent aux plus secrettes affections des hommes, & ne sont connuës que des Philosophes tant seulement; &

comme les inimitiez des
Mortels font apparentes,
ou fecrettes, il s'en trouue
auffi de femblables dans la
nature des autres chofes,
dont l'antipatie eft tantoft
vifible, comme celle du
feu auec le feu, du loup
auec la brebis, & de la vi-
gne auec les lieux trop hu-
mides; & tantoft cachée,
ou du moins connuë de
peu de gens, telle qu'eft
poffible l'auerfion de la nature contre le vuide, qui
paroift affez, en ce qu'apprehendant quelquesfois
de perir, elle appelle l'air
à fon

à son secours, dont elle se
remplit aussi tost, comme
d'vn corps qui est prompt,
& qui se mesle par tout.
Ceux là donc qui ont vne
entiere & parfaite con-
noissance de ces amours,
& de ces inimitiez secrettes, que les Philosophes
appellent des *proprietez
occultes*, sçauent si bien
ioindre ce qui est capable
d'agir à ce qui est propre
à patir, par vn excez d'a-
mour, ou de hayne, que
par la science qu'ils en ont,
ils produisent ces admira-
bles effets, dont ie te par-

G

lois n'aguere, que le vulgaire ignorant a de cou-
ftume d'attribuer aux De-
mons. Si cela eft, adiou-
ftay-ie, tu me dois donc
aduoüer, qu'vfer de Magie
n'eft autre chofe que fçauoir joindre les chofes
actiues aux paffiues, &
qu'ainfi il y peut auoir des
Magiciens dont la fcience
n'eft point noire, c'eft à
dire où les Demons n'ont
rien à defmefler. L'on peut
en effet, refpondit l'Efprit,
trouuer des Magiciens qui
operent naturellement.
Mais comme tu l'as enfei-

gné toy-mefme , il n'eſt
pas poſſible que par la ſeule Magie naturelle on
produiſe des effets extraordinaires, & qui ſoient au
delà de toute merueille.
Comme par exẽple , pour
ne m'eſloigner des choſes
que nous auons alleguées,
ſi tu m'aduoües que par la
vertu des herbes , des pierres , ou de ſemblables
corps naturels , l'homme
ne ſçauroit attirer à ſoy vn
ſerpent , ny le mener à ſa
volonté ; il faut que tu me
confeſſes auſſi , que lon
ne peut naturellement fai-

re mille lieuës en vn iour,
La raison est, pource que
le corps humain estant pesant & terrestre, ce n'est
pas assez qu'il se meuue
quand l'occasion le re-
quiert, mais il faut encore
que ce soit en vn temps
proportionné à sa nature,
qui ne peut ny faire ny
souffrir tāt seulement que
les choses pour lesquelles
il a vne puissance actiue ou
passiue. D'où il faut inferer necessairement que ces
deux Cheualiers qui dōne-
rent aduis aux Romains de
la deffaite du Roy de Ma-

cedoine, n'eſtoient pas des
corps ſimplement mortels
& terreſtres. Et quoy ? luy
repartis-je, ne pouuoiẽt ils
pas preuoir par l'obſerua-
tiõ des Aſtres, que ce Prince
ſeroit deffait ce iour-là, &
ainſi en aduertir le Senat;
combien qu'à dire le vray,
ie doute fort ſi par les
Eſtoilles, il eſt poſſible de
juger des choſes futures,
& d'en tirer de vrayes con-
ſequẽces. Il n'eſt pas vray-
ſemblable, reſpondit l'Eſprit, qu'vn Aſtrologue
qui auroit preueu la de-
route de ce Chef, auſſi ve-

ritablement qu'elle ad-
uint depuis, n'euſt taſché
par tous moyens de les en
aduertir, pour s'inſinuer
en leurs bonnes graces, &
pour en tirer enſemble de
l'honneur & du proffit;
outre que cette apparition
extraordinaire, & les perſonnes qui en furent les
teſmoings, font aſſeure-
ment des circonſtances,
qui font conclure que ce
furent des Anges, & non
pas des hommes. Ce n'eſt
point toutesfois que ie
veüille nier qu'vn grand
Aſtrologue n'euſt peu pre-

uoir cette victoire ; quoy
que non pas si bien, ny si
facilement qu'vn Esprit.
Cela estant, ie ne voy pas
quelle raison tu peux auoir
de mespriser , comme tu
fais, les iugemens qui se
tirent de l'Astrologie. Ie
ne mesprise point, luy respondis-je, cette partie de
la science des Estoilles, qui
en considere le cours, &
le mouuement, pour estre
si asseurée, qu'il n'est pas
possible de la mettre en
doute. Mais quant à cette
autre, qui se trauaille à rechercher le secret des cho-

G iiij

ſes futures, ie n'en fais pas
beaucoup d'eſtat. La rai-
ſon que ie t'en puis don-
ner, eſt que le Ciel & les
Eſtoilles n'agiſſent point,
ce me ſemble, ſur les choſes inferieures, que par le
moyen de la lumiere, & du
mouuement. Que ſi par
l'alteration des Elemens
dont ils ſont la cauſe, ils
peuuēt auſſi produire celle
de nos corps, & meſme de
l'ame ſenſitiue, qui de-
pend de ſes operations; à
le prendre comme cela, ie
veux demeurer d'accord,
qu'vn homme ſçauant en

l'Aſtrologie peut predire la fecondité, ou la ſterilité de l'année, & pareillement les vents, les pluyes & les tempeſtes. Pour cette meſme raiſon, ie croy qu'il y a des conſequences à tirer des accidens dont le Ciel menaſſe les creatures mortelles, tels que font les guerres, la peſte, & tels autres fleaux ; D'où l'on peut iuger encore de l'inclination que les perſonnes ont à la triſteſſe, ou à la ioye. Mais pour le regard des accidens qui dependent de la fortune,

comme la victoire, où
la perte des batailles; l'a-
mitié, ou la hayne des Princes, & l'acquisition des ri-
chesses, ou des honneurs;
ie ne pense pas, à parler
sainement, que ce soient
des choses que l'on puisse
bien preuoir par l'obseruation des Estoilles. La raison est, pource que ces accidens dependent de la
fortune, & du hazard, &
pareillement de nostre volonté, qui est libre en ses
operations, sans estre su-
jette aux Estoilles. Il est
vray neantmoins, qu'il ne

me semble pas incompa-
tible, que de ces euene-
mens de la fortune les
Astrologues n'en puissent
tirer quelque presage vray-
semblable , comme les
Medecins en tirent assez
souuent de la vie ou de la
mort des malades. D'ail-
leurs , quand il faudroit
aduoüer que le Ciel agit
par son mouuement & par
sa lumiere, si ne trouue-
rois-je pas à propos d'y
mesler les influences, qui
me semblent y estre mises,
& sans raison & sans ne-
cessité.

A ces mots l'Esprit s'e-
ſtant mis à ſouſrire; il eſt
bon à voir, dit-il, que le
plus grand effort de ta
contemplation a touſiours
eſté ſur les liures, & que
tu n'as iamais eu les yeux
bien eſleuez au Ciel. Car
s'il te fuſt aduenu de regarder les Eſtoilles comme
il faut, tu les aurois ſans
doute cõſiderées ainſi que
les yeux de la Dame que tu
ſers, qui peuuent faire ta
nuict ou ton iour, & ta
fortune bonne ou mau-
uaiſe, en produiſant tous
ces effets que tu appre-

hendes, ou que tu crains
le plus, selon qu'il luy
plaist tourner sur toy ses
regards, ou fauorables, ou
dedaigneux. Ie n'ay garde,
luy repartis-je, d'auoir vn
autre sentiment que ce-
luy-là, sçachant bien, que
la raison seroit trop hardie
d'y vouloir côtredire, puis
que d'ailleurs ie ne pense
pas qu'il y ait possible aucune estoillé au Ciel, qui
soit comparable aux yeux
de celle qui me gouuerne.
Tu parles en Amoureux,
dit l'Esprit : mais pour
moy, qui veux raisonner

en Philosophe, i'ay de
quoy te preuuer, que si outre la lumiere & le mou-
uement, il y a quelque autre chose auec quoy les
yeux des mortels agissent;
il faut pareillement de-
meurer d'accord que le
Ciel agit sur les reuolu-
tions d'icy bas, non seulement auec le mouuement
& la lumiere, mais enco-
re par le moyen des in-
fluences.

Ces dernieres parolles
firent naistre en moy vne
merueilleuse enuie d'ouyr
le discours qu'il auoit à me

faire, tellement qu'à l'heure mesme il le commença
de cette sorte. Des yeux
de la chose aymée, selon
que le mouuement en est
agreable, ou que les rayons
& les regards en sont
pleins d'esclat, se produisent en l'ame d'vn Amant
diuers effets merueilleux,
& qui ont vne grande cor-
respondance auec ceux
que le Ciel produit sur les
choses corruptibles, soit
qu'il en faille attribuer la
cause à sa clairté, ou au
mouuement qu'il fait tout
à l'entour de la terre. Mais

s'ily a de l'apparence que
des yeux d'vne belle Mai-
ftreffe, il peut entrer dans
le cœur d'vn Amant, ie ne
fçay quelle vertu fecrete,
differente de la lumiere,
& qui ne depend ny d'elle,
ny du mouuement, mais
de la fubftance & des au-
tres qualitez de l'œil, bien
que caufées par accident ;
il n'eft pas incompatible
que par la clairté des Cieux
ne foit infufe de mefme
dans les corps inferieurs,
vne certaine vertu , qui
n'eft point produitte du
mouuement, ny de la lu-
miere,

miere , mais des autres
qualitez qui font en luy.
Il n'eft queftion mainte-
nant que de confiderer
premierement ce que peu-
uent faire les yeux de la
chofe aymée, & comment
agir; puis de comparer les
effets & les mouuements
de leurs operations auec
ceux du Ciel. Deux cho-
fes font confiderables en
l'œil. La premiere eft la faculté de voir, qu'on peut
appeller fon ame, qui ne
vieillit point de foy , & ne
s'affoiblit aucunement ;
La feconde eft l'inftru-

ment par qui cette mesme
faculté opere, ou vient à
vieillir, & à s'affoiblir; ce
qui n'est autre chose que
le corps, ou la matiere de
l'œil. L'eau est ce qui preside en cette matiere,
pource qu'ayant à rece-
uoir & à retenir les ima-
ges des choses visibles,
comme il arriue dans vn
miroir, il faut necessairement qu'elle puisse faire
l'vn & l'autre. Dequoy
sans doute la terre n'est pas
capable, à cause de sa du-
reté, & de sa resistance à
receuoir l'air; ny le feu

non plus, pour estre moins
solide que l'air, & fort
propre à s'approcher des
natures spirituelles; D'où
il faut conclure que l'eau
est la matiere la plus conuenable à l'œil, s'il est ainsi que la veüe se forme des
images qu'elle reçoit, cōme l'estime ce Philoso-
phe, qui a surpassé tous
ceux de sa profession en la
connoissance des choses
sensibles. Mais pource
que l'œil est comme le sie-
ge de l'Ame, de qui les
operations se descouurent
en cette partie exterieure

plus viſiblemēt qu'en toutes les autres ; & qu'il eſt
raiſonnable par conſe-
quent qu'il puiſſe non ſeulement patir, mais encore
agir ; c'eſt pour cela meſme que la nature, comme
ingenieuſe qu'elle eſt, a
meſlé dans le criſtal de ſon
corps certains rayons puri-
fiez, & ſubtils, qui ſont
tranſmis & infus en luy,
ou par la plus pure partie
du ſang, ou par l'ame meſme. Ces rayons venans à
s'eſpandre viſiblement par
les yeux, ont donné ſujet
de croire à pluſieurs, qu'ils

eftoient la caufe efficiente
de la veüe par la rencontre
de l'object qui leur eftoit
oppofé. Quoy qu'il en
foit, ces rayons operent
en autruy, non feulement
comme lumineux ou mo-
biles, mais comme ayans
en eux d'autres vertus, &
d'autres qualitez impri-
mées. L'experience en eft
euidente en la femme, qui
laiffe des taches dans vn
miroir, s'il arriue qu'elle
le regarde au temps qu'elle
fe purge de ce fang impur
& fuperflu, de qui la va-
peur infecte les rayons vi-

suels. Il y a encore quantité d'accidens semblables,
qui font que l'œil d'autruy
se peut rendre susceptible
des exhalaisons que les
nostres y laissent impri-
mées par leur meslange
auec ces rayons ; ce qui fait
dire à Petrarque, qu'ayant
esté quelque temps priué
des regards de Laure, comme il vint à la reuoir, ses
yeux en furent malades,
pource que ceux de sa
Maistresse l'estoient, comme il l'exprime en ces
vers :

De cet œil mon souuerain
bien,
Et l'Astre viuant de Ma-
dame
S'eslança iusques dans le
mien
Vn pur rayon d'or, & de
flame,
Qui me fist cherir mon tour-
ment,
Pour m'auoir blessé douce-
ment.

Mais si tous ces accidens
(tel que pouuoit estre l'humide rougeur) que quel-
que indisposition causoit

dans les yeux de Laure,
qu'on appelle encore des
qualitez en l'œil paſſent
de l'vn à l'autre entant
qu'il eſt corps, il n'eſt pas
incompatible auſſi qu'il ne
produiſe le meſme effet
entant qu'il eſt animé.
A le conſiderer comme
tel, les qualitez qu'il communique, ne ſont proprement
ment que les paſſions de
l'ame; comme par exem-
ple, la colere, le deſpit,
l'eſperance, la crainte, la
joye, & la faſcherie. Or il
y a ſur tout deux paſſions,
qui venans à ſe rencontrer

dans les yeux de deux personnes qui se regardent,
produisent des effets qui
sont du tout incroyables.
L'vne est l'Amour, & l'autre l'Enuie. Ie m'amuse-
rois en vain à te preuuer la
premiere ; puis qu'ayant
tousiours fait profession
d'aymer, tu peux l'auoir
esprouuée. Quant à la se-
conde, l'experience ne fait
voir que trop souuent,
qu'il y a dans l'œil de l'Enuieux ie ne sçay quels
charmes qui ensorcelent
la personne à laquelle il
porte enuie ; ce qu'il n'o-

pere pas toutesfois, pour estre infecté d'aucune qualité maligne, qui vienne du corps, si ce n'est qu'il la reçoiue de l'ame, qui luy communiquant son venin le fait passer iusques à l'objet vers qui elle se tourne. Ce charme donc, ou ce sortilege, n'est autre chose que la malignité des vapeurs, qui se reçoiuent par vn regard enuieux. Or la source de cette enuie est dans l'esprit, comme en sa propre racine; Ie dis comme en sa racine, pource qu'encore que tous les ef-

fets foient produits par
l'ame, qui leur donne le
mouuement & le branle, fi
ne laiffent ils pas de les receuoir de mefme du corps.
De là vient que nous
voyons qu'en la colere le
fang s'efchauffe pour l'ordinaire, & qu'en la crain-
te le cœur fe defreigle en
fon mouuement, fi bien
que l'vn eft glacé de peur,
& l'autre tremblant. A ces
accidés font prefque fem-
blables ceux de l'Amour,
qui font encore que le
fang boult dans les vei-
nes, & que par vne palpi-

tation violente , le cœur
se mouuant en la presence
de la personne aimée , est
cause que les autres mou-
uemens du corps se hastēt
aussi ; d'où il aduint que
de cette alteratiõ du poulx
vn ancien Medecin en ti-
ra la consequence de l'a-
mour d'Antiochus enuers
sa belle-mere. Mais pour
reuenir à l'Enuie, comme
elle est vne affection lente
& tardiue, elle ne desrei-
gle point le mouuemēt du
cœur, du moins on ne le
sent pas ; mais elle cor-
rompt le sang, & couure

tout le visage d'vn teint
noiraſtre & liuide, infe-
ctant l'eſprit des yeux plus
que pas vne autre paſſion,
l'Amour exceptée. Pour
raſſembler maintenāt tout
ce que i'ay dit, l'œil n'o-
pere pas ſeulement ſur les
objets, & par ſon mouue-
ment, & par ſa lumiere;
mais encore par ſes au-
tres qualitez, ſoit qu'elles dependent ſimplement
des parties corporelles, ou
qu'elles meſmes ſoient
des qualitez, qui proce-
dent de l'vnion de l'ame
auecque le corps. Que ſi

en matiere du Ciel, lon
vient à confiderer le mefme qu'en l'œil, l'on ne
trouuera iamais qu'il y ait
apparence de croire, que
ces hautes qualitez, & ces
lumieres eternelles foient
moins puiffantes que les
clartez qui procedent des
yeux mortels & fragiles.
Le Ciel n'opere donc pas
feulement par le mouue-
ment, & par la lumiere,
& ce n'eft non plus de la
feule diuerfité de ces deux
chofes que procede celle
de leurs effets, mais encore du *rare* & du *folide*, puis

que l'experience fait voir
que les parties solides operent auec bien plus d'effi-
cace que ne font les de-
liees. Auecque cela, l'vn-
nion de l'Intelligence auec
les corps celestes est cause
de plusieurs effets differents ; & d'autant plus
grands que n'est celle de
l'ame auec l'œil, qu'il est
veritable que les ames de
tous les hommes font d'v-
ne mesme espece, & di-
stinguées les vnes des autres par le seul nombre.
Mais quant à l'Intelligence d'vn Ciel, elle differe en

espece de celle d'vn autre.
Que si châque nature spe-
cifique a vne vertu qui luy
est propre, selon laquelle
il agit diuersement des autres, il faut de necessité
que châque intelligence
ait vne propre vertu, d'où
desriuent aussi des effects
qui luy soient propres.
Que si tu te souuiens des
beaux vers que Dante a
fait à ce propos, tu trouueras asseurement qu'ils
s'accommodẽt assez bien
à ce que ie t'enseigne
maintenant, quoy qu'il les
ait proferez sur vn sujet

different

different de celuy-cy. Ie
fçay ce que tu veux dire,
luy refpondis-je, & viens
de me fouuenir des mef-
mes vers dont tu en-
tends parler, qui font tels
à mon aduis :

Les Aftres en leur Element,
Nous font croire auec ap-
*   parence,*
Qu'ils ont vn fecret mouue-
*   ment*
D'où procede leur diffe-
*   rence,*
Et que l'Efprit qui feul les
*   peut regir*
Eft celuy qui les fait agir.

I

L'Esprit m'interrompant là deſſus ; Ne vois tu pas, me dit il, comme il ſçait fort bien diſtinguer le mouuement des corps celeſtes, & les vertus par qui ils agiſſent diuerſement ?

A ces mots ayant pris garde que ie m'impoſois ſilence, & ne voulāt point laiſſer imparfait le diſcours qu'il auoit commencé ; Ie penſe, continua t'il, que par les choſes que i'ay dittes tu peux connoiſtre bien clairement, qu'il eſt raiſonnable que les Eſtoilles operent par vne autre

vertu que celle du mouue-
ment. Mais d'autant qu'elles agissent diuersement,
selon la difference de leur
aspect, & de leur con-
jonction ; cela procede
sans doute de ce que la
vertu de l'vne peut gran-
dement auancer ou recu-
ler celle de l'autre. Possible aussi pour le mesme sujet l'ingenieux Petrarque
ayant à descrire l'heureuse
naissance de sa Maistresse,
en attribue la cause aux
Astres par les vers sui-
uans :

Ces beaux Astres dont l'in-
fluance
Agit sur nos prosperitez,
Se communiquoient leurs
clairtez,
Lors que Madame prit
naissance;
Et sembler̃et faire l'amour,
Aussi tost qu'elle vid le iour.

Apres ces paroles ayant
pris garde que l'Esprit se
taisoit; c'est assez, luy dis-
je, me voila content des
preuues que tu m'as don-
nees, pour m'apprendre
que les Estoilles commu-

niquent icy bas leurs in-
fluences. Mais pour tout
cela ie ne laiſſe pas de mettre en doute, ſi par leur aſ-
pect on peut iuger des
choſes futures. A dire le
vray, me reſpondit-il, tant
s'en faut que ie m'eſtonne
de voir que tu ignores cecy, qu'au contraire te r'aſ-
ſeurant plus fort en ta
doute, ie dis qu'il eſt extremement difficile que
l'homme puiſſe predire
l'aduenir par l'obſeruation
des Aſtres. Car auec ce
que l'art en eſt long, &
fondé ſur des conjectures

incertaines, & ſur de ſimples experiences, vous autres mortels auez ſi peu de
temps à eſtre au monde,
que tout le cours de voſtre
vie ne peut ſuffire, ny à
comprendre vn ſi haut ſe-
cret, ny à connoiſtre comme il faut les proprietez
des choſes les plus ca-
chées. Il n'en eſt pas ainſi
de cette ſorte de creatu-
res, de qui les annees n'ont
point de bornes, & qui
depuis pluſieurs ſiecles
ſont ſi bien rauies dans la
contemplation des Eſtoil-
les, qu'elles penetrẽt dans

les nuages les plus espais,
qui ne peuuent les empes-
cher d'apprendre parfaite-
mēt l'Astrologie. Comme
elles sont capables d'ailleurs de connoistre la secrette nature des choses
auec la mesme facilité; de
là vient qu'adioustant vne
science à l'autre, elles peuuent naturellement faire
beaucoup de merueilles;
Et d'autāt que ceux qu'on
appelle Magiciens ont de
particulieres familiaritez
auec les Esprits, il ne faut
pas douter qu'ils n'ap-
prennent d'eux à faire des

chofes extraordinaires, &
qui rempliffent d'eftonne-
ment ceux qui les igno-
rent. Car pour le regard de
la Magie naturelle, elle eft
cõmune à fort peu de gẽs,
qui pour ne fçauoir parfaitement ny l'Aftrologie, ny
la nature des chofes, ne
peuuent par confequent
joindre enfemble toutes
les caufes d'où procedent
les merueilles de l'art; Par
où tu peux voir, à mon aduis, qu'il eft mal ayfé de
pouuoir deftruire mon ar-
gument, & que s'il y a des
Magiciens, il faut qu'il y

ayt aussi des Demons.

Comme il eut acheué
de parler ainsi ; son raisonnement, qui ne me fut pas
desagreable, fit que pour
en apprendre dauantage,
Ce iuste Grec, luy dis-je,
qui fut iniustement accu-
sé d'impieté deuant l'in-
grat peuple d'Athenes ;
pour se purger de la ca-
lomnie de ses Ennemis,
s'aduisa de faire cet argument, qui ne ressemble
pas mal au tien. Celuy-là,
dit il, ne peut mettre en
doute qu'il n'y ait des
Dieux, qui croit qu'ils ont

des enfans. Or est-il que
ie croy qu'il se trouue des
Heros ; il faut donc ne-
cessairement que i'aduoüe
qu'il y a des Dieux. Voila
quel fût l'argument qu'il
forma pour sa deffense.
Mais pour moy ie m'ima-
gine que la difficulté de
cette preuue n'est pas si
grande que celle-là mesme
qui s'ensuit de la chose
prouuée. La raison est,
d'autant qu'il s'en trouuera plusieurs, qui demeu-
reront bien d'accord qu'il
y a des Dieux, & qui tou-
tesfois nieront, qu'entre

eux & les femmes il y puisse auoir vn accouplement.

Icy l'Esprit s'estant mis
à souspirer, comme s'il se
fust senty enflammé d'vn
desir amoureux ; Cela, me
respondit-il , ne deuroit
point te sembler estrange,
puis qu'il n'est pas que tu
n'ayes leu quelquesfois
dans les sainctes Lettres,
que les Geans estoient fils
de femmes & d'Anges :
mais remettant cette dou-
te à vn autre endroit, ie
passeray à la seconde preuue , par laquelle ie pre-
tends te faire voir qu'il y a

des Demons. Elle eſt tirée
de la maniere de proceder
que ſuit la Nature, qui
ſeroit entierement diſ-
cordante de ſoy-meſme,
s'il falloit qu'il n'y en
euſt aucuns, iuſques là
meſme qu'il n'y auroit
point de perfection entiere en ſon ordre. La Natu-
re, ſi tu le conſideres bien,
n'a pas accouſtumé de paſſer d'vne eſpece à l'autre,
ſans s'ayder pour cet effet
de quelque milieu. Ainſi
voyons nous qu'entre les
ſimples eſpeces elle met
ordinairement celles qui

tiennent de l'inferieure &
de la superieure ; par où
comme par certains de-
grez elle monte des cho-
ses insensibles, iusques aux
Creatures Angeliques &
diuines. La premiere espe-
cé des formes visibles qui
se presente, est celle des
Elemens, ainsi appellez,
pource que toutes choses
en sont composées. Or la
Nature ne passe point de
ceux-cy aux Mixtes *par-
faits*, autrement que par
le moyen des *imparfaits*
meslez ensemble. I'appelle
parfaits ceux qui sont cō-

poſez de tous les Elemẽs,
& imparfaits ceux qui ne
le ſont que de deux, com-
me peut eſtre la neige, qui
eſt cõpoſée d'air & d'eau.
Elle ne paſſe non plus des
Mixtes parfaits aux corps
animez, ſi ce n'eſt par le
moyen de quelques corps,
de qui lon ne ſçait pas bien
s'ils ont vne ame vegetati-
ue, comme en effet il ſemble y en auoir quelque tra-
ce. Paſſant de ceux-cy aux
corps ſenſibles, elle trouue ceux que les Grecs
nomment *Zoofites*, c'eſt à
dire, Plates animées, pour-

ce qu'elles tiennent de la
nature des animaux, &
aussi des plantes, ayant
comme elles la faculté vi-
tale, la nutritiue, & la ge-
neratiue ; & comme les
animaux celle de l'attou-
chement : telle est l'espon-
ge marine, & tels sont encore certains coquillages
qui s'attachēt aux escueils.
De ceux-cy la Nature pas-
se aux Animaux, qui sont
priuez de quelqu'vn des
sens, comme est la taupe,
qui ne void point ; & des
autres qui ont tous les
sens ensemble, elle s'esle-

ue à ceux qui ont vn mou-
uement parfait. Car quoy
qu'il y en ayt qui poſſe-
dent tous les ſens, ſi eſt-ce
qu'ils ne ſe meuuent point
parfaitement ; comme par
exemple, on peut bien di-
re, que le mouuement des
Reptiles ſemble eſtre vn
milieu entre le local, &
l'impuiſſance à ſe mou-
uoir. Bref des animaux
parfaits, qui ioüiſſent de
tous les ſens, & qui ſe
meuuent d'vn lieu à l'au-
tre, la Nature monte à
l'homme, lequel outre
les ſens à l'vſage de la raiſon.

son. Que si de l'homme
elle vouloit aller plus auāt
à la Nature, ou Angelique
ou diuine, sans tenir au-
cun milieu, cette digres-
sion d'vne espece à l'au-
tre seroit plustost vn saut
qu'vn passage. Ce qui ne
pouuant s'accorder en la
nature, sans qu'il s'en ensuiue du desordre, il me
semble conuenable qu'en-
tre l'homme & l'Intelli-
gence il y ait vn Animal
composé de corps & d'a-
me comme l'homme, mais
qui soit immortel en l'vn
& en l'autre, au lieu que

K

l'homme est asseurement
sujet à mourir, du moins
quant au corps, car pour
ce qui est de l'ame ie ne
pense pas que tu la mettes
au rang des choses mor-
telles.

A ces mots l'Esprit s'ar-
resta vn peu, comme s'il
eust douté de quelque
chose. Ce qui fit que prenant la parolle; Puis qu'il
est ainsi, luy dis-je, que
l'Ame est tenuë pour im-
mortelle, l'espece des Demons ne peut estre que
superflue à mon aduis. Car
l'homme seul, si ie ne me

trompe , est vn moyen
conuenable à joindre en
l'Vniuers la nature des animaux à celle des Anges.
La raison est, pource qu'il
a l'intellect comme eux,
le corps comme les be-
stes, & les sens pareillemēt. Que si i'ay bien estudié la nature , il me semble que ce qui est mis entre
deux especes de choses
discordantes, doit s'accorder auecque l'vne des deux
en vne qualité, & auecque
l'autre aussi. Cela se demonstre par l'experience
que nous en auons, qui

fait voir que l'eau, qui est entre la terre & l'air, est froide comme la terre, & humide comme l'air ; & que l'air qui diuise l'eau d'auec le feu, luy ressemblant en humidité, ne laisse pas pour cela d'estre semblable au feu en matiere de chaleur.

Cette raison ne desplût pas à l'Esprit, qui pour y respondre; Ton argument, me dit il, est considerable en quelque façon ; & toutesfois si pour la mesme raison que l'ame de l'homme est vn milieu entre celle des brutes & entre l'intellect des Anges, il falloit que l'homme en fust vn autre parfait entre ces deux natures, son corps seroit en partie cõparable à celuy des animaux, & en partie aux corps celestes. Mais le corps humain n'estant pas moins sujet à toute sorte d'accidens & de passions, ny moins corruptible que celuy des bestes, il s'ensuit qu'entre le leur & le celeste, il faut qu'il y en ait vne autre qui participe de tous les deux. Tel est le

corps des Demons, qui eſt
paſſible comme celuy de
l'Animal & de l'homme,
& incorruptible comme
le celeſte. Ie dis bien dauantage, c'eſt que l'hu-
maine raiſon n'eſt pas telle
que tu penſes; c'eſt à dire,
qu'il s'en faut beaucoup
qu'elle n'egale l'intellect
des Anges. Car tout le
raiſonnement de vous au-
tres mortels ne conſiſte
qu'en diſcours & en ſyllo-
giſmes, au lieu que l'in-
tellect Angeliqueconnoiſt
les choſes, ſans qu'il ait
beſoin de recourir aux ar-

gumens; ce qui reſſemble
poſſible à la cognoiſſance
que vous auez de celles
qui ſont par vous appel-
lees *les premieres Notions*.
Mais cette façon de les
connoiſtre qui eſt particu-
liére à l'intellect des Anges, eſt incomparable-
ment plus parfaite; pour-
ce qu'ayant ce bon-heur
ineſtimable de joüir de la
viſion de Dieu, ils peu-
uent entendre en luy d'v-
ne maniere excellēte tou-
tes les choſes imagina-
bles. Quant à l'intellect
des Demons, de quelque

K iiij

façon qu'il se puisse ac-
commoder au vostre en
ses syllogismes, le discours
le surpasse d'autant plus,
que la façon dont il con-
noist les choses, approche
grandement de la con-
noissance des Anges. Par
où ie conclus, que l'hom-
me n'est pas la parfaite
liaison des choses basses
auec les hautes, comme
plusieurs l'ont imaginé,
mais que la nature des Demons tient vn milieu en-
tre l'humaine & la diuine,
Que si tu n'es satisfait de la
raison que ie t'ay donnée,

ie fuis content de le prouuer par celle-cy, qui fera
la derniere de celles qui
s'accommodent à voftre
fens. Tu fçais que deux
noms s'attribuēt au Mon-
de; qui eft appellé tantoft
Vniuers, & tantoft *Orne-*
ment, felon le mot Grec.
Or il n'eft pas à croire
qu'on l'ait ainfi nommé,
que pour monftrer qu'il
doit contenir en foy tou-
tes chofes, & auoir plu-
fieurs embeliffemens. Ce-
la prefuppofé, ie dis que
fi l'efpece des Demons luy
manquoit, il ne feroit ny

parfait, ny embelly comme il faut. Il ne seroit point parfait, à cause qu'on verroit cesser asseurement le commerce, ou la communication des biens, qui est entre la nature humaine & la diuine. Car ce sont les Demons qui portent, & qui rapportent de part & d'autre ce qui est necessaire ou vtile aux mortels, ou ce que lon doit aux Dieux, & qui leur est agreable. Il ne seroit point beau nonplus, pource qu'en l'air où les Demons font leur demeure ne se trouue-

roient aucuns animaux, &
qu'ainsi les oyseaux ne
pourroiët estre qu'impro-
prement appellez *Ani-*
maux de l'Air. Que si cette proposition te semble
obscure, voicy par quelle
raison ie pretends te l'esclaircir. L'on appelle proprement habitās d'vn Ele-
ment ces Animaux qui ne
s'y meuuent pas seulemēt,
mais qui s'y reposent en-
core, s'il est ainsi qu'en
leur nature soit requis vn
continuel mouuement,
comme en celle des corps
celestes. Or est-il que les

oyſeaux apres auoir bien volé ayant beſoin de ſe repoſer, ne le peuuent faire en l'air. Il faut donc que ce ſoit ſur la terre qu'ils ſe repoſent, ou bien ſur quelque corps compoſé, qui depende d'elle. Cela eſtāt, il s'enſuit que la nature a mis en l'air d'autres habitans, qui ſont les Demons, à qui pour la legereté de leur corps l'air ſemble ſeruir de lict, comme la terre en eſt vn aux choſes les plus ſolides. Cette concluſion ſe peut confirmer par vne raiſon fort natu-

relle, qui est, qu'il n'y a pas
d'apparence que cet Ele-
ment par qui nous viuons
plus que par les autres,
soit priué des habitans qui
luy sont propres. Pour le
premier, il est euident que
l'air est celuy des Elemens
qui agit le plus à la vie,
pour estre composé de
chaud & d'humide, qui
sont les deux qualitez sur
qui elle est fondée; joint
qu'elles sont plus propres
que toutes les autres à la
generation & à la nourri-
ture. Cela se voit ordinairement en ce que le froid

& le fec font ennemis de
la nature & de la vie, &
que le feu eft fterile, à caufe de fa trop grande feche-
reffe. Pour cette raifon
l'ancienne Vefta, que les
Romains tenoient pour la
Deeffe du feu, ne prefidoit
qu'à des Vierges , telles
qu'eftoient fes Preftreffes.
Et toutesfois quelque froide ou feiche que foit la terre , elle ne laiffe pas d'eftre
fort propre à la genera-
tion, & à la nourriture ; à
caufe dequoy les Poëtes
ont feint iudicieufement
qu'elle eftoit mere des

Geants, & mesme des Dieux. Cela procede, à mon aduis, de sa nature ferme & solide, qui est capable de retenir toutes les vertus qui pleuuent d'en-haut sur elle, si bien qu'en-grossée, s'il faut ainsi dire, par les semences celestes, reschauffée par les rayons du Soleil, & baignée par les pluyes & par la rosée, elle engendre tant de ri-chesses & tant de choses diuerses, qu'à cōparaison d'elle mesme on estime pauures & steriles tous les autres Elemens, pource qu'en eux ne peuuent s'arrefter les influences du Ciel, pour n'eftre capables de les retenir. Or le principal fujet pour lequel on a nommé la terre, mere des Dieux, eft pource que non feulement toutes les chofes d'icy bas, mais encore les corps celeftes, & les Anges mefmes font compofez en quelque façon de Puiffance & d'Acte, & que par la terre la puiffance eft allegoriquement denotée, de mefme que par le Ciel, pere de Saturne, à qui fe rapportent

tous

tous les Dieux, comme ses
nepueux, & ses enfans,
l'Acte est compris, & si-
gnifié. Outre cette pre-
miere raison il y en a vne
autre qui fait voir pour-
quoy la terre est appellée
Mere des Dieux. C'est
asseurement pource que
d'elle-mesme empruntent
leurs corps les Creatures
mortelles, dont il y en a
quelques-vnes qui ne des-
daignent point d'estre ap-
pellées *filles de la terre,* apres
que leur ame est montée
au Ciel, & que par merite
& par grace elle a merité

d'estre mise au nombre des
Esprits bien-heureux ; par
où l'on peut voir qu'elle
n'a pas encore perdu le
souuenir de l'amitié ma-
ternelle.

L'ayant interrompu là
dessus ; Ie ne puis com-
prendre, luy dis-je, pourquoy tu dis que nostre
corps n'est tiré que de la
terre. Car n'est il pas vray
qu'il est composé des quatre Elemens ? Il est vray
en effet, me respondit il,
mais c'est la terre qui pre-
domine en luy & qui rei-
gle son mouuement : la rai-

son est, d'autant que si le
corps n'auoit vn Element
particulier, qui luy com-
mandast, il ne s'efmou-
uroit en aucune part. C'est
à mon aduis ce qui a don-
né lieu à cette fameuse
proposition, Qu'il n'est
point de corps esgal à son
poids ; ce que ie croy se
deuoir entendre non seu-
lement de la pesanteur &
de la legereté, qui sont des
qualitez motiues, mais
des autres encore, par qui
la complexion des corps
est reiglée. Or il ne faut
pas t'estonner si les corps

des animaux font necef-
fairement compofez, puis
que mefme il n'y a point
d'Element, qui ne fouffre
du meflange ; Par exemple
la terre renferme toufiours
en foy quelque peu d'eau
& d'air ; joint que l'eau
n'eft iamais fans quelque
chofe de terreftre. Auffi
n'a t'elle point de faueur
qu'elle n'emprûte du mef-
lange de la terre, outre
qu'elle exhale bien fou-
uent des riuieres, qui font
de la nature de l'air. I'adioufte à cecy que l'air mefme eft tout plein de va-

peurs & d'exhalaiſons qui
luy viennent de l'eau, &
qu'en cet endroit où le feu
approche de l'air, il participe beaucoup à ſa natu-
re. Tout cecy ſe pourroit
prouuer encore par le
mouuemēt circulaire, qui
eſt compoſé non ſeulemēt
de la vertu des Elemens,
mais de leurs parties les
plus pures. D'ailleurs comme l'enſeignent les Aſtro-
logues, ſuiuant l'experience qu'ils en ont faite en
leurs obſeruations, ce que
les Planetes peuuent agir
plus facilement ſur les

choses d'icy bas, procede
sans doute des qualitez
elementaires dont elles
sont toutes doüées.

Icy l'Esprit s'arresta vn
peu, tandis que ie reuois
profondement aux choses
qu'il auoit dittes; Lors que
me ressouuenant tout à
coup d'vne doute dont ie
pouuois difficilemēt m'esclaircir moy-mesme, ie re-
pris ainsi la parolle : Tu es
d'opinion, luy dis-je, que
le corps des Demons tient
comme vn milieu entre le
celeste & celuy des hom-
mes ; d'où il s'ensuit qu'il

eſt immortel cõme celuy
là, & paſſible comme ce-
luy-cy. Mais ie voudrois
bien ſçauoir maintenant
ſi les corps celeſtes peuuent eſtre nommez les
corps des Intelligences,
comme ces miens mem-
bres ſont le corps de mon
ame, & comme les tiens
le ſont de ton eſprit ? Rien
moins, me reſpondit-il,
pource que ton ame don-
ne la forme à ton corps,
au lieu que les Cieux ne
reçoiuent point la leur des
Intelligences, qui ne ſont
ſeulement que les gouuer-

ner, comme nous voyons
que le Pilote guide la route du nauire, au gouuer-
nail duquel il est assis. Aussi
est il vray que si elles don-
noiët la forme au Ciel, elles
ne pourroient ny se sepa-
rer d'auec luy, ny se faire
voir, comme elles font,
aux Creatures mortelles.
Si cela est, luy respondi-je,
de la mesme raison que tu
allegues, il s'ensuit que
mon ame n'est point sepa-
rable d'auec mon corps,
Ie te l'aduouë, me repli-
qua-t'il, si tu l'entends de
cette ame qui luy donne

la forme, & qui se trouue
en chacune des parties.
Mais quant à ton Intel-
lect, il peut estre separé de
luy ; joinct qu'il est au
gouuernement du corps,
ce qu'est le Nocher à la
conduite du Nauire. Le
Ciel, luy reparti-je, n'est
doncques point animé ?
Asseurement, dit-il, ce
seroit extrauagāce de l'affirmer, apres auoir sçeu
que l'homme a vn Intel-
lect qui luy commande, &
qui ne se mesle point auec
les ordures du corps. Que
s'il est ainsi qu'il ait encore

vne autre ame, qui pene-
tre par tout où elle s'ef-
pend, qui empefchera que
le monde , qui n'eft pas
moins noble que l'hom-
me, n'en ait vne auffi? Difons donc que cette ame
du monde, qui eft necef-
fairement, anime les corps
celeftes, auec ce qu'ils ont
leurs propres Intelligẽces,
qui par proportion ont de
la correfpondance auec
noftre Intellect. Ce que tu
dis de l'Ame du monde ,
luy refpõdis-je, fe rapporte merueilleufemẽt bien à
ces vers du grand Virgile.

Le Ciel, la Terre, & les
    plaines liquides
        Reconnoiſſent pour gui-
            des,
Par mille ſignes euidans
Vn Eſprit qui regne au de-
    dans.

Sa vertu, qui n'eſt pas com-
    mune,
Aſſujetit diuerſement
Le globe luiſant de la Lune,
Et les Aſtres du Firmamẽt.

Cet Eſprit par diuers ac-
    cords
Agite toute cette Maſſe,

*Et luy-mesme dans ce grand
corps
S'espend, se mesle, & se r'a-
masse.*

Tu as raison, adiousta l'Esprit, & ce Poëte que tu vantes si fort n'en pouuoit parler plus doctemēt qu'il a fait. Car ces mots *le Ciel & la terre*, denotent le premier mobile, & la terre mesme, comme par les *campaignes liquides* il faut entendre l'Air, l'Eau, & le Feu, bien que toutesfois il y ait à douter touchant ce dernier. Quant à ce vers,

Le globe luisant de la Lune,
& à ce qui s'enfuit, tout
cela s'entend des autres
Cieux, depuis le premier:
si bien que de cette façon
il n'obmet aucune partie
de l'vniuers; Toutes les-
quelles chofes, dit-il, prennent leur nourriture d'vn
Efprit particulier, qui eft
proprement l'ame du mõ-
de; en quoy toutesfois il a
vfé d'vne licence de Poë-
te, quand il a confondu
les noms; pource que l'a-
me du monde n'en eft
point l'Efprit ny l'Intelligence, par luy appellée

Mens, bien qu'à dire le vray il se trouueroit assez d'authoritez pour soustenir cette opinion. S'il le faut croire ainsi, dis-je alors, le Ciel est donc animé de cette ame vniuerselle, s'il ne l'est de la sienne propre? L'ame, reprit il, propre à vn chacun, est vne bien petite partie de celle de l'Vniuers. N'importe, luy respondis-je, de quelque façon qu'on le prenne il suffit qu'on ne puisse appeller les Intelligences corporelles, comme les hommes & les De-

mons. L'on ne le peut en
effet, repliqua-t'il. A quel
propos donc, adiouſtai-je,
ſi les Demõs ont vn corps,
veux tu que ie croye qu'ils
en empruntent vn autre
quãd ils ſe font voir à nous
cõme tu l'as dit n'a guere?
Apres que ie luy eus pro-
poſé cette doute, pour
m'en eſclaircir comme des
autres; le corps des De-
mons, me reſpondit-il,
eſtant d'vn air tres-ſubtil,
ne peut eſtre veu de vous
autres mortels, tellement
que pour ſe rendre viſibles
& palpables en leurs appa-

ritiõs ils l'espaississent plus
fort auec l'air, qui tout
allentour d'eux, est mes-
lé de quelque partie des
autres Elemens.

Il parloit ainsi en la troisiesme personne, comme si
de cette sorte il m'eust voulu faire accroire, qu'il se
vouloit separer du nombre
des Demons, me donnant
tacitemét à entendre qu'il
estoit vne Intelligence celeste : ce qui me combloit
si fort de merueille, que ie
n'osois plus luy faire aucune demande. Dequoy
s'estant apperceu, il reprit
ainsi

ainſi ſon diſcours. Ie m'aſſeure, dit-il, que ie t'ay aſſez
biē prouué qu'il y a des Demons; joint que des choſes
que i'en ay dittes tu peux
inferer qu'ils ſont des animaux raiſonnables, & im-
mortels. Or pour diſcourir
maintenāt à la façō de vos
Eſcholes, tu ne peux met-
tre en doute que leur eſtre
immortel ne les diſtingue
de celuy des hōmes, com-
me par le tiltre de raiſōna-
bles ils ſōt diſtinguez auſſi
des Intelligēces. Mais iuſques icy m'eſtant accom-
modé au diſcours humain,

M

ie veux que laiſſant à part
ton incredulité, tu t'eſle-
ues beaucoup plus haut à
des penſees où les ſens &
la raiſon naturelle ne peuuent atteindre, tenāt pour
vrayes toutes les choſes
que ie te diray. Or d'autant
que la verité diuine auroit
honte   d'eſtre monſtrée
toute nuë à vous autres
mortels, comme vne cha-
ſte fille rougiroit ſans doute, s'il luy falloit deſcou-
urir deuant tout le monde
les plus ſecrettes parties
de tout ſon corps; Dans le
deſſein que i'ay pris de te

la faire voir, ie la couüri-
ray d'vn voile, bien que
toutesfois il sera si deslié,
que ie rendray la pluspart
de ses beautez transpa-
rantes.

Dieu, comme souue-
rainement & infiniment
bon, connut sa bonté de
tout temps, si bien que de
son essence, & de son In-
telligence, qui n'en est pas
separée, proceda de toute
eternité, comme d'vne
double source, l'Amour
de soy-mesme, & de sa
connoissance, qui est &
souueraine & parfaite. Or

M ij

pource que Dieu aymant
& connoiſſant ainſi ſa
bonté eſtoit tellemēt parfait, qu'il ne pouuoit auoir
faute d'aucune choſe, il
n'eſtoit ny neceſſaire ny
conuenable qu'il y euſt
de toute eternité d'autres
formes par luy produittes.
Toutesfois, pource qu'v-
ne bonté ſouueraine ne
peut eſtre ſuſceptible d'aucune enuie, il n'eſtoit pas
raiſonnable qu'il enuiaſt
l'eſtre des choſes que luy
meſme pouuoit produire.
Auecque cela le bien eſtāt
fecond de ſa nature, &

plein d'vn ardant defir de
faire qu'vn autre y participe, il s'enfuit qu'il ne deuoit pas eftre fterile, ny
manquer à produire des
chofes exterieures. D'ailleurs, l'amour que Dieu
fe portoit requeroit qu'il
prit plaifir à contempler
fa propre bonté, & qu'ainfi il en donnaft des preuues par la production de
quelque beauté exterieu-
re, qui fuft admirée de
toutes les chofes d'icy bas.
Il eftoit donc conuenable
que par vn volõtaire mou-
uement d'amour, il fe por-
M iij

taſt à creer le monde. Mais
auparauant que le faire, il
crea les images intelligibles de toutes les choſes,
intellectuelles & ſenſibles, dont tout le monde
deuoit eſtre compoſé; cõ-
me nous voyons, qu'a-
uant que faire vn Palais,
l'Architecte en figure le
deſſein & l'idée dans ſon
eſprit. Il forma donc premierement (car c'eſt ainſi
qu'il faut que ie parle à
toy, combien que le temps
ne fuſt pas encore creé)
treize Idées des natures
Intellectuelles , qui de-

uoient faire mouuoir au-
tant de Spheres corporel-
les, à sçauoir celle de Saturne, de Iupiter, de Mars,
du Soleil, de Venus, de
Mercure, & de la Lune,
sans y comprendre les
Idées des Intelligences du
Feu, de l'Air, de l'Eau, &
de la Terre, qui deuoient
porter le nom de Vulcan,
de Iunon, de Neptune, &
de Pluton. Et bien que
Dieu connuſt qu'outre ces
natures Intellectuelles, il
n'y en auoit point d'autre,
qui fuſt neceſſaire à parfaitement acheuer la nature

de l'Vniuers , & à mou-
uoir les Spheres qui leur
deuoient estre soubmises,
neantmoins pource que le
bien est feçõd de soy-mesme , il voulut par vn excez
de bonté adiouster à ces
natures   Intellectuelles ,
qu'il auoit conceuës en
son entendemẽt, vn nom-
bre infiny d'Anges & de
Demons, pour estre sujets
à ces principales Natures,
comme les soldats le sont
à leur Capitaine. En suitte
de tout cela; il crea l'image des corps celestes, du
Soleil, de la Lune , & des

Eftoilles, enſemble des Elemens, de l'homme, des animaux, des plantes, des herbes, des pierres, & des metaux. Les choſes artificielles furent les ſeules dont il ne crea point les images, bien que toutesfois il connuſt que l'eſprit de l'homme ſe les deuoit figurer, & en eſtre embelly, tout de meſme que le Ciel eſtoit remply des formes de toutes les choſes Celeſtes & naturelles. Ce fût la premiere production que Dieu fit, diſtinguée de ſa nature, & de

son essence. Or elle ne fût
pas faite auec le temps,
pource qu'il n'estoit point
encore creé, mais dans l'e-
ternité mesme, qui n'a ny
succession, ny limites,
mais qui est toute vnie, &
ramassée en soy mesme,
comme vn lac tranquille,
qui n'a ny flux ny reflux, &
de qui l'eau est tousiours
en vn mesme estat, sans
accroistre ny diminuer. Le
temps au contraire, com-
me quelque torrent im-
petueux, & rapide, em-
porte tout, & destruit ses
premieres parties, pour

en faire de nouuelles.

Apres cette premiere production, qui fut vni-que, quoy que les images en fussent presque infinies, Dieu crea les natures intellectuelles; puis les corporelles, qui furent jointes les vnes aux autres. Car il voulut que Saturne & Iupiter fussent moteurs de leurs propres Spheres, ordonnant le mesme à Mars, au Soleil, à Venus, à Mercure, à Diane, à Iunon, à Neptune, à Vulcan, & à Pluton, ausquels il associa par maniere d'orne-

ment les Anges & les De-
mons. Car il ne jugea pas à
propos que la terre, l'eau
& l'air ayans à loger tant
de differentes sortes d'animaux, le Ciel ne deust
auoir aucuns habitans,
non plus qu'vne vaste soli-
tude. En cette production
Dieu crea cõme Iumeaux
le mouuemẽt & le temps.
Ce fut alors que le pre-
mier Ciel s'estant mis à se
mouuoir de la droite à la
gauche, les autres Cieux
commencerent à tourner
aussi par des mouuemens
opposez, à sçauoir de la

gauche à la droitte. Alors,
dis-je, le temps, qui est l'i-
mage de l'eternité, com-
mença de mesurer leurs
mouuemens. Or bien qu'il
n'y en ait point dont il ne
soit luy-mesme la mesure,
principalement de ceux
du premier mobile, neant-
moins pource que les
mouuemés du Soleil sont
les plus apparens de tous
aux yeux de vous autres
mortels, il falloit que ce
fust de luy que l'on prist la
distinction des heures, &
des saisons. En cette me-
sure deuoit estre cõsidera-

ble non pas le tour de la
Lune, ou des autres estoilles, pas vne desquelles
n'est si parfaite en sa reuolution, qu'elle retourne
au mesme lieu d'où elle est
partie ; mais bien le tour
oblique que le Soleil fait
au Ciel. Car Dieu a voulu
que s'approchant de vous
autres mortels, il ne fut
point parfaitement circu-
laire, mais vn peu escarté,
afin que par son esloigne-
ment & par ses appro-
ches, il peust estre cause
de la corruption & de la
generation des choses. En

quoy certes ce qu'il y a de plus merueilleux, eſt que Dieu n'a iamais creé aucune choſe, qu'à meſme tēps il n'ait produit vn amour. Auſſi eſt il bien certain que de toute eternité en l'interieure production de ſon eſſence & de ſon Intelligence, il reſpira égalemēt l'amour de ſoy-meſme, & qu'à la production des Idées fut jointe celle de l'amour, ayant à communiquer ſa beauté aux choſes du monde. Ie dis bien dauantage, c'eſt que ny la Nature intellectuelle, ny la

corporelle, ne furẽt point
creés sans cet amour sou-
uerain par qui Dieu se plai-
soit à leur faire part de sa
bonté ; Et d'autant que
l'Element de l'amour c'est
l'amour mesme , toutes
les choses creées com-
mencerent à aymer Dieu
par diuers degrez , selon
qu'elles estoient plus ou
moins aimées de luy. Or
ce ne fut point seulement
par vne certaine confor-
mité de reconnoissance
qu'elles commencerent à
l'aymer, mais encore pour
atteindre à la perfectiõ où

elles

elles aſpiroient. Car les
creatures furét produittes
exemptes de cette haute
perfection, & ne pûrent
ſe l'acquerir interieure-
ment qu'en aimant Dieu.
Pour me faire donc mieux
entendre à toy, il faut que
tu ſçaches qu'ainſi que
pour l'amour de ſoy-meſ-
me l'homme deſire d'a-
uoir des enfans; qu'il ayme quand il les a, non ſeu-
lemét pour ſon bien, mais
pour le leur propre, ce qui
fait que par vne correſ-
pondance mutuelle les en-
fans aiment auſſi leurs Pe-

N

res soit qu'ils le fassent ou
pour le besoin qu'ils en
ont, ou par vn effet de reconnoissance ; Dieu tout
de mesme (s'il y peut auoir
de comparaison auec luy)
par cet amour qui luy est
propre, produit hors de
soy les choses qu'il ayme,
comme ses creatures, qui
l'aiment aussi comme le
souuerain Autheur qui les
a faites, & par qui elles
font conseruées. La difference qu'il y a maintenant
entre ces quatre sortes
d'amour, est fort remar-
quable, d'autant que ce

premier amour de Dieu
n'est point distingué de
son essence; au lieu que
cet autre amour qu'il a
pour les choses creées,
n'est proprement qu'vn
vouloir de leur departir
des effets de sa bonté, à
quoy principalement elles
portent leurs desirs. Mais
Dieu s'estãt apperçeu que
les autres Dieux qu'il
auoit creés, tournoient
vers luy toutes leurs af-
fections, & leurs opera-
tions, pour l'amour ex-
treme qu'ils luy portoient,
de telle sorte qu'ils es-

fayoient de tout leur poffible de fe transformer en
luy-mefme ; cela fût caufe
que s'addreffant à eux,
comme s'il euft oublié
toute autre chofe ; O
Dieux, leur dit-il, dont ie
fuis le pere, ie prens plaifir à eftre aimé de vous,
pource qu'en voftre re-
connoiffance ie voy ef-
clatter la perfection de
mes œuures en qui ie me
plais. I'ay pour agreable
encore à l'efgard de vous
mefmes l'affection que
vous tefmoignez auoir
pour moy. Car bien que

vous soyez creés d'vne nature en partie mortelle, si
est-ce que vous ne mour-
rez iamais, à cause de l'a-
mour que vous me por-
tez. Mais comme ie ne
me suis pas rendu si fort
amoureux de moy-mes-
me, que i'aye oublié pour
cela de vous créer, ie voudrois bien tout de mesme,
que cette ardente affe-
ction que vous auez pour
moy, ne vous empeschast
point d'agir sur les choses
d'icy bas. Car bien que
vous ne sçauriez faire de
plus noble action que de

vous tourner vers moy, ie
n'appreuue pas neātmoins
que vous quittiez le soin
de produire les choses qui
sont au dessoubs de vous.
Ainsi quand il n'y auroit
autre chose qui vous y
obligeast, que le desir de
me cõplaire, estant, com-
me ie suis, vostre Pere &
vostre souuerain seigneur,
il est de vostre deuoir de le
faire, puis que ny la bien-
seance ny ma dignité ne
requierent pas que i'em-
ploye immediatement ma
puissance en certaines choses qui sont fragiles & pe-

riſſables. Agiſſez donc
comme il faut par voſtre
mouuement, & rendez in-
fuſe dans les Elemens cette ſecrette vertu que vous
tenez de moy, ſi bien que
ie voye l'eau, l'air & la terre remplis de ces animaux,
& de ces beaux ornemens
qui parurent en abondan-
ce & d'vne façon merueil-
leuſe dans le premier deſſein que i'en fis , & que
vous pouuez encore voir
en me regardant.

Dieu ſouuerain Autheur
de toutes choſes eut à peine acheué de parler ainſi,

quand les Dieux creés fe
tournans de la contempla-
tion à l'action, firent pouf-
fer les fleurs & les arbres,
& naiftre les plantes. Alors
on vit les plaines, les mon-
tagnes, & les vallées s'embellir de mille couleurs
differentes; Alors, dis-je,
l'eau, qui auparauant cou-
uroit la terre confufe-
ment, fi bien que de l'vne
& de l'autre il fe formoit
vn globe parfait, fe retira
dans certaines bornes, laif-
fant defcouuerte pour la
nourriture des animaux
vne grande eftenduë do

terre; Alors finalement la terre mesme encore humectée, s'engraissa des semences qu'elle reçeut du Soleil, de la Lune, & des autres estoilles, & commença de produire diuers animaux, qui sortirent de son sein, ny plus ny moins que du corps d'vn taureau putrefié, l'on en voit sortir vn essein de mouches à miel, ou comme aux grasses campaignes d'Egypte, toutes les fois que le Nil se retire dãs son lict, paroissent des animaux de toutes les sortes.

Ainſi de la façon que les
foreſts eſtoient deſia rem-
plies de beſtes ſauuages,
que les troupeaux four-
milloient dans les prairies,
que les poiſſons nageoient
dans la mer & dans les riuieres, & que les oyſeaux
fendoient les vagues de
l'air, il ſembloit qu'il ne
manquaſt plus rien à la perfection de ce bas monde.
Mais Dieu n'eſtant pas
content d'auoir peuplé
d'habitans le Ciel & les
autres Elemens, leur vou-
lut donner de plus les proprietez qui leur eſtoient

conuenables. Il ordonna
donc que tous les animaux
guidez par l'inſtinct de la
nature ſuiuiſſent les appe-
tits du ſens, les formant
la teſte en bas, afin qu'ils
ne peuſſent hauſſer les
yeux vers les Eſtoilles, &
que par conſequent ils ne
deuinſſent point amou-
reux des beautez du Ciel.
Cela fait, il appella tous
les Dieux au conſeil, où il
voulut que Pluton, Iunon,
Neptune, & Vulcan euſ-
ſent vne place aupres des
autres Intelligences ce-
leſtes. Quant aux Demons

qui leur estoient sujets,
bien qu'il ne leur refusaft
[p]as de pouuoir monter au
Ciel, si est-ce qu'il voulut
qu'ils se tinffent debout,
& qu'à la maniere des pe-
tites gens, ils fiffent quar-
tier à part, sans qu'il leur
fuft permis de parler en ce
conseil. Là deffus s'ad-
dreffant à eux; Mes enfans,
dit-il , toutes les chofes
que vous auez faites font
bonnes, & j'aduouë qu'il
n'y en a point où vous
n'ayez laiffé quelque marque de voftre Diuinité.
Les Elemens ayans efté

par vous mesmes parfaite-
ment embellis de tout ce
qui leur peut estre vtile &
necessaire, il ne reste plus
maintenant qu'à donner
à la terre vn animal qui ne
releue point de vous, &
qui n'opere pas comme les
autres par vne necessité de
nature; mais qui ayant la
volonté libre, esleue les
yeux à ces Spheres ce-
lestes où nous demeu-
rons, & s'en puisse rendre
amoureux. Ie veux au reste
que luy-mesme vsant de la
libre volonté que ie luy
auray donnée, puisse mon-

ter icy parmy nous, & de-
uenir habitant de cette
agreable demeure. Mais
d'autant qu'il sera si excellent & si accomply, qu'il
pourra s'esgaler à vous en
quelque façon, ie ne desire
pas qu'autre que moy s'in-
teresse en sa creation.

Ayant acheué de par-
ler ainsi, il descendit luy-
mesme en la plus delicieu-
se partie de la terre, où il
forma l'homme de la plus
noble & la plus temperée
masse elemētaire, *& souf-
fla sur luy l'esprit de vie,*
imprimant l'image de son

Essence en son entende-
ment, en sa volonté, &
en sa memoire. Comme il
eut fait ce chef-d'œuure,
il se retira dans le Ciel, d'où
tous les Dieux tournerent
la veuë sur l'homme, qui
sembloit estre mis au monde comme sur vn grand
théatre pour commencer
d'y joüer son personnage.
Mais d'autant que Dieu
s'apperçeut que ce noble
animal auroit à combattre
l'appetit du sens, qui pour
l'empescher de monter au
Ciel, s'armeroit côtre luy
des armes des voluptez,

de la conuoitife des richef-
fes & de l'ambition des
honneurs, il luy voulut
donner vn Parrain, afin
qu'en ce duel qui fe deuoit
faire, la volonté fuft par
luy inftruite. Auecque cela, comme iufte qu'il eft,
il s'aduifa d'en donner vn
autre à la partie fenfuelle,
& ce font les deux De-
mons qui feruent de gui-
des à vos inclinations. Le
mauuais eft ainfi appellé,
non pour eftre malin de fa
nature, puis que toutes
les chofes creées font bonnes, & que le mal n'eft
poffible

possible que la priuation
de l'estre, mais bien à cause
de son office, & des effets
qu'il produit. Car comme
enuieux qu'il est de l'excellence de l'homme, il
s'est chargé de porter aux
voluptez, à l'ambition, &
à l'auarice l'appetit sēsitif,
qui n'y est que trop enclin
de soy-mesme; & auec ce-
la de le mettre hors des
bornes de la raison par vn
excez de colere. Le nom-
bre de ces Demons est
presque infiny, & il ne se
peut faire autrement, veu
qu'à mesure que les hom-

O

mes se multiplierent, chacun en eust deux. De cette
nature de mauuais De-
mons fut celuy qui s'apparut par deux fois à Brutus
auec vne figure effroya-
ble, comme tu peux auoir
leu dans l'Histoire, & qui
semblant le menasser; *Tu
me verras*, luy dit-il, *encore vne fois aux champs
Philippiques* ; comme au
contraire on ne pouuoit
autrement appeller qu'vn
bon Genie, ce Demon qui
s'entretenoit ordinaire-
ment auec Socrate, com-
me ie fais auec toy, depuis

quelques années. Ie ne
veux pas neantmoins vſer
d'aucune diſtinction, pour
t'apprendre ſi ie ſuis vn
Demon ou vn Eſprit habi-
tant du Ciel, attendu qu'il
te doit ſuffire de ſçauoir
que ceux qui ſont les plus
cheris des Dieux celeſtes,
ont pour tutelaire vn de
ces Genies, & meſme,
qu'ils peuuent quelques-
fois raiſonner auecque luy
par vne grace particuliere,
comme nous liſons d'V-
liſſe & d'Enée, dont l'vn
euſt pour fidelle garde Pallas, & l'autre Venus. Mais

de quelque nature que ie
fois, ceux-cy que tu vois
auecque moy, font tous
des Demons qui releuent
de mon Empire.

L'Efprit finit ainfi fon
diuin raifonnement; qui
me rauit d'vne fi haute
merueille, que ie fus vn
affez long temps fans pouuoir dire vn feul mot.
Mais enfin eftant vn peu
reuenu à moy; Il faut que
i'aduouë, luy refpondis-
je, que tu m'as dit quan-
tité de belles chofes, qui
meritent bien que i'en
cheriffe le fouuenir. Tou-

tesfois pource que ie ne
puis mettre en doute ce
que tu m'as raconté de la
creation du monde, de la
nature des Anges, & de
leur nombre, ie voudrois
bien que tu me voulusses
esclaircir de quelques doutes que i'ay, touchant la nature & l'office des De-
mons. Ie t'ay desia dit, me
repliqua-t'il, que les Demons sont des animaux
raisonnables, & immor-
tels, dont la nature tient
comme vn milieu entre
les hommes & les Dieux.
De sorte qu'entant qu'hō-

mes ils sont sujets aux passions humaines, & incor-
ruptibles entât que Dieux.
Cela doit suffire, à mon
aduis, pour t'apprendre ce
qui est de leur nature, sans
qu'il soit besoin que ie t'en
fasse vn plus lōg discours.
Tes parolles, adjoust ay-je,
m'engagent dans vne nou-
uelle doute. Car s'il est
vray que ce qui est sujet
aux passions soit corruptible, il s'ensuit que les Demons y estans sujets sont
corruptibles aussi. Tu t'a-
buses, me respondit-il,
veu qu'on ne peut qu'im-

proprement appeller mor-
tel tout ce qui est soubmis
aux passions, attendu que
la Lune patist en quelque
façon, quand elle reçoit
sa lumiere du Soleil. Or est
il que c'est vne passion de
perfection, & qu'ainsi elle
est exempte de mortalité.
Comme au contraire elle
en feroit vne marque, si
elle se reschauffoit aux
rayons du Soleil, ou bien
si elle mesme se raffroidis-
soit. S'il est donc vray que
les passions des Demons
tiennent vn milieu entre
celles des hommes & des

O iiij

Dieux, qui sont, côme i'ay
dit, des passions de perfectiõ, il s'ensuit qu'on n'en
peut tirer entierement vne
consequêce de mortalité.
D'ailleurs si tu ne peux
mettre en doute qu'il n'y
ait des corps, qui par la vertu du baulme, du sel, ou des
choses aromatiques, se cõ-
seruêt vn long têps exêpts
de putrefaction, combien
qu'ils soient corruptibles
de leur nature ; pour cette
mesme raisõ tu dois cõfes-
ser, qu'êcore que les corps
des Demõs soient sujets à
se corrõpre, ils peuuêt neãt-
moins se conseruer im-

mortels par la vertu de
leur ame, qui eſt ſi parfaite, qu'elle eſt capable de
preſeruer de corruption
le corps corruptible, à
qui elle eſt jointe. Afin
que tu comprennes mieux
comment cela ſe peut fai-
re, il faut que tu ſçaches
que la mort du cõpoſé procede de l'appetit de la matiere enuers de nouuelles
formes. Car c'eſt par elles
qu'elle ſe degouſte & ſe deſ-
poüille de la premiere, pour
en prendre vne nouuelle.
Mais quant à l'ame des
Demons, elle eſt ſi parfaite, qu'elle n'a point de

semblable defir de fe def-
nuer. De là vient auffi
qu'ils fe conferuent im-
mortels, pource que leurs
paffions ne font point
comme les voftres, entre
lefquelles & celles des
Dieux elles tiennent vn
milieu. Que s'il te refte là
deffus quelque doute, dõt
tu ne puiffes te defuelop-
per, en tel cas aye recours
à la volonté de Dieu, qui
veut que toutes les Crea-
tures foient fujettes à la
mort, bien que toutesfois
il y en ait quelques vnes
qui fe conferuent immor-

telles pource qu'il l'ordon-
ne ainſi.

Icy l'Eſprit s'eſtant arre-
ſté; Tu dis, luy reſpondis-
je, que les paſſions des Demons tiennent vn milieu
entre celles des hommes
& des Dieux; ce que ie
n'entends pas ſi bien que
ie voudrois, tellement que
tu me ferois plaiſir de me
l'expliquer. S'il eſt ainſi, reprit il alors, que la nature
des Demons tienne vn mi-
lieu entre celle des hõmes
& des Dieux, il eſt raiſonnable que leurs paſſions
tiennent de meſme de la

nature du milieu. Or ſi les
paſſions de l'homme ſont
des marques d'imperfe-
ction, & ſi elles alterent
le corps & l'ame, com-
me au contraire les paſ-
ſions des Dieux ſõt des in-
dices de perfectiõ, & n'ap-
portẽt du chãgement que
de bien en mieux, il me sẽble que les paſsiõs des Demons doiuẽt participer de
l'vne & de l'autre maniere;
Par exemple quãd l'hõme
ſe faſche, il aduient par vn
effet de colere, que non
ſeulement l'ame s'eſmeut,
mais que le cœur s'enflam-

me encore, & qu'il se sent
agité de toutes parts. Au
côtraire, lorsqu'vn Demon
se courrouce, sa fascherie
demeure en son ame, & ne
produit aucun mouuemēt
au corps; doù il s'ēsuit que
les passions des Demōs ne
peuuent estre cause de la
mort de leurs mēbres, pource qu'elles ne passēt point
iusques au corps. D'ailleurs
il n'est pas d'eux cōme de
la Lune, qui emprūte sa lumiere du Soleil, sans que
toutesfois elle en soit res-
chauffee; Mais quant aux
Demons, à mesure qu'ils

reçoiuēt de Dieu & des natures Angeliques la splen-
deur de la connoissance en
l'Intellect, leur ame reçoit
aussi la flamme & la cha-
leur de l'amour. Ie voy
maintenant, luy respon-
dis-je pour lors, de quelle
sorte les affectiõs des Dé-
mons tiennent vn milieu
entre les passions celestes
& les humaines; En quoy
certes il me semble cõue-
nable que les choses dont
tu viens de parler s'accordent auec les superieures.
Mais ie voudrois bien que
tu m'expliquasses plus clai-

rement, cõment il se peut
faire qu'ils soient sujets
aux passions? Car toutes
les fois que i'ay oüy dire
qu'ils deuiennent amou-
reux des femmes, & qu'ils
s'accouplent mesme auec
elles, ie n'ay non plus ad-
jousté de foy à ces langages, qu'aux contes que les
Vieilles ont accoustumé
de faire en filant. Or parla
mesme raison que tu preu-
ues maintenant qu'ils sont
sujets aux passions, il me
semble qu'ils peuuēt estre
amoureux des femmes.
Quoy qu'il en soit, cette

opinion s'enracine en moy
plus fort, quand ie me re-
mets en memoire ce que
i'ay leu des Geants dans les
saintes lettres, & des Heros dãs les escrits des Gentils. Et certainement ie ne
trouue pas si estrãge, qu'on
diroit bien, que de deux
especes de natures distin-
ctes, à sçauoir de l'humaine & de celle des De-
mons, puisse naistre vn
Mixte, qui soit Geant, ou
Heros ; cõme nous voyõs
que d'vn cheual & d'vne
asnesse naist vn mulet, &
comme il me souuient d'a-
uoir

uoir leu encore que ſur le
bord d'vne certaine riuiere d'Afrique, de l'accou-
plemēt de diuers animaux
ſont produittes tous les
iours de nouuelles eſpe-
ces, ce qui à donné lieu à
ce prouerbe, *Que l'Afri-
que engendre touſiours quelque nouueauté.*

A ces mots l'Eſprit s'e-
ſtant mis à ſouſrire; Aſ-
ſeurement, me dit-il, ta
croyance paſſe au delà des
raiſons que ie t'ay alle-
guées. Mais tant s'en faut
que ie veuille te la faire
perdre, qu'au contraire

ie veux t'y fortifier d'auan-
tage, en te faisant voir
combien il y a de vanité en
certaines opiniõs, qui sont
directement opposées à ce
que tu croys. Lucrece, qui
fut, comme tu sçais, plus
Philosophe que Poëte,
choque euidemment l'ex-
perience commune, quand
il nie qu'il y puisse auoir
des Centaures, ou de sem-
blables especes meslees.
Car nous voyons par es-
preuue que non seulement
des cheuaux & des asnes-
ses naissent les mulets,
comme i'ay dit cy-deuant,

mais que des loups & des chiennes s'engendre encore vn animal nómé des Latins *Lisisca*, qui tient du chien & du loup, sans y comprendre vne infinité d'autres monstres, que l'Afrique produit abondamment, qu'il sera possible à propos que ie passe soubs silence, pourcé que tu ne les as point veus; Et ne sert de rien d'alleguer l'opinion de Lucrece, qui ne me semble aucunement valable, quand il dit, que s'il estoit possible que de deux diuerses especes

en nafquift vne meſlée, il
s'enſuiuroit que l'animal
vieilliroit en la fleur de ſa
jeuneſſe, l'homme eſtant
jeune à vingt cinq ans , &
le cheual decrepit ; tellement que s'il ſe trouuoit
vn Centaure , il faudroit
de neceſsité qu'à cauſe du
diſcord des ſemences, &
des principes naturels, il
fuſt en meſme temps jeu-
ne & vieil enſemble. Mais
cette raiſon ne peut auoir
lieu, comme nous auons
deſia dit, pource qu'en la
compoſition de toutes les
choſes meſlées , les ſim-

ples, qui operent à ce meflange , ne gardent point
leur vertu interne. Au contraire elles fe peuuent dire
efmouffées de telle forte,
qu'il n'eft pas incompatible qu'elles ne s'accoup-
plent fort bien auec les autres qui le font aufsi. Que
fi cela n'eftoit, ny l'air ny
la terre , non plus que
l'eau, & le feu, ne pour-
roient s'vnir de telle forte
en vn compofé, que la forme en fuft vnique , fi bien
qu'à l'efgard d'elle mefme,
les formes des fimples re-
bouchées en fuffent com-

me la matiere. S'il est donc
vray que les contraires
comme la terre & le feu,
par des qualitez motiues,
ou le feu & l'eau par des
passiues, puissent estre si
bien joints ensemble par
vn meslange d'harmonie,
qu'il n'y ait rien de discor-
dant en eux, qui voudra
nier que de deux especes
d'animaux, l'vne desquel-
les n'est point contraire à
l'autre, ne se puisse composer vne espece meslée?
Que si l'on admet le mes-
lange des especes artifi-
cielles, il faudra necessai-

rement qu'on appreuue
aussi celuy des naturelles;
ces autres n'estans qu'vne
simple imitation de ces
dernieres. Or est il que l'i-
mitation ne se peut trou-
uer qu'apres la chose imitée. Il te faut remarquer
maintenant, que ie n'ap-
pelle pas artificielles ces
especes qui sont absolu-
ment vn œuure de l'art;
quoy qu'il me seroit facile
d'en mettre en ce nombre
quantité de meslées; mais
bien celles qui par artifice
souffrent le meslange de
deux simples especes na-

turelles, & se joignent ensemble, comme font les
plantes que l'on ente ; ainsi que ton Poëte le remarque fort iudicieusement,
quand il dict :

Ainsi l'on voit les greffes,
& les entes
Se composer d'especes diffe-
rentes,
Et le Poirier porter un au-
tre fruit,
Qu'au gré de l'Art la Na-
ture produit.

L'Esprit s'imposant silence par ces vers de Virgile

me donna sujet de repren-
dre ainsi noftre difcours.
Ie voy bien , luy dis-je,
que l'experiêce nous mõ-
ftre, & la raifon nous enfei-
gne, que de deux fimples
efpeces naturelles s'en
peut compofer vne mef-
lée. Mais ie croy que cela
n'arriue feulement qu'en-
tre ces efpeces qui ont
de la reffemblance en la
forme de leur corps, com-
me le loup & la chien-
ne, ou le cheual & l'af-
neffe. Mais il y a fi peu de
conformité de l'homme
à la befte, que d'eux , ce

me semble ne se peut
composer vn animal mix-
te. A raison dequoy i'ap-
pelle proprement vne
fable ce que les Poëtes
ont inuenté, des Mi-
notaures, des Centau-
res, & des Sirenes.
Ton opinion, respon-
dit l'Esprit, n'est pas contre l'apparence, bien que
toutesfois entre le De-
mon & l'homme il y ait
plus de ressemblance de
nature, qu'entre l'hom-
me & la beste, à qui
l'homme ressemble en
la mortalité du corps,

& au Demon en l'im-
mortalité de l'ame. Or
ce qui fait l'homme c'eſt
le raiſonnement, en quoy
il conuient auec le De-
mon, ſi bien que pour
la conformité qu'ils ont
en cela, il n'eſt pas in-
compatible qu'ils ne ſe
puiſſent meſler enſemble.
Combien que cette reſ-
ponſe me contentaſt en
partie, ſi ne laiſſa-t'elle pas
de m'enuelopper dans vne
nouuelle doute : de ma-
niere que pour en eſtre eſ-
claircy; Cōbien qu'il ſoit
vray, luy dis-je, que ie ne

puis apparemment con-
tredire tes raisõs, qui preuuent que les Demons font
fujets aux paffions , & par
confequent fufceptibles
d'amour; Toutesfois pour
ce qu'il eft certain que
l'amour prefuppofe tou-
fiours vn plus grand obfta-
cle en l'Amant qu'en la
chofe aimée; ie ne trouue
point qu'vn Demon fe
puiffe rendre amoureux
de l'homme, qui eft moins
excellent, & moins beau
que luy; tellement qu'il y
auroit plus d'apparence
qu'il euft de l'amour pour

les Dieux, que pour les Creatures mortelles. L'Esprit me voulant satisfaire en cecy ; Il faut que tu sçaches, me respondit-il, qu'il y a deux natures d'amour, dont l'vne est vn desir de participer à la perfection d'autruy, & l'autre vne volonté de luy faire part de ce que l'on a de parfait. Or ces deux amours ne se trouuent simplement qu'aux deux extremes, à sçauoir en Dieu le Createur, & en la matiere premiere. Ils sont meslez en tous les autres sujets, pour-

ce que la matiere premiere
aime la forme, pour sup-
pleer à ses propres def-
fauts par sa conjonction,
d'autant qu'elle ne peut,
& ne desire pas mes-
me adjouster aucune per-
fection à la forme. Mais
pour ce qui est de Dieu, il
aime les Creatures, pour
departir ses perfections
aux vnes plus, & aux au-
tres moins, sans que pour
cela il s'attende que sa
beatitude, non plus que
sa perfection, en doiue receuoir aucune sorte d'ac-
croissement. Souuien toy

à ce propopos de ce que tu
peux auoir leu dans Ho-
mere, où Iupiter dit que
si du Ciel en bas il laissoit
choir vne chaisne, où tous
les Dieux s'attachassent,
quelque violent effort
qu'ils fissent pour attirer
Iupiter à eux, ils n'en pourroient iamais venir à bout,
mais que pour luy il les
attireroit aysement. Cette
chaisne ne signifie autre
chose que celle de l'A-
mour, auec laquelle Dieu
tout-puissant, n'est point
esbranlé par les moindres
Dieux, ny par les autres

Creatures, mais il leur donne le branle à toutes, comme aymé qu'il eſt, & ardamment deſiré. Auſſi à dire le vray, ſi Dieu aimoit pour receuoir de la perfection, l'objet aymé ſeroit l'Agent, & luy le Patient, d'où il s'enſuiuroit qu'il ſeroit attiré icy bas par la chaiſne de l'Amour ; ce qui eſt impoſſible, comme i'ay dit. Car c'eſt luy meſme qui enuoyant ſur terre ſes graces & ſes dons, qui ſont attachez enſemble, comme des chaiſnons d'or, fait deſcendre du Ciel

du Ciel en bas cet ordre
de graces, par qui il atti-
re à foy les Anges, & toutes les Creatures qui s'y
attachent pour acquerir
la perfection. Voila pour
ce qui est de ces deux fortes d'Amour, simplement
considerées. Passons maintenant à l'amour des An-
ges & des Creatures. Quãd
l'Ange se tourne vers
Dieu, l'amour qu'il a pour
luy presuppose vne imper-
fection, pource qu'il ay-
me pour se rendre parfait;
mais lors qu'il se tourne
du costé des Anges, qui

font au deſſous de luy, il
les ayme alors pour leur
faire part de cette perfection qu'il a receuë de
Dieu : de cette façon comme les Anges inferieurs
aymēt les ſuperieurs, pour
les faire plus beaux , ils
ayment de meſme les
Demons, afin de les em-
bellir. Cela eſtant, faut il
s'eſtonner, ſi les Demons
qui ſont plus accomplis
que les hommes, ne laiſ-
ſent pas toutesfois de les
aymer, puis qu'ils le font
pour leur departir ce qu'ils
ont d'excellent , & non

pour le receuoir? Par où tu
peux voir, ce me semble,
que ta doute est esclair-
cie. Elle l'est en effet, luy
respondis-je, mais il seroit
à mon aduis bien plus à
propos qu'ils aimassent les
Anges , puis que le desir
d'octroyer la perfection
doit estre moindre que celuy de la receuoir. Ce que
tu dis est veritable, repliqua l'Esprit, & il faut que
ie t'aduoüe qu'entre les
Creatures celles qui sont
plus ou moins parfaites, ai-
mēt aussi plus ou moins les
choses nobles ; & toutes-

fois, combien que Dieu n'ayme que pour communiquer la perfection aux autres, si est-ce qu'il ayme plus ardemment que ne fait aucune Creature; Ce qui procede, sans doute, de l'excez de sa bonté, qui n'a point de bornes, & qui surpasse par consequent celle de toutes les choses finies. A ces mots l'Esprit s'arresta tout court, & par son silence il me donna sujet de parler. Ayant dōc pris la parolle; s'il est vray, dis-je, que les Demons puissent aimer les hom-

mes, il n'eſt pas incompatible, auſſi qu'ils ne meſlent leurs embraſſemens à
ceux des Creatures hu-
maines; opinion que le
Poëte diuin à confirmée
par ces vers :

Qui naſquiſt en ce bas lieu,
D'vne façon bien eſtrange :
Et par le ſecret meſlange
D'vne féme auec vn Dieu.

Ton Poëte en dit trop,
reſpondit l'Eſprit, & il of-
fence en cela l'authorité
des Intelligences celeſtes;
Ce qui me fait croire que

lors qu'il parloit ainfi, il
ne fe fouuenoit pas de ce
qu'il pouuoit auoir leu
dans le banquet de Pla-
ton, à fçauoir; Que les
Dieux ne fe meflent en
aucune forte auecque les
hommes, mais qu'ils ont
commerce auec eux par le
moyen des Demons. En
quoy veritablement Pla-
ton s'abufe, & non pas
Virgile, aux vers duquel
tu donnes vne fort mau-
uaife explication. Car en
ce lieu là il entend parler
d'Hercule, lors qu'à fon
retour d'Efpaigne, il n'e-

stoit pas encore deifié. Or
quoy qu'il l'appelle Dieu,
pource qu'il deuoit estre
mis vn iour au nombre des
Dieux, si est-ce qu'estant
pour lors reuestu des membres d'vne creature hu-
maine, il n'estoit pas incompatible qu'il ne pûst
s'accouppler auec vne fé-
me. D'ailleurs, quand Platon dit, que les Dieux ne
se meslent point auec les
hommes, cela ne s'entend
pas du meslage de la chair,
bien que cette explication
ne deust pas estre mau-
uaise, pource que l'appe-

tit concupiscible n'a rien
de commun auec les An-
ges qu'il appelle Dieux. Il
faut donc dire pluſtoſt,
que cela s'entend du meſ-
lange de la familiarité mutuelle. En quoy certes il
ſe trompe encore, pource
qu'ils prennent ſouuent
vn corps humain, ſoubs
la figure duquel ils ſe mon-
ſtrēt aux Creatures raiſonnables. Mais poſſible que
par ces parolles, Platon
conſidere ce qui n'eſt que
naturel aux Anges, & non
pas volontaire; eſtant veritable que pour la diſtan-

ce de leur nature, & du lieu, ils ne s'appriuoiseroient point auec les hommes, iusques à se rendre côme leurs domestiques. Or pource qu'ayant la volonté libre, & qui pour n'estre obligée à vn mouuemêt reiglé panche tout à fait à la courtoisie, ils peuuent asseurement se monstrer aux hommes, comme en effet ils se font voir à eux quelquefois. Ie croy bien cela, luy respondis-je, & ne puis auoir cette pensee, qu'vn Esprit celeste soit susceptible de

nos paſſions. Mais ce que
ie mets en doute, eſt ſi les
Demons ſe peuuent ren-
dre amoureux des fem-
mes, ou ſe meſler auec
elles par vn effet de con-
cupiſcence charnelle ; &
s'il faut tenir pour veritable non ſeulement ce que
les Poëtes ont eſcrit des
Satyres & des Siluains,
mais ce que les Theolo-
giens ont dit encore des
Incubes & des Succubes.
Nous auons deſia con-
clud, reſpondit l'Eſprit,
que la paſſion des De-
mons eſt ſi fort attachée à

l'ame, qu'elle ne cauſe aucune agitation au corps.
Cela preſuppoſé, combien
qu'ils puiſſent eſtre amoureux, ils ne peuuent pas
toutesfois ſe joindre a-
moureuſement, d'autant
que cette conjonction, ou
cet accouplement, ne ſe
pourroit faire, ſi le deſir
interieur ne mouuoit ce
qui ſert neceſſairement à
la generation. Mais d'au-
tant que tu peux auoir ouy
parler des Incubes, des
Succubes, & des Siluains,
& que tu as leu dans les fables des Poëtes, qu'enco-

re qu'Hercule ne fuſt qu'vn homme, quand il embraſſa Rhée, que Iupiter neantmoins qui eſtoit vn Dieu, prolongea la nuict pour joüir d'Alcmene, joint que luy meſme ſe coula doucement dans le ſein de Danaé apres s'eſtre transformé en vne precieuſe pluye d'or, d'où naſquirent Hercule & Perſée; outre que les Hiſtoires te peuuent auoir appris qu'Alexandre & Scipion furent eſtimez fils de Iupiter; Ie te veux

apprendre comme quoy
il se peut faire que les
Demons & les Dieux
soient peres des Heros.
A ces parolles m'estant
preparé à la suitte du discours qu'il me vouloit
faire, il le reprit de cette sorte. Les Dieux, me
dit-il , & les Demons,
qui prennent le soin de
quelque homme ne de-
sirent pas seulement qu'il
s'enflamme de l'amour
de la beauté , qui est
vn puissant objet pour
reueiller les affections ,
& charmer tous les sens,

mais ils font encore qu'vn
corps s'engendre de cet
amour. Ils aydent donc à
l'vne, & à l'autre generation, & verſant dans l'eſprit les ſemences des bonnes mœurs & des ſaines
opinions, ils ſont cauſe
qu'il conçoit quelque no-
ble, & genereuſe action,
qui ſe produit par apres;
ou bien quelqu'ouurage,
qui par ſes hautes penſées
ſurprend les ſens, & les
rauit d'eſtonnement; d'où
il arriue encore, qu'en
vne ame conforme à la
leur, ils font naiſtre les

mesmes sentimens & les
mesmes opinions. Or de
la façon qu'ils agissent à la
production des grandes
qualitez de l'ame, ils operent aussi à la generation
du corps; ce qu'ils font de
cette sorte. Ils se môstrent
aux mortels soubs vne forme majestueuse, extreme-
ment belle, & releuée par
dessus l'ordinaire des Creatures humaines, comme
est celle que tu remarques
en moy; par où s'imprime
en leur fantaisie, comme
sur de la cire l'image d'vne
beauté plus que mortelle.

Et d'autant que la force
de la fantaisie est merueilleuse, vne si haute imagination fait que par les em-
brassemens amoureux les
hommes engendrent des
enfans, qui ressemblent
à cette excellente Idée de
valeur, & de beauté, que
les peres ont conceuë en
leur esprit. Auecque cela,
comme les Demons sont
Astrologues, ainsi qu'il a
esté conclud cy-deuant,
ils font en sorte que l'enfant qui est conçeu, viene
au monde soubs l'aspect
d'vne Estoille fauorable,
& qui

& qui reçoit des influan-
ces celestes les plus beaux
dōs que puisse auoir la Nature; Et voila comme cet
enfant deuenu grand est
tenu pour vn Heros, c'est
à dire pour vn homme ex-
traordinaire, & qui est fils
de quelque Dieu. Com-
me en effet cette croyan-
ce est fondée sur quelque
raison, veu que le soin particulier, que ce Dieu tes-
moigne auoir pris de le
faire naistre si excellent,
merite bien qu'on luy at-
tribuë le nom de son pere,
qui est *Heros*, c'est à dire

R

Amour en langue grec-
que. Auſſi eſt il vray que
par vn effet de la mutuelle amour d'vn Dieu enuers
vn homme, eſt engendrée
vne creature ſi noble & ſi
accomplie ; Mais quant
aux Demons qu'on appel-
le malins, à cauſe qu'ils
font conſtume de l'eſtre,
ils ſe meſlent auec les femmes, tout de meſme que
les hommes. Et d'autant
qu'ils ne peuuent point
engendrer d'eux meſmes,
ils s'aydent pour cet effet
de la ſemence de l'hom-
me , pour en engroſſer

quelqu'vne de ces fem-
mes qui leur font voüées ;
de forte que de ces ac-
coupplemens naiffent les
Enchanteurs, ou les Ma-
giciens, tel que fut Mer-
lin, qu'on eftima fils de
quelque Demon.

Il fembloit que l'Efprit
n'en vouluft pas dire da-
uantage ; & defia mefme
j'eftois fi bien efclaircy de
mes doutes, que ie n'auois
prefque plus rien à luy demander, lors que repre-
nant fon difcours ; Il me
femble, me dit-il, que ie
t'ay affez bié declaré quels

sont les Demons, & quel-
le est leur nature. Mais il
me reste à te dire quelque
chose plus particuliere-
ment touchant leur office.
Celuy des bons est d'ad-
dresser au bien & à la verité l'opinion & la volonté
des hommes, & pareille-
ment de joindre la nature
humaine à la diuine, com-
me ils le font veritable-
ment, lors qu'ils portent
aux Dieux les vœux & les
prieres des hommes, &
aux hommes les graces &
les dons des Dieux; à raison dequoy ils sont à bon

droit nommez Meſſagers.
Voila qui eſt bon, luy reſpondis-je, mais ie voudrois
bien ſçauoir quels ſont
les dons qu'apportent aux
hommes ces immortels
Meſſagers. Ils ſont plu-
ſieurs , repartit l'Eſprit,
veu que les Propheties, la
Deuination , la Magie, &
les ſoins qu'employent les
Preſtres aux ſacrifices, s'appellent à proprement par-
ler des dons que les hom-
mes reçoiuēt par le moyen
des Demons. I'adjouſte à
cecy que la plus part des
Loix ne ſont pas vne in-

uention des hommes,
mais vn don des Dieux.
Car laiſſant à part cel-
les que Moyſe reçeut de
Dieu, ſur la montagne de
Sinay, l'on ſçait aſſez que
Iupiter donna des Loix à
Minos, dans vne grotte
de Crete, & que les Can-
diots les eurent depuis de
luy; Que Lycurgue reçeut
d'Apollon les eſtabliſſe-
mens & les ordonnances
dont il fit part aux Lace-
demoniens, & que Numa
Pompilius apprit d'Egerie
tout ce qu'il inſtitua depuis
touchant le culte diuin.

Mais comme les dons des
Dieux ſont infinis, ils ne ſe
peuuent reduire ſoubs au-
cun ordre qui ſoit limité.
Que ſi tu deſires d'en auoir
quelqu'vn, tu ne le peux
tirer d'ailleurs que des Intelligences des Planetes,
qui ſe chargent de faire
que les Demons qui ſont
ſoubs eux, diſtribuent aux
hõmes les dons de la part
de Dieu. Cela preſuppo-
ſé, il faut que tu ſçaches
qu'il y a ſept de ces
principaux dons, ſelon le
nombre des Planetes ; A
ſçauoir la ſubtilité de la

R iiij

contemplation qui deri-
ue de Saturne, la puiſſance
de la generation & du
commandement, qui de-
pend de Iupiter, la gran-
deur de courage qui eſt
vne vertu infuſe de Mars,
la clairté des ſens & des
opinions, qui tiẽt de la Pro-
phetie & de la Poëſie, qui
eſt vn don du Soleil; l'A-
mour, que Venus inſpire,
la ſcience d'interpreter,
qui vient de Mercure, la
puiſſance d'engendrer, qui
s'obtient par la faueur de
la Lune.

Comme ie vis qu'il ſe

taisoit là dessus; Et quoy?
luy dis-je, auquel de ces
dons seront donc reduit-
tes les Loix, que tu disois
n'aguere auoir esté don-
nées aux hommes par les
Dieux immortels? Les
Loix, respondit l'Esprit,
font de si grande impor-
tance, que pour estre bonnes tout à fait, il faut necessairement qu'elles viennent de Dieu, qui les en-
uoye aux hommes accom-
pagnées de ses Messagers.
Mais pource qu'vn entre
les autres ausquels cette
Ambassade appartient a le

principal rãg, c'est de celuy
là qu'il sẽble qu'on les reçoiue. A ce que ie voy, luy
dis-je pour lors, l'office des
Demons n'est autre que de
joindre la nature humaine
à la diuine par le moyen du
message. C'est cela mesme,
repartit l'Esprit; Et alors ie
recõmençay à parler ainsi.
Puis que la cõnoissance de
nous autres mortels sẽble
imparfaite, si elle n'a l'actiõ
pour but, ie voudrois bien
que de la contẽplation des
secrets de la Nature, tu
vinsses à traiter auec moy
du messager humain; pour-
ce qu'ayant possible beau-

coup de côformité auec les
Demons, ie ne dois point
douter, que tu ne puisse
m'apprēdre touchāt sō art
vne infinité de choses. Ta
requeste, respōdit l'Esprit,
est fort à propos, & sēbla-
ble à celle de ce Roy bien
aduisé, lequel ayāt à demā-
der à Dieu quelque grace
signalée, ne souhaita que la
sciēce de biē gouuerner sō
peuple. Toutesfois pource
que la charge du Messager,
ou si tu veux de l'Ambas-
sadeur, & les accidens qui
luy peuuēt arriuer, sōt presque infinis ; il est peut estre
impossible d'en dōner des

preceptes. Ie ne desire pas,
luy respondis-je, que tu
reduises en art ce grand
nombre d'occurrences,
qui peuuent suruenir aux
Ambassadeurs en leurs ne-
gociations. Car ie ne sçaurois sans extrauagance te
faire cette demande : mais
ie me contenterois bien
que tu m'enseignasses ce
qu'on doit entendre par le
nom d'Ambassadeur, &
quelle est sa charge, qui
sont des qualitez que plusieurs ont demonstrées en
parlant de l'Orateur, du
nom duquel il y a quelque

rapport à celuy de l'Am-
baſſadeur, & par conſe-
quent il n'eſt pas incom-
patible qu'ils ne ſe reſſem-
blent en autre choſe. Me
voila preſt, dit l'Eſprit, à
t'accorder ce que tu deſires; ce que ie feray ſuc-
cinctement, & en touche-
ray les particularitez de
telle ſorte, que tu n'auras
ny ſujet de m'accuſer d'e-
ſtre obſcur, ny d'aſpirer
à vne plus claire connoiſſance de la verité, apres
celle que ie t'auray don-
née. Tu m'obligeras fort,
luy reſpondis-je, ſi tu m'in-

ſtruis en cet art, duquel
Hermolaus Barbarus, fa-
meux Senateur, a traité
fort exactement, en vn
certain liure qu'on tient
qu'il a compoſé. Bien
que ie ne l'aye point leu,
ie veux croire neant-
moins qu'il ne peut eſtre
que digne de ſa profon-
de doctrine, & de la grande experience qu'il auoit
des choſes du monde, principalement touchant la
charge d'Ambaſſadeur,
à laquelle il employa la
meilleure partie de ſa
vie, & l'exerça glorieu-

fement pres de la per-
fonne des plus grands
Princes Chreftiens. Mais
fi des qualitez eminen-
tes de ce grand efprit, &
de ceux qui ont excellé
en cet Art, que ie pour-
rois rapporter icy, i'en
voulois tirer l'Idée d'vn
vray Ambaffadeur, il
faudroit que ie les priffe
tous l'vn apres l'autre,
& que ie me propofaf-
fe pour modelle ce que
chacun d'eux peut auoir
eu de plus accomply; en
quoy certes i'imiterois ce
grand Peintre de Crotone,

qui de cinq beautez tou-
tes differentes en forma
celle d'Helene , où rien
ne se pouuoit adjouster,
ny aux traits du visage,
ny aux autres merueilles
de la nature. Ie voudrois
bien toutesfois qu'auant
que passer outre tu m'en-
seignasses l'art & le moyen
d'en venir à bout; puis si tu
le trouues bon nous exa-
minerons ponctuellement
l'Idee du parfait Ambassadeur, de la mesme façon
que le plus Eloquent de
tous les Romains , consi-
dere celle du parfait Orateur

:eur apres auoir demon-
tré l'art oratoire.

De ces dernieres parol-
es l'Esprit en tira le sujet
le son discours,qu'il reprit
le cette sorte. Tu dois sça-
loir, me dit-il, qu'en vn
ndroit où Platon don-
ne les preceptes de l'Eloquence, il compare l'Art
les Orateurs au mestier
les Cuisiniers.Ce qui sem-
ple d'abbord vn estrange
parallele, & vne compa-
raison odieuse, veu la noblesse de l'vn, & la baf-
esse de l'autre; & neant-
moins à les bien conside-

rer tous deux, on trou-
uera sans doute qu'ils ont
ie ne sçay quel rapport qui
n'est pas à rejetter. Car
comme par la diuersité des
sausses & des ragousts, le
Cuisinier rend agreables
plusieurs mets, qui ne le
font pas d'eux mesmes,
ainsi par les douceurs de
son eloquence l'ingenieux
Orateur fait trouuer bon-
nes beaucoup de matie-
res, qu'on ne pourroit
gouster autrement. Que
si i'vse d'vne semblable
comparaison, me laissant
guider à la nature des cho-

ses, & non pas à l'artifice,
possible ne trouuera t'on
pas si hors de propos à la
fin, ce qui d'abord pour-
roit passer pour extraua-
gant. Par où ie veux dire,
que la charge de l'Ambas-
sadeur n'estant autre que
d'entretenir les Princes en
bonne intelligence, & en
amitié, elle a quelque
conformité auec l'addres-
se d'vn entremetteur d'a-
mour le propre duquel est
de mettre bien ensemble
l'Amāt & la chose aimée;
Et ne sert de rien en cecy
de s'estonner de la bassesse

de ces noms de *Cuisinier*
& de *Messager d'amour*
pour les mettre en paral-
lele auec le haut tiltre
d'Orateur, & d'Ambassa-
deur. Car comme le si-
lence d'Alcibiades cachoit
soubs vne laide escorce
des choses belles & admi-
rables, ainsi quelques vils
& abjects que soient ces
noms, ils ne laissent pas
souuent de couurir beau-
coup d'industrie, d'esprit,
& d'addresse. La raison
est, pource que ny vn
Cuisinier, ne peut estre
comme il faut, s'il n'a le

gouſt bon, pour diſtin-
guer la difference des ſa-
ueurs, ny vn Ageant de
Venus paſſer pour habille
en ſon meſtier, s'il ne con-
noiſt la portée des Eſprits
qu'il veut gaigner à ſoy
par cajollerie; & qu'il faut
de meſme que l'Ambaſſa-
deur connoiſſe l'humeur
& le naturel du Prince
vers lequel il eſt enuoyé.
Mais ces comparaiſons,
qui ſont baſſes d'elles meſmes, eſtans laiſſées à part,
ie dis que la charge de
l'Ambaſſadeur eſt, à pro-
prement parler, l'art & la

methode de sçauoir vnir
& conseruer l'amitié entre
les Princes, tellemēt qu'ils
s'en peuuent difficilement
acquitter, s'ils n'ont vne
particuliere connoissance
de leur humeur.

L'Esprit s'arresta vn peu
icy, quand par cette nou-
uelle doute ie retarday la
suitte de son discours. Ie
ne sçay, luy dis-je, pourquoy tu soustiens que c'est
le propre des Ambassa-
deurs de concilier les amitiez, puis qu'il y en a plusieurs qui sont enuoyez
exprez pour declarer la

guerre aux Princes eftran-
gers, & leur porter le def-
fy de la part de leurs Maiſtres. Que ſi tu me reſpōds
là deſſus, que le nom de
Herault eſt plus conuena-
ble à ceux-cy que celuy
d'Ambaſſadeur, ie repli-
queray que telle diſtin-
ction ne tient pas tant de
la raiſon que de l'vſage, qui
toutesfois n'a pas tou-
ſiours eſté introduit ainſi. Car les Romains ne
croyoient pas qu'on pûſt
legitimemēt faire la guerre, ſi l'on ne la declaroit
auparauant, leur couſtu-

S iiij

me estant d'obseruer en-
uers leurs ennemis mes-
mes certaines maximes
qu'on ne pouuoit violer,
à ce qu'ils disoiẽt, à moins
qu'estre impie ; à quoy
se rapportoit directement
tout ce qu'ils appelloient
Ius fesciale. Ces Ambassadeurs, qui declaroient ainsi la guerre, tenoiẽt le mesme rang que les autres qui
traitoient des affaires de la
paix; & tels furent possible ces deux là, qui s'en
allerent trouuer les Car-
thaginois, au temps qu'ils
tenoient Sagonté assie-

gée ; l'vn defquels ayant
dit tout haut qu'il leur apportoit la paix ou la guerre, la leur declara depuis,
comme il s'apperceut que
ceux de Carthage ne vou-
loient point accepter les
conditions qui leur eſtoiẽt
propoſées de la part des
Romains. A ces Ambaſ-
fadeurs font ſemblables
ces *Chaulx*, dont le grand
Turc ſe ſert auiourd'huy,
quand il veut faire ſom-
mer quelque Prince de luy
donner ſon Eſtat , telle-
ment qu'on ne les peut
plus proprement appeller

que des Ambaſſadeurs de
guerre, tel que fut celuy
qu'il enuoya aux Veni-
tiens pour leur demander
le Royaume de Chipre.
Par où ie conclus, que le
propre de l'Ambaſſadeur
n'eſt pas de concilier les
amitiez, puis qu'il peut
eſgalement vnir, & des-
vnir les eſprits, & les rendre enclins à la paix, ou les
enflāmer à la guerre. Telle
eſt dans Virgile Iris Meſſa-
gere de Iunon, qui l'en-
uoye à Turnus pour le def-
fier au combat, comme ce
vers le demonſtre :

Iunon du haut du Ciel en-
uoya son Iris.

S'il est donc permis de comparer les choses celestes à celles d'icy bas, il n'y a point de doute qu'y ayant des Ambassadeurs de paix, il faut qu'il y en ait aussi de guerre.

Cette doute ne desplut pas à l'Esprit, qui me voulant instruire là dessus ; Il n'est pas incompatible, me dit-il, qu'on ne puisse par vn mesme art esmouuoir les passions de l'ame, & en

calmer auſſi les mouue-
mens, ny que celuy qui
reſueille la colere ne ſoit
capable de l'aſſoupir. Cela
eſtant, ie ne deſaduoüeray
iamais que l'Art de l'Am-
baſſadeur ne ſoit auſſi propre à eſmouuoir la guerre,
qu'à faire la paix. Mais puis
qu'il eſt vray, comme tu
ſçais, qu'on ne prend les
armes, que pour joüir du
repos où l'on aſpire, il eſt
eſgalement conuenable à
l'homme d'Eſtat de ſça-
uoir traitter de l'vn & de
l'autre. Il ne faut pas toutesfois qu'il parle de la

uerre qu'entant qu'elle
rapporte à la paix. Car
luy qui feroit autrement
roit femblable à vn mau-
uis Archer, qui decoche-
it vne fleche fans fçauoir
, & feulement par ga-
nterie ; ce qui feroit af-
urement vn effort inuti-
, qui ne fe pourroit fouf-
en vn vray homme d'E-
at. Que s'il faut mettre
nombre des Arts, qui
nt foubmis à la Politi-
ue, celuy de l'Ambaffa-
eur, affeurement il ne
eut mieux faire que de fe
enir au but qu'il s'eft pro-

posé de suiure ; D'où il
s'ensuit que si la paix est
la fin de la Politique, elle
l'est pareillement de l'art
de l'Ambassadeur. Or bien
qu'il se treuue assez d'Ambassadeurs qu'on enuoye
expres pour declarer la
guerre, si est-ce qu'à considerer en general la charge
de quelque Ambassadeur
que ce soit, l'on treuuera
qu'elle consiste à concilier
les amitiez. C'est à cause
de cela, que par vne grande raison d'Estat, il luy est
expressement defendu de
traitter la guerre ; Ou bien

s'il le fait, il commet ſans
doute vne grande faute, &
qui n'eſt pas moins dom-
mageable, qu'elle eſt de
mauuais exemple. A ce
propos tu peux auoir leu
dans l'Hiſtoire, que trois
Ambaſſadeurs des Ro-
mains s'en eſtãs allés treu-
uer les François, pour leur
faire poſer les armes, qu'ils
auoient priſes contre les
alliez du peuple Romain,
ſe ietterent indiſcrettemẽt
dans la meſlée, où ils com-
battirent les François; qui
s'offencerẽt ſi fort de leur
voir laſchement violer le

droict des gens, que laiſſant leur premiere entre-
priſe ils s'en allerent droit
à Rome, pour eſſayer d'en
tirer raiſon ; Comme en
effet ils ſe végerent ſi bien,
qu'ils desfirent l'Armée
qu'on enuoya contr'eux,
aſſiegerent le Capitole, &
ſe veirent ſur le poinct de
ruiner entierement l'Em-
pire Romain.

Icy l'Eſprit s'eſtant ar-
reſté; Ces Ambaſſadeurs,
luy dis-je, ne violerent
pas, ce me ſemble, le
droict des gens, puis qu'ils
ne prirent les armes con-
tre les

tre les Gaulois, que lors
qu'ils reconnurent veritablement, qu'ils essayoient
en vain de les empecher
de faire la guerre à leurs
alliez. Ils le violerẽt pourtant, respondist l'Esprit,
pource que durãt le temps
qu'vn Ambassadeur est en
charge, il est à couuert de
tous les outrages qu'on
luy sçauroit faire. Et voilà
pourquoy, puis qu'il faut
que la Iustice soit reciproque, les Ambassadeurs ne
doiuent non plus pouuoir
offencer, qu'ils ne peu-
uent estre offencez. Aussi

T

est il vray que ce qu'on ne
leur peut faire tort , à
moins qu'estre inhumain
& barbare, ne procede
d'autre chose, sinon de ce
qu'en aucune occasiõ que
ce soit, il ne faut pas qu'ils
prennent les armes contre
personne, tellement qu'il
est bien raisonnable qu'on
les respecte comme des
hommes qui sont inno-
cens & pacifiques; Que
s'ils estoient des boute-
feux, & des trompettes de
guerre ; sans doute il ne
leur seroit point permis de
pouuoir passer par tout en

asseurence; & nul ne vou-
droit ouurir le chemin à
ceux qui viendroient com-
me ennemis, soubs vn spe-
cieux pretexte d'estre enuoyez ambassadeurs. C'est
à raison de cela que ton
Poëte dit :

De cent Ambassadeurs les
chefs sont couronnez,
Des rameaux de Pallas,
&c.

Où il est à remarquer, que
l'Oliuier, arbre consacré à
Pallas, est vn symbole de
paix, & qu'encore qu'E-
T ij

née euſt choiſy ces Am-
baſſadeurs de tous les ordres, que pas vn d'eux
neantmoins n'euſt com-
miſſion de faire la guerre.
Or ce qu'il les prit de tous
les ordres, fut pour mon-
ſtrer qu'il demandoit vne
paix generale, & pour aſ-
ſeurer Latin, que ſon païs
ſeroit exempt des degats
& des voleries, que les
hommes lâches, & qui
ne ſont pas de condition,
ont accouſtumé de com-
mettre.

Par ces dernieres parol-
les, m'ayant mis dans vne

nouuelle doute; Mais s'il
arriuoit, adjouſtay-je, que
ce fût vn Ambaſſadeur de
deux Princes amis ou al-
liez, & qui euſſent guerre
contre vn autre, luy ſeroit
il permis en tel cas de prendre les armes? Il le pourroit
en effet, reſpondiſt l'Eſprit, auec moins d'offen-
ce contre le droict des
gens ; Et toutesfois il ne
le doit pas faire, pour ne
fermer iamais le paſſage
aux traittés de paix, &
pour ſe mõſtrer touſiours
amy en toute ſorte d'oc-
caſions. Or pource que tu

m'as aduerty de ne poinct oublier la definition de l'Ambaſſadeur; l'on peut, ce me ſemble, l'appeller *vn Homme qui repreſente pres d'vn Roy la perſonne d'vn autre Prince, pour les maintenir tous deux en bonne paix & en amitié.* Car ceux que les particuliers enuoyent aux Princes, ou les Princes aux particuliers, ou les cõmunautés à d'autres gens de leur condition, ne meritent point à mon aduis d'eſtre appellés Ambaſſadeurs, & doiuent pluſtoſt

porter le tiltre *d'Ageans.*
Il y a deux sortes de vrays
Ambassadeurs, pource que
la matiere soubmise à leur
charge, est aussi considerable en deux façons. Les
vns sont enuoyés pour des
negociations de paix, ou
de guerre; de treve, ou de
ligue, & les autres pour
vne simple demonstration
de bien-veuillance & d'estime, soit qu'il s'agisse ou
de la resioüissance de quelque mariage, ou de la naissance d'vn Prince, ou du
gain d'vne victoire, ou de
la mort d'vne personne

illustre, ou de telle autre
disgrace ; ou soit qu'il faille faire quelque compli-
mêt semblable, selon l'oc-
currence des occasions.
De cette façon l'vn de ces
Ambassadeurs pourra estre
definy ; *Vn homme enuoyé
d'vn Prince à vn Prince,
auec pouuoir & authorité
de traitter de tout ce qui tou-
che le commun proffit, & l'a-
mitié de tous deux* : Et l'autre, *Vn homme enuoyé d'vn
Prince à vn Prince pour
luy tesmoigner l'estime qu'il
en faict, & l'amitié qu'il
luy porte, en laquelle il desi-*

re de se conseruer. Il y en a
toutesfois qui sont com-
posés de ces deux especes;
comme par exemple, les
Ambassadeurs residās, qui
par le deuoir de leur charge ne sont pas moins obli-
gés de faire des compli-
mens, que de traitter des
affaires de leurs Maistres.
De tes parolles, luy res-
pondis-je, il s'ensuit, qu'il
y a des Ambassadeurs qui
sont residans, qui ont vn
plein pouuoir de traitter
de toute sorte d'affaires;
& d'autres qui ne le sont
pas, & que l'on enuoye ou

pour des affaires expreſſes,
ou pour des complimens;
& qu'en vn mot leur fin
principale eſt l'vnion entre
les Princes, charge, à dire
le vray, la plus noble de
toutes celles de la Politique. Mais s'il faut tenir
pour veritable ce que nous
auons conclud, à ſçauoir
que l'Ambaſſadeur vnit
les affections, & les vo-
lontés des Princes, il ne
doit eſtre porté, ce me
ſemble, pour vn Prince
non plus que pour l'autre,
pource que le mediateur
d'vne affaire participe tou-

 siours esgalemẽt aux deux
extremitez.   Mais d'ail-
leurs cela ne se peut faire
sans inconuenient ; veu
que l'Ambassadeur est tout
à faict à ce Prince dont il
represente la personne, &
non à celuy pres duquel il
est residant. De maniere
qu'apres auoir bien con-
sideré toutes choses, sa fin
principalle deuroit estre de
faire sa Negociation, au
proffit & au contente-
ment de son Maistre, sans
auoir aucun esgard ny à
l'honneur, ny à l'ytilité
du Prince vers lequel il est

enuoyé. Tu dis vray en
partie, respondist l'Esprit,
& en partie aussi tu t'esloi-
gnes de la verité. Car s'il
est certain que l'Ambassadeur est entierement au
Maistre dont il represente
la personne, c'est vne chose asseurée aussi qu'il doit
principalement auoir es-
gard à le contenter. Mais
de dire que pour cela il ne
doiue point estre soigneux
de celuy aupres duquel il
reside, cela est faux en partie, & tout à fait esloigné
de l'humanité. La raison
est, pource que si la paix

& l'amitié font des choſes bonnes d'elles meſmes, & qui ſe peuuent trouuer entre deux Princes, qui deſirent le bien & la ſatisfaction l'vn de l'autre, comment ſera t'il poſſible qu'vn Ambaſſadeur moyenne la paix & l'amitié pour ſon Maiſtre, qui eſt le plus grand bien qu'il luy puiſſe pourchaſſer, ſãs qu'il procure du bien pour autruy ? I'adjouſte à cecy que les Ambaſſadeurs humains doiuent eſtre vn exemple des celeſtes. Car y a-t'il celuy qui ne ſçache

que le principal office des
Anges est de faire la vo-
lonté de Dieu ; & qu'en
cela toutesfois ils don-
nent beaucoup de choses
à la foiblesse humaine ;
d'où il arriue souuent que
par leurs prieres ils fles-
chissent la volonté di-
uine en faueur de l'hom-
me ; à raison dequoy il est
escrit, que le Royaume
des Cieux veut estre em-
porté de force, bien que
toutesfois cette force ne
soit autre chose qu'vne
violence amoureuse. S'il
est donc vray que l'Ange

a esgard non seulement à
la satisfaction de celuy qui
l'enuoye, mais encore au
bien de la personne à
laquelle il est enuoyé,
vn Ambassadeur ne peut
mieux faire que de se proposer pour sujet d'imita-
tion vn si bel exemple.
Mais pource qu'il de-
pend absolument du Prin-
ce son Maistre ; S'il void
qu'il ait affaire à deux
hommes de volonté diffe-
rente, c'est à luy à faire son
possible, pour les mettre
bien ensemble, vsant pour
cet effet de toutes les per-

suasions imaginables; &
qui peuuent estre les plus
propres à gaigner le Prince vers lequel il est en-
uoyé. Et d'autant que toute persuasion se doit faire,
ou par les raisons & par les
exemples, ou par le mou-
uement des affections, &
par l'authorité de la coustume; Entre les raisons &
les exemples il doit choisir non seulement les plus
puissans, & les plus com-
modes, mais encore les
plus agreables; & esmou-
uoir les affections les plus
douces plustost que les ai-
gres

gres, qui attirent ordinairement la hayne & les ani-
mositez. En vn mot, il
faut qu'il raisonne de telle
sorte, que le Prince qui
l'escoute soit induit à croire que la personne qui parle à luy est homme de
bien, doüé d'vne grande
prudence, & qui n'ayme
pas moins la Iustice que
son propre bien, & ainsi
l'on peut appeller excellāt
Orateur celuy qui se rend
capable de persuader. Vn
Ambassadeur ne peut dōc
estre parfait s'il n'est bon
Orateur; Et c'est pour ce-
V

la que les Latins luy en
donnent le nom, pource
qu'à son imitation il se
sert de l'art oratoire, & des
plus beaux traits de l'Eloquence, pour persuader ce
qu'il desire ; Dequoy ton
Autheur te donne vn fort
bel exemple, lors qu'auec
vne elocution pompeuse,
& vne eloquence masle,
qui a ses nombres dans la
iustesse ; Il fait qu'Ilionée
prie Latin d'accorder vne
demeure aux Troyens,
presupposé que leurs in-
fortunes soient connuës
de tout le monde. Que si

ie voulois te rapporter icy
sa harangue, & pareille-
ment celle de Drance à
Enée, quand il s'en va au
camp des Troyens, pour
obtenir permission d'en-
seuelir ceux qui ont esté
tuez dãs la meslée; ou mesme l'Ambassade de Mer-
cure, & la response des
Ambassadeurs enuoyez à
Diomede; il n'y a pas de
doute, que ie trouuerois
dans les vers de ton Poëte
tout ce qu'on peut di-
re, & tous les preceptes
qu'on peut donner de l'art
des Ambassadeurs. Mais
V ij

laiſſant toutes ces conſi-
derations à ceux qui font
profeſſion d'expliquer les
Poëtes, il me ſuffira de dire, pour reüenir à mon
propos ; que s'il aduient
qu'en ſa cõmiſſion l'Am-
baſſadeur ne puiſſe con-
tenter enſemble & ſon
Maiſtre, & le Prince auec
lequel il traite d'affaire; en
tel cas ſans auoir aucun eſgard à ce dernier, il eſt obligé de ſe propoſer pour but
le contentement du Prin-
ce qu'il ſert, & duquel il
repreſente la perſonne :
Mais s'il aduenoit auſſi,

luy demanday-je, que le
Prince qu'il auroit pour
Maiftre, vouluft exiger de
luy des chofes iniuftes , &
que l'autre ne defiraft rien
que d'honnefte; que fau-
droit il qu'il fift en tel cas ?
Deuroit il pluftoft com-
plaire à la mauuaife intention de l'vn, qu'au raifonnable vouloir de l'autre ?
Quand l'Ambaffadeur ,
refpondit l'Efprit, ne peut
accortement donner à en-
tendre à fon Prince qu'il
eft dans les mauuais fen-
timens, ny luy faire changer d'opinion, il n'y a nul-

lement de sa faute, pource,
que la volonté de son Maistre est absoluë en toutes
les choses dont il a vne
expresse commission de
luy; & ce qu'il peut faire
est d'executer de poinct en
poinct son cõmandemẽt.
Que s'il suruient quelque
accident qui trouble l'affaire, ou quelque conten-
tion d'vn particulier, qui
soit inconnuë à son Mai-
stre; alors, s'il le iuge à
propos, il luy en doit donner aduis, & attendre vne
cõmission nouuelle. Mais
s'il apperçoit que son Prin-

faille, ou par ignoran-
, ou par mauuaise vo-
nté; il est besoin en cela
'il vse d'vne grande pre-
ution pour le gaigner
u à peu, ne luy propo-
nt seulement que les
hoses dont il le juge ca-
ble, pource que tous
s Princes ne sont pas pro-
res à connoistre entiere-
ent ce qui est bon &
ste de soy. Cela sans
oute arriue aux vns d'vne
oiblesse d'esprit, & aux
utres d'vne certaine li-
erté tyrannique, & de
estre accoustumés à plu-

sieurs fausses maximes, qui
procedēt d'ordinaire, non
des viues sources des bons
Philosophes, mais de cel-
les des mauuais Legistes,
qui ne sçauent ny discer-
ner ce qui est iuste dans les
Loix, d'auec ce qui l'est
par nature & absolument;
ny connoistre comme il
faut, iusques où ils doiuent
retrancher de ce qui est
iuste, s'ils veulent autho-
riser leur fourberie d'vn
specieux pretexte d'equi-
té, afin de passer pour
gens de bien, & sauuer les
apparences de la Iustice.

Quand il aduient donc
qu'il fe rencontre en vn
Prince quelqu'vne de ces
imperfections, qui em-
pefche vn Ambaffadeur de
luy pouuoir perfuader ce
qui eft bon, & veritable
de foy, il faut qu'en tel cas
il fe contente d'vfer en-
uers luy de ces perfuafions
charmantes, qui attirent
pluftoft doucement, qu'elles n'efmeuuent auec vio-
lence. Car il eft à croire
que par des moyens fi
doux, il le pourra gaigner
beaucoup plus facilement
que par des raifons feue-

res, quelques verités qu'il luy puisse dire. Que s'il veut vser de complaisance, cela n'empeschera pas qu'il n'y entremesle quelque instruction propre à l'esmouuoir, pourueu toutesfois qu'il y apporte la moderation requise ; de telle sorte qu'encore que son aduis soit en effet vn enseignement de Philosophe, il tienne neantmoins du Politique & du Populaire. Mais possible n'appreuues-tu pas ma raison, pource que l'Ambassadeur en qualité d'homme de

bien, tel que le deuoir l'o-
blige d'eftre, ne doit s'ef-
loigner d'vn feul pas de ce
qui eft bon & honnefte,
ny fe rendre par confe-
quent executeur ou Mi-
niftre d'aucune iniuftice.
A quoy ie te refpondray
que lors qu'on parle d'vn
homme de bien, cela fe
doit entendre en deux ma-
nieres, à fçauoir abfolu-
ment, & de cette façon,
cet hõme là ne peut eftre
vne des parties de la Ville,
ny Miniftre d'vn Prince, fi
ce n'eft en cas qu'il y ait de
la perfection en l'vn & en

l'autre, ce qui ne se rencontre possible pas. Quant
à la secõde maniere d'estre
homme de bien, elle s'en-
tẽd de celuy qui est, ou bon
Ministre, ou bon Citoyen,
& qui ayme de soy les choses absolument honnestes,
encore qu'en ses actions il
ne laisse pas de s'accom-
moder aux commande-
mens des Princes, ou aux
Loix de la ville, leur donnant tousiours le meilleur
sẽs qu'il luy est possible, &
s'efforçãt d'y apporter vne
raisõnable moderatiõ. Car
s'il se trouuoit quelqu'vn

qui ne vouluſt auoir aucune ſorte d'eſgard ny au Prince, ny à la ville, & qui ſe pro-
poſaſt ſeulement pour fin
vne honneſteté rude & ſe-
uere, ſãs ſe ſoucier ny d'in-
tereſt ny d'vtilité; Celuy-là
ſans doute ſeroit hõme de
biẽ, & ne pourroit toutesfois eſtre appellé ny bõ Citoyen, ny bon Miniſtre.
Tel fuſt poſsible Caton, ou
tel il voulut paroiſtre, lors
que viuant dans la Bour-
geoiſie de Romulus, cõmẽ
s'il fuſt nay dãs la Republique de Platõ, ſa trop grãde
ſeuerité fut quelquesfois

cauſe de pluſieus tumultes
qui arriuerent à la ville. A
ce que tu contes, luy reſpondis-je, il faut bien dire
que la condition d'vn Am-
baſſadeur eſt eſpineuſe;
puis qu'il eſt ainſi, que
pouuant abſolument eſtre
homme de bien, il ne ſe
doit point ſoucier de l'eſtre de cette ſorte au pre-
iudice de ſa charge. Sa
condition, me reſpondit-
il, n'eſt pas plus faſcheuſe
que celle d'vn autre Mi-
niſtre, qui veut agir comme il faut dans les affaires.
Car ny l'Orateur, ny le

Iuge, ny le Conſeiller
d'Eſtat ne peuuent eſtre
gens de probité, que dans
vne Ville parfaite, & le
meſme ſe doit entendre
du Capitaine, qui pour
eſtre touſiours eſtimé hõme de bien, ne ſe deuroit
iamais propoſer pour but
qu'vne honneſte victoire,
qui ne peut eſtre telle, ſi la
guerre n'eſt legitime. Mais
s'il y a quelqu'vn dans le
monde, qui deſire de s'acquerir la perfection, ie luy
conſeille pour moy de ſe
retirer dans les foreſts &
dans les deſerts, pour y

vacquer à la contempla-
tion, & mener s'il est possible vne vie semblable
à celle des Anges ; Sinon,
qu'il cherche, si on le peut
trouuer, vn Prince , ou
vne ville en qui ne se remarque aucun deffaut, &
qui pour l'amour de la
Vertu seulement, s'impo-
se à soy-mesme des Loix,
où l'on ne puisse trouuer
à redire. S'il y a quelqu'vn
qui en vse comme cela, il
pourra passer entierement
pour homme de bien , &
parfaitement exercer l'office d'Ambassadeur , ou
toute

toute autre charge. Que ſi dans la corruption des Eſtats & des Republiques, il veut imiter le bon Ariſtide, il courra fortune d'eſtre banny comme luy, & chaſſé bien loin de la Cour des Grands, s'il y penſe faire le pointilleux, & ſe tenir dans les reigles d'vne trop ſeuere probité. Mais pour reuenir à l'Ambaſſadeur, il faut que tu ſçaches qu'il a vn tel rapport auecque le Prince, que ſi l'vn eſt parfait, l'autre le ſera de meſme. Ainſi preſuppoſé qu'il y ait vn

X

Prince qui ſoit de cette
nature, c'eſt à dire parfai-
temēt accomply, ſon Am-
baſſadeur ſe doit touſiours
propoſer les choſes hon-
neſtes, & mettre ſes intereſts au deſſoubs d'elles,
ſçachant bien qu'vn bon
Prince ne peut manquer
d'approuuer les bonnes
actions. Mais quant à ce-
luy qui en ſa negociation
ſe propoſe ſimplement de
ſuiure le temps & la me-
thode ordinaire, il faut,
comme nous auons dit cy
deuant, qu'il donne beau-
coup de choſes à l'vſage,

z beaucoup aussi aux in-
terests, aux affections, &
ux volontez de son Mai-
re. En quoy toutesfois
doit faire en sorte de les
pporter tousiours à l'hõ-
esteté. Car bien qu'en
ecy il semble faire l'office
e Conseiller plustost que
Ambassadeur, il ne doit
s toutesfois trouuer
trange s'il represente ces
ux personnages ensem-
e, selon que les occa-
ons & les occurran-
s des affaires l'obligent
en dire son aduis à son
Maistre par le moyen des

inſtructions & des lettres.

A ces mots interrom-
pant l'Eſprit; Ie voudrois
bien ſçauoir, luy dis-je, ſi
la volonté du Prince eſtant
iniuſte , l'Ambaſſadeur
doit en tel cas preuenir le
mal par le menſonge, pour
eſtre cauſe d'vn plus grand
bien ? Cette queſtion, reſpondit l'Eſprit, eſt debat-
tuë, comme tu ſçais, dans
les Eſcholes des Theolo-
giens & des Philoſophes,
qui ſont bien en peine de
reſoudre, s'il eſt permis
de dire vn menſonge of-
ficieux. Mais dans noſtre

raisonnement, tout ce que
ie t'en puis dire, est qu'à
cause d'vn plus grand bien
l'on peut deceuoir le Prince en deux façons, à sça-
uoir, ou quand on luy dit
vn mensonge, ou quand
on luy cache la verité. Pour
le premier poinct, encore
qu'il semble mauuais de
soy, si est-ce que la maxime d'Estat le permet,
pource qu'autrement les
Princes & les Estats s'en
iroiēt en decadāce. Quant
au second, ce n'est pas faire mal, à mon aduis, de
laisser vn petit bien pour

X iij

vn plus grand ; & c'eſt ainſi, ce me ſemble, que l'Ambaſſadeur en peut vſer
enuers ſon Prince. Mais
quant au premier ie l'ex-
clus entierement, pource
qu'encore qu'vn menſon-
ge officieux puiſſe eſtre
vtile, ſi eſt-ce qu'il appartient pluſtoſt au Seigneur
de s'en ſeruir à l'endroit de
ſon ſujet, que non pas au
ſujet d'en vſer effronte-
ment enuers ſon Seigneur;
Ainſi bien ſouuent il eſt
arriué que par vn ſeul menſonge des Capitaines ont
ſauué des armées toutes

entieres, & que par ce mesme moyen les grands hommes d'Estat ont preuenu les seditions & les troubles. Mais c'est vne chose non moins dangereuse que temeraire que le sujet die vn mensonge à son Seigneur, d'autant que celuy qui le dit presuppose de sçauoir plus, & d'estre plus homme de bien que n'est la personne à laquelle il en fait acroire; Ce que i'appelle vne action temeraire, qu'vn Ambassadeur doit euiter auec soin, non seulement pource que les

Princes sont tels la pluspart du temps, que les particuliers ne peuuent s'esgaler à eux, mais encore
d'autant que si lon vient à
sçauoir que l'Ambassadeur
ait dit vn mensonge, quãd
mesme il l'auroit fait pour
vn bien, asseurement cela
luy fera perdre beaucoup
de credit & de bonne estime pres de la personne de
son Maistre. Mais quant
au second moyen de tenir
la verité cachée, outre qu'il
n'est pas si dangereux que
l'autre, pource que lon
peut tousiours prendre des

pretextes d'ignorance, de
nonchalance, & d'oubly,
il n'est pas encore ny si
odieux, ny si temeraire,
principalement lors qu'on
ne fait pas beaucoup d'in-
stance, pour s'esclaircir de
la verité. Quoy qu'il en
soit, ie trouue pour moy
que le Ministre fait bien,
lors que se pouuant passer
de l'vne & de l'autre façon
d'vser de mensonge, il s'en
abstient genereusement,
pourueu toutesfois qu'v-
ne perte notable ne s'en
ensuiue. Il faut adjouster
à tout cecy, qu'il se peut

trouuer vn Art, par le
moyen duquel, sans dire
vn mensonge, & sans tai-
re la verité, l'on ne laisse
pas de la mettre dans le
poinct que lon peut desi-
rer; Car comme les plu-
mes dont l'ingenieuse na-
ture enrichit le col des pigeons, & la queuë des
paons, sont reellemēt tousiours les mesmes, & de la
mesme couleur, quoy
qu'elles representent di-
uersement celle des ru-
bis, des saphirs, & des es-
meraudes, & que par vn
agreable meslange elles les

faſſent eſclater toutes enſemble, ſelon qu'elles ſe
trouuent oppoſées à la
clairté du Soleil ; Ainſi de
meſmes actions conſide-
rées en l'homme peuuent
prendre diuerſes faces, ſelon que la conſideration
en eſt diuerſe. Auſſi s'enſuit il de là, qu'vne meſme action qu'on oppoſe
d'vne façon differente à la
lumiere de la raiſon, pa-
roiſt tantoſt bonne, tan-
toſt mauuaiſe, tãtoſt meſlée, tantoſt loüable, &
tantoſt digne de blaſme
ou de loüange. Or comme

l'Ambaſſadeur emprunte ſon nom de l'Orateur, c'eſt de luy auſſi qu'il doit emprunter l'art ingenieux de faire changer de face aux choſes, ſelon que les circonſtances en ſont pla-cées. Et comme l'Orateur qui veut paſſer pour hom-me de bien (condition qui ſelon quelques vns luy eſt abſolument neceſſaire) ne doit point alterer la verité, pour opprimer l'innocen-ce, cela ne luy eſtant per-mis que pour ſauuer vn coupable ; Ainſi quand l'Ambaſſadeur, ou tel au-

tre Miniſtre repreſente
aux Princes l'eſtat des choſes auec vn autre viſage
que le leur propre, il ne le
doit point faire au preiu-
dice d'aucun, mais pour le
bien du Prince meſme, ou
de ſes ſujets, pourueu toutesfois, que leur commo-
dité particuliere n'apporte
point de dommage à leur
Seigneur; ce qui me ſem-
ble impoſſible, à le bien
conſiderer, ſi le Prince eſt
bon ou du moins legiti-
me. La raiſon eſt, d'au-
tant que ce qui eſt le bien
du Prince l'eſt pareillemēt

de ceux qui font foubmis
à fa charge, comme de
fimples aigneaux, à raifon
dequoy Homere appelle
fort à propos *Pafteur des
peuples* le vaillant Aga-
memnon. Or pour appli-
quer maintenant à noftre
propos ce que nous auons
conclud, ie dis qu'vn Am-
baffadeur qui eft chargé
de faire fon rapport des
propofitions d'vn Prince,
& des refponfes d'vn au-
tre, ne le doit pas toufiours
faire en mefmes termes
qu'elles luy ont efté efcrittes ou dittes de viue voix.

S'il y procedoit de cette
sorte, il offenseroit quelquefois les Princes, & ainsi
il les rendroit odieux, au
lieu que son principal but
est de concilier entre eux
vne amitié mutuelle. Cela
n'empesche pas pourtant,
qu'en conseruant toute
pure & dans le fonds de la
verité l'essence des com-
missions qui luy sont données, il ne leur puisse faire
changer de face, & de ressemblance, par ses raisons
& par ses parolles. Car s'il
arriue quelquesfois entre
les Princes quelque affaire

qui soit espineuse & difficile de soy, vn Ambassa-
deur la peut adoucir ac-
cortement par sa maniere
de proceder, sans que son
Maistre en soit mescon-
tent. Ie diray à ce propos
qu'il y a vn grand deffaut
dans Homere, lors qu'in-
troduisant des Ambassa-
deurs ou des Deputez, il
veut qu'ils rapportent les
choses auec les mesmes
termes qu'elles leur ont
esté dittes. Car outre que
cette methode a ie ne
sçay quoy de bas & de seruile, l'experience fait voir,
que

que si l'Ambassadeur n'e-
stoit qu'vn simple Rap-
porteur de la commission
qu'on luy a donnée, il n'auroit besoin ny de pruden-
ce ny de biē dire, & qu'ainsi les hommes les plus vul-
gaires seroient propres à
cette charge ; au lieu que
nous voyons ordinaire-
ment que les Princes n'y
appellent que les plus ha-
biles, dont ils font vne es-
lection tres-particuliere.
Par où nous deuons con-
clure, que pour s'en ac-
quitter comme il faut, il
est bien question d'autre

chose que de rapporter
simplement des Ambassa-
dés & des parolles.

Icy l'Esprit s'arresta, &
par ces discours, qui me
contēterent extrememēt,
il me donna vne nouuelle
enuie d'en apprendre da-
uantage, & de l'interro-
ger derechef; ce que ie fis
en ces termes. Les parolles
que tu m'as dittes n'aguere; à sçauoir, que l'Am-
bassadeur a du rapport
auecque le Prince, me
font tirer cette conse-
quence; Que la distinction
des Ambassadeurs deppēd

en partie de celle des Prin-
cipautez. Ie voudrois donc
bien sçauoir quelle difference tu mets entre les
Ambassadeurs d'vn Prince
& ceux d'vne Republique?
Il ne me sera pas difficile,
me respondit-il, de t'in-
struire là dessus, si tu con-
sideres qu'vn Estat dep-
pend ou d'vn seul, ou de
peu de gens, ou de plu-
sieurs, qui peuuent estre
ou bons, ou mauuais Sei-
gneurs, ou legitimes, ou
illegitimes; & de là vient
qu'il y a six especes de simples Gouuernemens, ou

Y ij

tre les mixtes, qui font en
affez bon nombre. Eftant
donc certain, comme nous
auons conclud, que les
Ambaffadeurs ont du rap-
port auec les Princes, il
faut que celuy qui l'eft
d'vn Tyran, fe comporte
d'vne autre façon, que celuy d'vn bon Roy, & que
l'vn & l'autre agiffent auffi
d'vne façon differente de
celle des principaux d'vne
Republique, ou d'vn gou-
uernement populaire, cha-
cun d'eux eftant obligé de
s'accommoder aux loix
de fon pays. Mais comme

pour l'ordinaire la puiſſance des Princes eſt plus ab-
ſoluë que celle des Repu-
bliques, ainſi ils la tranſ-
mettent plus ayſement
qu'elles aux commiſſions
des Ambaſſadeurs. A quoy
'adiouſte qu'vn Ambaſ-
ſadeur Royal differe bien
de celuy d'vn Tyran, en
matiere d'authorité, d'autant que l'Ambaſſadeur
d'vn Roy ſe doit appel-
ler Miniſtre, au lieu que
l'autre n'eſt qu'vn valet,
puis que tous ſes ſujets
ſont opprimez par la ſer-
uitude. Cecy peut ſuffire

à mon aduis touchant l'authorité des Ambassadeurs.
Pour ce qui est du reste,
comme il y a bien plus de
conformité d'vn Prince à
l'autre, que d'vn Prince à
vn Tyran ou à vne Repu-
blique, ie croy de mesme
qu'vn Ambassadeur peut
plus aysement concilier
les amitiez entre les Princes vertueux, que non pas
entre eux & les Tyrans,
ou auec les Republiques;
Ce qui n'empesche pas
neātmoins qu'on ne puif-
fe mettre d'accord les
Princes auec les Tyrans,

& les Republiques, & que
cela ne reüssisse quelquesfois assez facilement des
deux costez. Car bien
qu'vn Prince soit naturellement plus enclin à l'amitié de l'autre qu'à celle des
Tyrans ou des Republi-
ques, si est-ce qu'il peut
arriuer pour plusieurs sujets qu'il ait plus d'inclination à la bien-veuillance
d'vn Tyran, ou bien d'vne
Republique, qu'à celle
d'vn autre Prince. Toutes
lesquelles conditions, ou
naturelles, ou acciden-
telles, estant bien consi-

derées par l'Ambassadeur,
c'est à luy à faire tout son
possible pour vnir ensem-
ble les volontez de ceux
entre lesquels il est comme Mediateur, au com-
mun proffit de tous, &
particulierement de son
Maistre. Voila sommaire-
ment tout ce que ie scau-
rois dire touchant l'office
& la fin de l'Ambassadeur.
Apres auoir donc parlé
des choses les plus essen-
tielles à cette matiere, il
est raisonnable que nous
traittiõs de quelques-vnes
qui arriuent par accident,

bien que toutesfois elles
ne laiſſent pas d'eſtre de
grande importance , &
plus conſiderables appa-
remment que les ſub-
ſtantielles.   L'Ambaſſadeur joüe deux perſon-
nages, dont l'vn eſt le naturel, & l'autre celuy de
ſon Prince. Or comme
aux Tragedies tandis que
celuy qui repreſentãt Agamemnon, ou Theſée, ou
Hercule, parle en plein
theatre deuant ceux qui le
regardent , taſche de ſe
rendre veritable imitateur
de ces grands Princes, &

par son action , & par sa
desmarche, & ne laisse pas
d'estre la mesme personne
qu'auparauant, apres qu'il
s'est retiré, bien qu'il soit
paré des habits d'vn Roy;
L'Ambassadeur tout de
mesme aux solemnitez
publiques ne doit rien
faire qui choque la bien-
seance, & la personne de
son Maistre , quoy que
toutesfois en la charge où
il est, il ne faille pas qu'il
se mesconnoisse, quand il
est en compagnie ou en
festin auec ses amys , mais
qu'il mesnage de telle sor-

te ſes intereſts & ceux du
public, que ſans commet-
tre des actions indignes
de luy, il ſe rende agreable & courtois à tout le
monde. A quoy certes il
ne doit pas auoir eſgard
ſeulement en ſa conuer-
ſation ordinaire, mais encore en ſa maniere de vi-
ure, de s'habiller, d'ac-
cueillir ſes hoſtes fauora-
blement, de les inuiter de
bonne façon, & d'entre-
tenir ſes gens auec hon-
neur : car comme il eſt de
ſon deuoir de ſurpaſſer en
magnificence les hommes

particuliers , ainſi quand
la fortune l'auroit abon-
damment pourueu de ri-
cheſſes, ſi ne faudroit il pas
pour cela qu'en matiere
de paroiſtre il vouluſt aller
du pair auec les Princes.
Auſſi ſans mentir il feroit
l'action d'vn courage bas,
s'il ſe comportoit en homme vulgaire, & paſſeroit
pour vn inſolent , s'il ſe
vouloit cõparer aux puiſ-
ſances ſouueraines.

Icy l'interrompant aſſez
à propos; De ce que tu dis,
adiouſtay-je, il me ſemble
qu'on en peut tirer cette

confequence; qu'en Alle-
magne on pratique vne
fort mauuaife couftume,
qui veut que l'Ambaffa-
deur tienne le mefme rang
que tiendroit fon Prince.
Elle eft mauuaife en effet,
refpondit l'Efprit, pource
qu'il faut toufiours mettre
quelque difference entre
la perfonne qui reprefen-
te, & celle qui eft repre-
fentée, veu qu'elles ne
font pas toutes deux vne
mefme chofe. Auffi ap-
prouue-je bien dauanta-
ge la couftume de certai-
nes Cours, où l'on don-

ne aux Ambaſſadeurs des
lieux ſeparez, diſtinguant
les perſonnes repreſentées
d'auec les veritables. Par
où ie conclus qu'en quel-
que action que ce ſoit , ou
publique, ou particuliere,
l'Ambaſſadeur ſe doit ſou-
uenir, & de ſa propre perſonne, & de celle qu'il repreſente , qui en public
doit eſtre preferée à la ſienne propre, & en particu-
lier n'y deſroger que fort
peu ; Ce qui eſt à mon aduis, la plus exacte doctrine que ie ſçaurois don-
ner touchant cette charge

d'Ambaſſadeur, tant en
matiere des choſes qui regardent ſa negociation,
que de celles qu'il doit faire par bien-ſeance, qui
ſont les deux parties ſur
leſquelles tout l'art de ſa
charge ſe fonde. Me voi-
la, luy dis-je, entierement
ſatisfait de tes raiſõs: Mais
puis que tu as parlé de cét
Art, ie voudrois bien que
tu conſideraſſes l'Idée de
l'Ambaſſadeur parfait. I'en
ſuis content, repliqua l'Eſprit, pourueu que ce ſoit
en peu de parolles : car
auſſi bien me ſuis-je trop

arresté à ce discours ; Ce
que i'essayeray neātmoins
de faire de telle sorte, que
la briefueté ne serue point
d'obstacle à la connoissance que tu desires auoir.
Sçache donc que i'appelle
vn parfait Ambassadeur,
celuy qui pour le bien de
son Prince, sçait traiter
les affaires prudemment,
& faire des complimens
auec eloquence. Ce n'est
pas le tout encore ; car il
faut que par la dignité de
ses meurs jointe à sa bonne mine, & à la probité
de sa vie, il sçache representer

senter la Majesté de son
Prince; & pour le dire en
vn mot, qu'en ses actions
ou publiques, ou particu-
lieres il entremesle de telle
sorte la bien-seance de sa
propre personne, à celle
qui est requise au besoin,
qu'il soit aymé sans mes-
pris, & respecté aussi sans
que les autres en re-
çoiuent du mescontente-
ment.

Ainsi pour faire le vray
portrait d'vn parfait Am-
bassadeur, il est necessaire
de joindre ensemble la noblesse du sang, la dignité,

Z

la bonne mine, la defpen-
fe honorable, l'art d'obliger comme il faut la pra-
tique des Cours, & du
monde, la connoiffance
de la Politique, de l'Hi-
ftoire, & de la Morale, le
zele au bien de fon Prin-
ce, la viuacité de l'efprit,
l'accortife, l'eloquence,
la grace à s'expliquer, la
grauité, la douceur de la
conuerfation, & la vraye
franchife à fauorifer fes
amys, & ceux de fa con-
noiffance, & d'autāt qu'il
eft comme impoffible que
toutes ces qualitez fe trou-

uet iamais en vn seul homme, il sera bon, à mon
aduis, que celuy qui en
approchera de plus pres,
soit comme à cette charge
eminente. Mais il est têps
que ie te quitte, pour m'en
retourner à vne autre operation plus noble que n'est
celle de m'entretenir auecque toy. Ie ne suis pas fas-
ché neantmoins de t'auoir
obligé de cette faueur, &
m'offre a t'en faire d'autres
aux occasions. Alors m'e-
stant mis à souspirer bien
fort, comme i'ouys qu'il
s'en vouloit aller d'auec

moy; O bien heureux Esprit! luy dis-je, dans la felicité que tu goustes souuien toy ie te prie de la misere où ie suis, & ne me desnie point ta consolation ny ton ayde fauorable. A ces mots il me sembla qu'il m'accorda ma priere, & à l'heure mesme il disparut laissant dans ma chambre vn doux parfum d'Ambrosie; & vn esclat merueilleux, qui procedoit de sa lumiere celeste.

Fin du Dialogue de l'Esprit.

LE
SECRETAIRE,
DE
TORQVATO TASSO,

Traité Premier.

IE n'ay nullemét douté que ie ne deuſſe faire ce que vous auez deſiré de moy, pour l'eſtroite amitié dont nous ſommes liez enſemble il y

a long temps. Mais ce qui
m'a mis en peine, a esté le
moyen de m'en acquitter
de bonne façon, ou en
donnant les preceptes de
bien escrire des lettres, où
les veritables reigles qui
font necessaires à former
vn Secretaire parfait. Aussi,
à dire le vray, il est grandement difficile de joindre
ensemble ces deux choses,
du moins si l'on s'en rapporte à Ciceron, qui a escrit separement l'Idée du
parfait Orateur, & des
preceptes de Rhetorique.
Par ces premiers objets

qu'il nous represente,
nous sommes esleuez af-
feurement à la confidera-
tion d'vne excellente chofe, & comprenons dans
l'entendement ie ne fçay
quoy de plus haut & de
plus grand que les efcrits
mefmes; au lieu qu'en ce
dernier genre d'efcrire le
ftyle s'auilit quelquesfois,
& fe rauale iufques aux
moindres particularitez.
Que fi ie me propofois en
ce traité de vous donner
les reigles de bien efcrire
des lettres, & vous mon-
ftrer enfemble, comme

dans vn beau portrait, en quoy consiste la perfe-ction du Secretaire, ie ferois possible vne chose qui sembleroit auoir esté desseignée par diuers Mai-stres, & peinte de diffe-rentes couleurs, auec vne maniere si peu iudicieu-se, qu'il y auroit plus d'art aux ongles & aux che-ueux, qu'au principal du tableau, qui ne vaudroit rien. Mais comme ie ne pretends seulement que de toucher dans le fonds de la matiere ; ie laisseray à part quelques preceptes qu'on donne touchant la methode d'escrire, sçachant bien que vous les pourrez auoir leus dans les escrits de Demetrius de Phalarée, de Gregoire de Nazianze, & de quelques Autheurs modernes. Cela estant, ce que ie vous diray là dessus sera plustost par vne complaisance d'amy, que par vn desir expres de vous vouloir commander en Maistre. Aussi n'y a-t'il point de loy qui doiue en cela passer pour inuiolable, quand on en laisse le choix à la liberté,

& à la prudence du Secretaire; comme en effet sa' plus haute excellēce consiste souuent en l'ingenieux mespris des choses qu'enseignēt les Orateurs; Tellement qu'il gaigne quelquesfois bien plus de loüange par vn modeste refus de la gloire, qu'il n'en gaigneroit s'il la recherchoit auec trop de passion. Et certainement en matiere de se bien mettre en l'Esprit de son Seigneur, la loüange luy est parfois aussi nuisible que le bagage l'est à vne armée, dont il retarde fouuent la victoire, bien que d'ailleurs il ne laiſſe pas de luy eſtre neceſſaire.

Que l'element du Secretaire ne ſoit donc point parmy les Eſcholes & les Academies, mais à la Cour, & dans le Camp, où ſont les Princes & les Generaux d'Armée, ou meſme qu'à l'imitation de Bembo il ſoit mené en triomphe au Vatican, & honoré du plus haut tiltre où il ſçauroit aſpirer. Mais auant que pouuoir atteindre iuſques là, il faut qu'il

fasse estat de passer par
tous les degrez des scien-
ces, principalement de
celles que l'on nomme
circulaires ; En quoy certes il ne faut pas qu'il imite ceux qui s'en vont à la
Foire pour n'y rien achepter, mais plustost ces autres, qui se fournissent de
ce qu'il y a de plus gentil.

Le Secretaire n'est obli-
gé par le deuoir de sa charge, ny d'enseigner en Maistre, ny de faire vne exacte
demonstration des choses
qu'il escrit, mais bien de
seruir son Prince de bon-

ne façon, & le perſuader par le ſecret & la fidelité, pluſtoſt que par les parol-les. Or bien que toute la vie du Secretaire ne ſoit qu'vne perſuaſion tacite, neantmoins pource qu'il doit agir pour le ſeruice de ſon Maiſtre, & traiter de beaucoup d'affaires à ſon nom, il faut, ce me ſem-ble, qu'il n'y ait pas moins d'eloquence en ſon diſ-cours, que d'elegance en ſes lettres; Et qu'ainſi il ſçache vnir enſemble ces deux parties qu'on a trou-ué rarement jointes parmy les Anciens ; auſſi a t'on laiſſé l'vne aux Sophiſtes, tels qu'ont eſté Hippias, Gorgias, Alcidamas, & Socrate meſme, & l'autre aux Orateurs, comme à Pericles, à Alcibiades, & à leurs ſemblables. Toutes deux neantmoins ont eſté jointes en Demoſthene & en Ciceron, qui ont parlé dès choſes eloquemment dans le Senat de Rome, & d'Athenes, & donné à la poſterité des harangues qui empeſchent leur nom de mourir. Mais ie trouue pour moy qu'entre

les autres œuures que Ci-
ceron nous a laissées, nous
auons deux liures de let-
tres, à sçauoir les familieres, & celles qu'il escrit à
son amy Atticus, qui doi-
uent estre inseparables d'a-
uecque le Secretaire, pource qu'elles luy peuuent apprendre à estre Eloquent,
& bien aduisé tout ensem-
ble. L'on a beau me dire là
dessus, que le monde a
chãgé de face depuis, Qu'il
s'est engendré de nouuel-
les corruptions en suitte
de celles des Romains, &
des anciennes Republi-

ques; Que les conquestes
d'vn autre Empire, faites
par les armes, & mainte-
nuës par l'authorité, ont
aboly celles des siecles
passez, & que nostre sain-
cte Religion a introduit
d'autres coustumes & d'autres ceremonies. Quoy
qu'il en soit, tout cela
n'empesche pas qu'en ma-
tiere d'Eloquence les es-
crits de Ciceron n'ayent
subsisté contre les efforts
du temps, & qu'il ne soit
celuy de tous les Anciens
qui merite le mieux d'e-
stre imité de ceux qui se
proposent

proposent de bien escrire.
Ie diray bien dauantage,
c'est que s'il faut chercher
en quelque part que ce soit
des marques visibles de liberté, de grandeur de courage, de franchise, de sincerité, & de constance
dans les disgraces de la fortune ; lon n'en sçauroit
trouuer ailleurs de plus
belles restes que dans les
ouurages de ce grād hom-
me. Où il est à remarquer
toutesfois, qu'il escrit en
vray Pere de la Patrie, qui
aimoit la liberté publique,
au lieu que nostre Secre-

A a

taire escrit comme fils d'o-
beiſſance, & comme amy
de la ſeruitude. Cela eſtant,
s'il n'a le iugement bien
net, & s'il ne ſçait faire
choix des matieres qui
luy ſont propres, il ſera
bien difficile qu'il le puiſſe
imiter en ſeureté, dans
cette diſſemblāce de cho-
ſes ſi differentes. Il pourra donc prendre de luy l'a-
bondance, la diuerſité, les
richeſſes, & les graces de
l'elocution. En ſuitte dequoy il fera vn precieux
amas de ces belles ſemen-
ces de prudence & de iu-

gement, qui font efparfes
dans fes liures, comme en
quelque champ fertile, en
attendant que le tout fe
meurisfe par l'vfage , &
par l'experiēce qu'il pourra faire à la Cour. Qu'il fe
fouuienne à ce propos,
que comme les plantes
font trāfportées d'vn pays
à l'autre, il faut de mefme
qu'il fasfe pasfer en noftre
langue celle des Latins &
des Grecs, en luy rendant
commē naturelles leurs
penfées , leurs fentences,
& toutes les graces qu'ils
apportent à s'exprimer no-

A a ij

blement. De quoy ie puis
dire sans vanité que mon
pere s'aquitta fort bien, &
qu'en cette derniere partie
du Secretaire il ne fût pas
des moins iudicieux, ny
des moins loüables de son
temps. Ces ornemens ne
doiuent pas seulement
estre recueillis des lettres,
mais des autres ouurages
encore, d'autant que le
Secretaire tient presque
de l'Orateur, & que tous
les genres de l'Oraison se
voyent en quelque sorte
sinon exprimez, du moins
ombragez dans les lettres.

En elles tantost on accuse,
& tantost on deffend,
comme fait Ciceron en
celle qu'il escrit à Apius ;
Quelquesfois on conseil-
le & l'on persuade, com-
me en ces autres qui sont
escrites par luy mesme à
Curio , à Lentulus, à Mar-
cellus , & à Lucius ; &
quelquesfois on loüe aus-
si, comme lors qu'il escrit
à Seruius Sulpicius, & à
Caton. Or on ne loüe pas
seulement les personnes,
mais les pays, comme fait
Pline en diuers endroits
de ses Epistres , & mon

A a iij

pere mefme en la defcrip-
tion de Naples & de Sur-
rente. A quoy j'adioufte
que l'art de congratuler,
de confoler, & de recom-
mander appartient enco-
re à l'Orateur, & que le
Secretaire l'apprēd de luy.
Ces chofes doiuent donc
eftre traitees auec beau-
coup d'Eloquence; pour-
ce que l'art oratoire n'eft
point referré dans ces trois
genres, comme en des
confins hors defquels il
n'oferoit fortir, veu qu'encore qu'il y foit renfermé
bien fouuent, il luy eft

toutesfois permis d'aller plus auant, & de se loger dans les Escholes des Philosophes, aux Academies des gens de lettres, dans les Monasteres des Religieux, & mesme à la Cour des Princes, où il est souuent en grande estime. Il ne faut donc pas que le Secretaire ignore cet Art, s'il veut s'acquitter dignement de la charge qu'il exerce ; Et bien que les genres de lettres soient differents de ceux de l'Oraison, qui sont le Demonstratif, le Deliberatif,

& le Iudiciel, si ne laissent
ils pas d'en approcher selon Ciceron, & d'estre
aussi trois de nombre. Le
premier, qui est tres-certain, consiste à donner
aduis à vn amy absent,
des choses qui regardent
celuy qui escrit, ou à qui
elles sont escrittes. Le second traitte de matieres
graues & serieuses, & le
troisiesme de choses plai-
santes, & de galanterie.
Mais cette distinction, ou,
pour mieux dire, ce partage de bornes & de confins,
ne se doit faire qu'entre les

moindres Orateurs, & les
petits Secretaires, qui tels
que de pauures Mettayers,
ont si grand peur qu'on
n'empiette sur les bornes
de leurs champs, qu'ils
n'osent iamais en sortir; en
cela contraires aux grands
Orateurs & aux Secretai-
res d'importance ; entre
lesquels toutes choses sõt
si communes qu'ils mes-
lent leurs biens ensemble
en veritables amys; Tellement que l'vn n'a point de
possession, dont l'autre
ne puisse disposer, & s'y
promener tout à son ay-

se. Nostre Secretaire est donc Orateur, & l'art d'escrire des lettres approche fort de celuy de faire des Oraisons, bien que toutesfois ce mesme art dont nous parlons, semble deuoir estre plus proprement appellé puissance ou faculté, comme composé qu'il est de choses contraires, qui sont le silence, & la parolle; car il est esgalement du deuoir du Secretaire de sçauoir parler & se taire quand il le faut, selon la differente nature des choses qui doiuent

estre dittes, ou ne l'estre
pas. Il se donne neant-
moins le nom de secret,
pource qu'il est necessaire
qu'en la charge qu'il exerce il ne le viole iamais, &
qu'en cela particuliere-
ment sa fidelité se recon-
noisse. Que si l'on peut appeller vn Art du nom de
science; l'on ne sçauroit
mieux nommer l'office du
Secretaire, que la science
des choses qu'il doit de-
clarer, ou tenir secrettes.
Ou bien si quelqu'vn le
definissoit vn Escriuain de
choses secretes; cette de-

finition pourroit paſſer, co
me ſemble , & ſeroit tirée
d'vne des parties qui ſont
requiſes en luy. Car tou-
tes les lettres que les Secretaires ont accouſtumé
d'eſcrire aujourd'huy, peuuent eſtre diuiſées en deux
genres principaux , l'vn
deſquels regarde l'affaire
dont il eſt queſtion , &
l'autre la compoſition. Ie
mets au premier genre
tout ce qui appartient à
celuy qui eſcrit, ou à qui
l'on eſcrit ; & en l'autre
les lettres de congratula-
tion, de compliment, ou

de recommandation , &
ainsi du reste. Et d'autant
que la naissance des Princes , les mariages , & les
charges acquises ou o-
ctroyées, dont nous auons
accoustumé de nous res-
jouïr, sont des choses qui
se passent publiquement,
le Secretaire en peut faire
le sujet de ses lettres , &
en escrire à ses amys , sans
qu'on l'en doiue blasmer ;
Comme pareillement des
succez contraires , tels
que sont, les morts inopi-
nées, la perte des biens, le
bannissement , & ainsi des

autres difgraces de la fortune, dont on a de couftume de fe pleindre. De cette façon l'on ne pourra
mieux exprimer l'office du
Secretaire, qu'en difant,
qu'il eft le conferuateur
des fecrets du Prince, &
le truchement de fes vo-
lontez. Et d'autant qu'vn
Interprete peut eftre ou
doux ou feuere, il n'y a pas
de doute que la douceur
luy acquerra toufiours
plus de loüãge que la feue-
rité. Cela prefuppofé, il
faut que dans les fecrettes
familiaritez que le Secre-

taire a le plus souuent aupres du Prince, il essaye
d'amollir la rigueur des
loix, & d'adoucir l'amer-
tume des peines. Que s'il
arriue que ses amys luy
presentent quelques re-
questes, il me semble
qu'en tel cas il sera bon de
les fauoriser iusques à ce
poinct, qu'en les faisant
signer à son Maistre, le credit qu'il a aupres de luy
serue de refuge & d'asile
aux supplians. Il doit tesmoigner encore ces mes-
mes effets d'affection &
de bon naturel, quand il

explique les lettres qui font efcrittes au Prince, pource qu'eftans prifes en mauuaife part, elles pourroient eftre vn fujet de hayne, & de mefcontentemēt. D'ailleurs bien que le deuoir l'oblige de fuiure l'intention de fon Maiftre, pluftoft que de fe tenir à la fienne propre; Il y a toutesfois plufieurs chofes qui font remifes à fon iugement & à fa prudence, en matiere defquelles, il peut vfer en fes lettres de termes officieux, & qui panchent toufiours

toufiours du cofté de l’a-
mitié. Et d’autant que les
lettres qu’il efcrit, font la
plus part du temps des tef-
moignages de bien-veuil-
lance, & d’honneur auffi,
il faut que les demonftrations de l’vn & de l’autre
foient fi vifibles dans fes
lettres, que le Prince qui
les reçoit en demeure fa-
tisfait, & particulieremēt
au temps où nous fom-
mes, auquel toutes cho-
fes fe mefurent par l’eftime & par les interefts.
Ainfi les termes expres &
fignificatifs dont il vfe

Bb

pour faire honneur à quelqu'vn, ou esgal, ou infe-
rieur, ne doiuent point
ressembler aux fausses me-
sures de ces mauuais Mar-
chands, qui en ont de pe-
tites lors qu'ils vendent,
& de grandes quand ils
acheptent; Par où ie veux
dire que le Secretaire ne
peut à moins qu'estre tenu
pour ingrat, se monstrer
auare en la distribution
des complimens & des
parolles d'honneur qu'il
donne à celuy que sa con-
dition, ses vertus, & ses
bons offices en rendent

digne. Or bien que ce ne
soit pas iniuſtice d'vſer
des vieilles meſures, qui
eſtoient receuës du temps
de nos Peres & de nos
Ayeuls, & qu'elles ne doiuent pas moins eſtre con-
nuës du Secretaire, que le
font des Magiſtrats celles
dont on ſe ſert ordinairement à vendre du vin, de
l'huille, & du bled; Neantmoins pource qu'on les
reforme quelquesfois, &
qu'on en fait de nouuel-
les, il faut que le Secretaire prenne bien garde à cela, & qu'il ſoit exactement

B b ij

informé, non seulement
des qualitez & des tiltres
dont on vſoit ancienne-
ment, & de ceux que les
Princes ont depuis autho-
riſez par leurs Priuileges,
& leurs Edits, mais enco-
re de la nature de châque
choſe, & qu'auec cela, il
entende la force des mots,
& leurs ethymologies, afin
de ne prendre vne qualité
pour l'autre. Mais d'autant
que les Princes & les Cō-
munautez peuuent faire
des Edits & des ordon-
nances ſur pluſieurs cho-
ſes dont vn Secretaire a de

couſtume de traiter, il
faut qu'il ayt connoiſſance
du droit ciuil pour s'en
ſeruir au beſoin, & que
s'accommodant à l'vſage,
il ſe ſouuienne que les
Princes meſmes qui font
les Loix, ne laiſſent pas de
les ſuiure, & qu'ainſi ils ne
doiuent pas s'exempter
d'vſer des qualitez & des
tiltres, que la couſtume a
introduits. L'aduis des Secretaires n'eſt donc pas
moins preferable aux ſen-
tences des Iuges, que la
Couſtume l'eſt aux Loix,
puis que l'experience fait

Bb iij

voir que les Loix ne difent
mot en temps de guerre,
& qu'elles s'impofent fi-
lence parmy le bruit con-
fus des armes & du Ca-
non; Comme au contraire
il n'y a celuy qui ne fuiue
la couftume, dans les que-
relles mefme les moins capables d'accord, & les plus
enracinées. Auffi peut on
bien dire à la loüange de la
couftume, qu'elle eft la
chofe du monde la plus
douce, & qui fe conferue
le plus volontiers dans nos
cœurs; au lieu que les Loix
efcrites, qui font rigou-

reufes d'elles mefmes, ne
fe gardoient ancienne-
ment que fur des tables
& des colomnes. A quoy
l'on peut adjoufter que la
couftume ne s'oublie ia-
mais; au cõtraire des Loix,
dont le fouuenir fe paffe
facilemẽt. Or pource qu'i-
cy nous n'entẽdons point
parler de toute forte de
couftume, mais de celle-là
tant feulement qui eft or-
dinairemẽt fuiuie des gens
de bien, c'eft à quoy le Secretaire doit auoir ef-
gard plus qu'à tout autre
poinct, fi ce n'eft qu'il

B b iiij

veüille d'ailleurs s'embar-
raſſer l'eſprit à conſiderer
la nature & les noms des
choſes. Car il y en a quelques vns qui ſont comme
naturels, ainſi que l'ont
voulu dire les Eſcholiers
de Platon, & ces Peripa-
teticiens, qui ont joint
enſemble l'vne & l'autre
Philoſophie. L'on peut
mettre au nombre de ces
noms la plus part des qualitez & des tiltres qu'on a
de couſtume de dõner aux
Princes, & partant on ne
les ſçauroit blaſmer, à
moins que choquer la pro-

pre nature des choſes. Que
ſi la Loy ſeule fit anciennement eſtimer beaucoup
les Couronnes d'oliuier,
de lierre, de pin, de lau-
rier, & ainſi des autres,
bien qu'elles ne fuſſent
d'aucune valeur; Au temps
où nous ſommes, les Loix,
les priuileges des Princes,
& la couſtume ont eſleué
à vn point d'eſtime incom-
parablement plus grand
les Couronnes qui ſont
miſes ſur les armes, & les
autres marques d'honneur
dont le Secretaire doit
auoir cōnoiſſance, en ſça-

uoir la caufe, & entendre le moyen d'en vfer; Ce qui luy eft neceffaire, afin qu'il puiffe honorer vn chacun felon fon merite & fa condition. En quoy neantmoins il doit toufiours fuiure la volonté de fon Prince, conformement à laquelle les anciens ordres peuuent eftre reformez, & les vieilles couftumes abolies, fi elles n'ont pas efté bien introduittes. Que s'il faut dire le vray, en cecy; le Prince ne peut auoir de meilleur Confeiller que le Secretai-

re que nous formons, qui
doit eftre non feulemenṭ
Orateur, mais Philofo-
phe, c'eſt à dire connoi-
ſtre la nature des noms &
des chofes; Mais il faut fur
tout que l'excellence de
fon efprit fe faffe paroiſtre
en la Morale, qui eſtant
l'image de noſtre ame, eſt
grandement propre aux
lettres, ainfi que l'enfei-
gne Phalarée; Et comme
les tableaux de Poligno-
tus meritoient plus de
loüange que les autres,
pour les naïfuetez & les
graces particulieres qu'ils

auoient à representer l'a-
ction ; Ainfi ie ne trouue
point de lettres plus loüables, que celles qui fça-
uent le mieux exprimer
l'interieure bonté de l'a-
me. Il eft donc du Secre-
taire comme du Peintre,
en ce qu'vfant des cou-
leurs , & des lumieres des
belles parolles, il depeint
la forme & les lineamens
de la volonté d'autruy ; Si
bien qu'il fait voir tantoft
fon intention, & tantoft
celle du Prince qu'il fert.
Il faut neantmoins qu'en-
tre l'vn & l'autre, il y ait

vne grande difference, &
qu'il soit soigneux sur tout
de garder la bien-seance
requise en ce qui est de son
Maistre, puis qu'il est certain que plusieurs choses
qui sont bien-seantes aux
seruiteurs ne le sont pas à
leurs Seigneurs. Et d'au-
tant que les grands n'ay-
ment pas qu'on les entre-
tienne de longs discours, il
faut prendre garde que les
lettres qu'on escrit aux
Princes, ne soient iamais
trop prolixes ; Dequoy
peuuent seruir de modelle
entre les Grecs celles de

Phalaris, la tyrannie du-
quel ne fut pas tant vn effet de son mauuais natu-
rel, que de sa mauuaise
fortune; & entre les La-
tins, celles du bon Em-
pereur Trajan ; Ce qui se
doit obseruer encore pour
vne autre raison, qui est,
qu'vne façon d'escrire suc-
cinte, s'accommode fort
bien à la grauité du style,
à quoy les Princes parti-
culierement doiuent s'e-
studier, quand ils escri-
uent à leurs sujets : car
estans nays pour comman-
der, ils le doiuent faire en

peu de parolles, au lieu
que les prieres ont besoin
de longs discours. Cela
estãt, toutes les lettres que
les Secretaires ou les autres escriuent à vn Prince
doiuent estre plus longues
que courtes, sans toutes-
fois se jetter si loing au
delà des bornes, pource
qu'en tel cas elles pour-
roient estre ennuyeuses,
veu que la plus part des
Princes ont l'esprit tra-
uaillé de soins, d'inquie-
tudes, & de pensees, pour
les grãdes affaires de leurs
Estats ; d'où il s'ensuit

qu'ils ne peuuent pas donner beaucoup de temps à
la lecture des lettres qu'on
leur enuoye, & voila pourquoy elles doiuent estre
pleines de bonnes pen-
sees, plustost que de pa-
rolles superfluës, afin que
dans vne petite feüille de
papier on leur donne peu
à lire, & beaucoup à con-
siderer. Ce genre d'escrire
est fort conuenable à cette
sorte de lettres qu'on addresse aux Roys & aux Re-
publiques. Mais quant à
ces autres, que le Secretaire escrit en son nom à ses
amys

amys familiers , le ſtyle,
à mon aduis , n'en doit pas
eſtre ſi haut. La raiſon eſt,
pource que la forme de la
lettre , à parler commune-
ment, en ce qui regarde
l'art, eſt meſlée, ſelõ Demetrius , de deux caracte-
res, à ſçauoir de l'agreable, & du ſubtil ; Telle-
ment qu'à ce genre de lettres ſont fort conuenables
les careſſes enuers les a-
mys, les galanteries, les
prouerbes, les traits de
flatterie, & les mots pour
rire ; à quoy certains eſprits reüſſiſſent mieux les

C c

vns que les autres, & rail-
lent quelquesfois de meilleure grace, mais non pas
auec tant de viuacité, comme l'on pourroit dire des
Lombards & des Floren-
tins. Il est encore de l'Art
du Secretaire de ne point
oublier les ornemens ny la
grauité des parolles, à l'i-
mitation de Platon, de
Demosthene, & de Cice-
ron, qui font glisser quelquesfois des mots fenten-
tieux & graues dans leurs
efcrits, bien que neant-
moins Phalaree n'en ap-
prouue point l'vfage dans

les lettres, pource, dit-il,
que raisõner par sentences
est proprement parler par
machines; Aussi sans mētir
elles ne conuiennēt point
à toute sorte d'âges ny de
personnes; & si l'on en
doit vser, il faut que ce
soit grauement, ou pour
rendre les choses plus serieuses, ou pour les fortifier du tesmoignage d'au-
truy, à l'exemple de Ciceron, à qui châque mot
d'Euripide sembloit estre,
à ce qu'il dit, vne expresse
authorité. Il est donc certain que l'art d'escrire des

lettres ne rejette pas toufiours des fentences, &
qu'il a de plus fes pro-
pres demonftrations, pour
l'exemple defquelles l'on
peut rapporter celles d'A-
riftote, qui a merité beaucoup de loüange en fes lettres, la plus part defquelles ne font point tombées
entre nos mains. Car pour
nous apprendre qu'il faut
efgalement faire du bien
aux grandes villes & aux
petites, il preuue cette verité par les Dieux, qu'il dit
eftre efgaux. Il faut neantmoins vfer de ces chofes

auec vne forte diftinction
des temps, des matieres,
& des perfonnes, & vne
grande diuerfité de ce qui
eft conuenable à chacun.
Or d'autant que le Secre-
taire ne doit point excel-
ler en vne feule forme, ny
en vn feul genre, mais en
tous, il faut qu'il traite
agreablement les matieres
gentiles, & grauement
les ferieufes. Par ce meflange de galanterie & de fe-
uerité, il pourra careffer
fes amys, honorer fes Maiftres, confeiller les Ci-
toyés, & attirer les Eftran-

gers; comme pareillement
estre subtil en ses mots,
accort en ses railleries, gra-
ue en ses sentences, ingenieux en ses demonstra-
tions, plein de franchise
en ses mœurs, ardent en ses
mouuemens, pompeux en
son elocution, iuste en la
cadance de ses periodes, &
aussi doux que iudicieux
en l'arrangement de ses
mots. Mais qu'il euite sur
tout la superfluité, & l'em-
barras des longues perio-
des, considerant qu'escrire vne lettre, & plaider vne
cause sont deux choses

bien differentes. Car il
est quelquesfois necessaire d'vser d'vn style coupé,
sans s'attacher si fort à la
liayson des mots, ny aux
sentences, principalement
quand on escrit aux amys.
Et bien qu'en vne Epistre
de Ciceron à Pōponius At-
ticus, il soit dit que ses lettres luy sembloiēt d'autant
meilleures qu'elles estoiēt
plus longues, si est-ce que
cela se doit prendre plu-
stost pour vne marque d'e-
stime, & de bien-veuil-
lance, que pour vn ensei-
gnement qu'il faille sui-

C c iiij

ure. Que ſi la longueur n'eſt pas quelquesfois à blaſmer en vne lettre, ſelon que la matiere le requiert, ſi ne faut il pas qu'elle tienne de celle d'vn liure, ny que l'on y traite de choſes naturelles non plus que de queſtions Sophiſtiques, principalement en celles du Secretaire que nous formons. I'adjouſte à cela qu'il peut quelquesfois traiter la Morale en ſes lettres, ou à raiſon de la charge qu'il exerce pour le ſeruice de ſon Maiſtre, ou pour la ſatisfaction par-

ticuliere de ses amys : En
toutes lesquelles choses
il faut que le sçauoir & l'e-
loquence agissent ensem-
ble. Mais pource que nous
formons icy le Secretaire
d'vn grand Prince, à qui
les plus belles qualitez
sont necessaires, pour s'acquitter dignement de sa
charge, il est besoin, ce me
semble , qu'à toutes ces
connoissances nous adiou-
stions celle de la Politique, autant que de la Mo-
rale, puis qu'il est presque
impossible que dans le
cours des grandes affaires,

elle n'agiffe toufiours en
luy; à qui la prudence & la
bonne conduitte font par
confequent fort neceffai-
res. Il faut donc que le Secretaire foit homme d'E-
ftat, & qu'il ne confidere
pas feulement le temps
prefent, mais encore l'aduenir; d'où il s'enfuit qu'il
doit d'vn cofté auoir vne
grande connoiffance de
l'Hiftoire, & de l'autre
preuoir les tempeftes d'vn
Eftat, & juger des mala-
dies d'vn Royaume ou
d'vne Prouince, ny plus
ny moins qu'vn habile

Medecin sçait connoistre
celles du corps humain.
Que s'il luy aduient alors
d'opposer les choses an-
ciennes aux nouuelles, les
estrangeres à celles de son
pays, les veritez Chrestien-
nes aux mensonges des
Payens, les simples mer-
ueilles aux plus grands mi-
racles, & les actions communes aux extraordinai-
res ; ou de faire vn parallele des Republiques auec
les Royaumes ; il faudra
qu'en tel cas il tienne la
balance si droitte, qu'il ne
la laisse pancher plus d'vn

costé que de l'autre. Mais en matiere d'executer, il ne fera pas mal, ce me semble, d'espouser entierement les interests de son Maistre, en luy tesmoignant vne foy inuiolable, vne tres-grande sincerité, vne immuable constance, vn soing merueilleux, & sur toutes choses vne inuincible resolution à tenir secretes les affaires qui le touchent. Pour cela mesme il sera bon quelquesfois qu'il les escriue en d'autres formes de lettres que les ordinaires, c'est à

dire en chiffres, afin de n'en
rendre commune la con-
noiſſance. Mais apres tout,
ie ne trouue point de ſeureté plus grande en la charge de Secretaire, que celle
qu'il peut mettre en ſa
conſcience & en ſa fidelité; Ce qui me ſemble la
meilleure piece de ſon art,
dont il s'eſt trouué deux
liures eſcrits en Grec, cõme nous liſons dans Athe-
née; De vous en dire le cõ-
tenu, ce m'eſt vne choſe
impoſſible; d'autant que
ce meſme Autheur n'en a
point eſcrit les particula-

ritez ; mais ie ſçay bien que s'il falloit rechercher à quelles affaires principalement pourroit s'ēployer la prudence d'vn homme d'Eſtat ou d'vn Courtiſan, l'on n'en trouueroit point de preferables à celles du Secretaire & de l'Ambaſſadeur. De moy apres auoir bien parlé de l'vn & de l'autre aux deux traitez que i'en ay faits, ie mets l'Ambaſſadeur au deſſoubs du Secretaire du Prince, pource qu'il deppend de luy en quelque façon. Que s'il faut croire

ce que dit Sulpicius, à sçauoir que l'ordre conuient
esgalement au premier &
au second, bien que le Secretaire soit le premier &
le plus proche du Prince;
si est-ce que l'vn & l'autre
ne laissent pas de deppen-
dre de luy d'vne mesme
sorte. Et d'autant que
l'Ambassadeur prend ses
instructions de la bouche
du Secretaire, qui les luy
donnant du consentemét
de son Prince, sont autant
de Loix & de Reigles pres-
crites à son Ambassade; il
s'ensuit de là que le Secre-

taire est par dessus l'Ambassadeur, autant que le
Legislateur est esleué sur
celuy auquel il impose des
Loix. L'ambassadeur neāt-
moins peut luy mesme,
s'il faut ainsi dire, estre le
Truchement de sa com-
mission, si elle ne luy a esté
declarée, & se peut nom-
mer le Maistre du temps
& des occasions, comme
le remarque Demosthene:
La raison est, pource qu'elles sont infinies , & que
celuy qui fait l'instruction
n'y peut prescrire des
bornes. Tellement qu'o-
ster à

ſter à l'Ambaſſadeur cette authorité, ſeroit proprement luy retrancher ce qui eſt propre à ſa charge. Pour cette raiſon le Secretaire & l'Ambaſſadeur doiuent eſtre amys, & vnir leurs volontez au ſeruice de leur Prince, qui ſeul doit eſtre capable de leur donner de l'emulation; ſinon le deffaut de l'vn ne ſeruiroit qu'à faire eſclatter plus fort la vertu de l'autre. Que s'ils deſirent tous deux de ſe mettre dans leur luſtre, & s'ils ſe picquent d'honneur, il

Dd

faut sans doute qu'ils mettent le plus haut point de
la gloire en l'amitié de leur
Maistre : il le faut, dis-je,
puis qu'à la Cour il y a
deux recompenses propo-
sées à ceux qui seruent fi-
delement, dont l'vne est
la bien-veuillãce du Prince, & l'autre l'honneur,
qui sont des choses si
puissamment jointes en-
semble, que la pensée mesme ne les sçauroit separer,
non plus que les rayons
d'auec la lumiere. Toute
la difference qu'il y a, c'est
que les honneurs de l'Am-

baſſadeur eſclattent à la
veuë des hommes, au lieu
que ceux du Secretaire
ſont cachez la plus part
du temps auſſi bien que
leurs ſecrets. L'experience fait voir neantmoins
que les lettres ont quel-
quesfois cette bonne for-
tune que de reſter immor-
telles, & d'eſtre les glo-
rieux monumens des bons
ſeruices qu'on a rendus,
comme il eſt arriué à quelques vns qui ont excellé
en ce genre d'eſcrire : Et
d'autant qu'elles ſuruiuent
à toutes les autres actions

du Secretaire, il ne sera pas hors de propos que nous en parlions en cette derniere partie de noftre traité. Difons donc qu'il eft d'vne lettre comme d'vn prefent, duquel ceux à qui les Princes efcriuent femblent eftre toufiours proches. Puis que c'eft donc la couftume d'enjoliuer les prefens, il faut que les lettres le foient auffi : Et voila pourquoy Demetrius auoit raifon de dire, qu'il falloit apporter plus de foing à polir vne lettre qu'vn Dialogue,

pource qu'en ce dernier
lon ne fait qu'introduire
vne personne qui parle fa-
milierement, au lieu qu'en
l'autre on prend de la peine à escrire comme il faut.
Mais quelque vray-sem-
blable que soit cette opinion, si est-ce que nostre
Secretaire est assez sou-
uent contraint de faire ses
lettres à la haste, au lieu
qu'en vn Dialogue on imi-
te quelquesfois le raisonnement d'vne personne
qui discourt des choses
meuremēt, apres les auoir
long temps considerees.

Cela se remarque assez clairement dans le Dialogue de l'Orateur en la personne de Marcus Crassus. Que s'il appartient de parler eloquemment à celuy qu'on introduit dans vn Dialogue, il semble que le style en doiue estre plus fleury, que n'est celuy d'vne lettre. Cela estãt, le Dialogue ne luy doit point ceder, s'il est ainsi que l'authorité de Ciceron doiue auoir lieu parmy les Latins, & que celle de Platon soit receuable parmy les Grecs. Pour

moy ie ne sçay à quelle de
ces deux opinions me te-
nir, ou à celle d'Aluonius
qui met les lettres au plus
bas genre d'escrire ; ou à
celle de Victorius, qui
veut qu'elles soiët au plus
haut. Que s'il faut plasser
les contemplations en
l'ordre superieur, le Dialogue y doit estre mis sans
doute ; comme au con-
traire si les actions ou publiques, ou particulieres,
meritent de tenir le pre-
mier rang, il le faut ceder
aux lettres qui en font la
description. D'où l'on doit

conclure qu'vne lettre bien faite, est l'image de la prudence du Secretaire, & de la dignité du Prince, pour passer à la posterité comme vne glorieuse marque d'honneur. Toutesfois, comme la gloire est plus proprement la fin du Dialecticien que celle du Secretaire, qui n'a pour but que l'amitié de son Maistre, il arriue bien souuent que les lettres les mieux escrites, & où l'esprit a le plus trauaillé pour le seruice des Prin-

ces, font enſeuelies dans
l'oubly par ie ne ſçay
quel deſtin, au lieu d'eſtre
publiées.

Fin du premier traité.

LE
SECRETAIRE,
DE
TORQVATO TASSO.

Traité Second.

IL y a diuerses raisons qui m'obligent à me resiouïr, & à me fascher de ce que mon Secretaire vous semble si court, qu'il vous fait desirer vn nouueau discours de moy en la continuation de cette matiere. Cela me

plaift d'vn cofté, pource
qu'il eft vray-femblable
qu'il y a plufieurs chofes
qui peuuent agreer en ces
mefmes ouurages où la
briefueté n'eft aucune-
ment defagreable ; mais
il me fafche d'ailleurs de
voir qu'on ne peut nom-
mer parfaites des pieces
déjointes, & qui ont fau-
te de quelque partie, ou
de plufieurs, qui leur peu-
uẽt eftre neceffaires. Telle
paroiftra poffible au juge-
ment de plufieurs celle
que ie vous prefente, bien
que toutesfois vous en au-

rez, ie m'affeure, vn fen-
timent different de celuy
des autres. Mais quoy qu'il
en foit, fi ie vous croyois
homme à iuger de mes
ouurages par la longueur,
j'aurois poffible dequoy
vous fatisfaire en cette
partie; Ioint qu'il ne m'euft
pas efté beaucoup difficile
d'augmenter le premier
traité que i'ay fait du Secretaire , pource qu'en
l'augmentation d'vn liure
on n'y adioufte pas tou-
fiours des parties qui doiuent eftre neceffairement
recherchées , mais lon y

en fait glisser quelques
vnes qui luy sont comme
estrangeres; Ce qui s'ob-
serue plustost par vne maniere d'embellissement,
que pour aucune demon-
stration qu'il soit besoin
de faire. Cela estant, ie
trouue qu'il est plus difficile que vous ne pensez de
venir à bout de ce dis-
cours, pource qu'il faut ou
que ie die les mesmes choses, ou que i'en rapporte
de nouuelles. Que si ie dis
les mesmes, ie tomberay
dans le vice que remarque
Ciceron, en ce qu'elles

vous pourront sembler su-
perfluës, de quelques couleurs que ie les desguise,
Ou si i'en rapporte de nouuelles, possible qu'elles
me rendront coupable d'i-
negalité, & que lon me
reprochera que ie me con-
tredis moy mesme, com-
me semble faire Aristote
en diuers ouurages qu'il
a faits touchant la Morale
& la Rhetorique. Dequoy
neatmoins il ne peut estre
blasmé legitimement que
de ceux qui portent enuie
à son sçauoir, ou qui n'en
connoissent pas le fonds.

Mais pour moy, qui dois
euiter, s'il est possible, l'vn
& l'autre de ces inconue-
niens, ie suis contraint
de vous aduoüer, qu'en
cecy ie ne me trouue que
trop empesché. Toutes-
fois quelque pesant que
soit ce fardeau, ie vous ay
tousiours connu si cour-
tois, qu'il ne faudra qu'v-
ne bien petite partie de
vostre amitié pour le rendre plus leger, & m'em-
pescher de tomber. Ayant
donc à faire vn nouueau
discours touchant la charge de Secretaire, ie ne

m'eſtendray pas ſi au long
que lon me puiſſe accuſer
de ſuperfluité, & m'ac-
commoderay ſur tout à
voſtre deſir, ſans affetter
de nouuelles opiniõs, pour
donner plus d'eſclat aux
choſes que i'en diray. Et
d'autant que ce traité deppend neceſſairement de
celuy que i'en ay fait, &
qu'il en eſt comme vn ruiſ-
ſeau, ie le tireray des meſmes ſources, où i'ay puiſ-
ſé le premier; & tant s'en
faut que ie deſaduoüe les
choſes que i'en ay eſcri-
tes, qu'au contraire i'eſſayeray

fayeray de les confirmer;
& s'il y en a de contraires,
ie ne me resoudray iamais
à les approuuer.

Possible ne trouuera-t'on
pas mauuaise la definition
que i'ay donnée du Secre-
taire, quand ie l'ay nom-
mé Interprete de la volonté d'autruy, & Escriuain
de choses secretes; Où il
est à remarquer que la premiere partie de cette definition conuient propre-
ment au Secretaire, & non
pas à la lettre qu'il escrit,
qu'on ne peut nommer
qu'improprement inter-

prete , mais bien inter-
pretation. Elle n'a pas encore esté mal definie. *Vne
expression d'honneur &
d'amour, ou bien vne ima-
ge de la volonté.* Or bien
que les definitions, com-
me l'enseigne Aristote, ne
se puissent demonstrer, ny
par la diuision, ny par la definition mesme du con-
traire, ny possible d'aucune autre sorte, si elles ne
sont denotées par la cause,
ce qui tient du Logicien,
selon quelques-vns; si est-
ce, qu'à le prendre de cette maniere, il ne seroit pas

difficile à mon aduis d'en faire la demonstration. La raison est, pource que le but du Secretaire est d'expliquer les intentions de son Maistre, & de les faire sçauoir. Or est il que c'est luy mesme qui les explique, & qui les declare, & non pas la lettre, qui en est, comme nous auons dit, l'explication, ou la signification. I'adjouste à cecy, que la fin pour laquelle on escrit des lettres, n'est autre qu'vne expression d'honneur ou de bien-veuillance, & que

par conſequent ces defi-
nitions ne peuuent eſtre
mauuaiſes. A quoy peut
ſeruir de cõfirmation l'authorité de Demetrius, de
Phalaree, & celle de Ba-
ſile le grand, lequel eſcri-
uant à Gregoire le Theo-
logien dit qu'il a connu ſa
lettre, tout de meſme que
les enfans ſe connoiſſent
par le viſage, & par la reſ-
ſemblance du pere. Ie m'i-
magine d'auoir encore aſ-
ſez bien exprimé la charge
& la fin du Secretaire,
quand i'ay dit, qu'en l'vn
il ſe propoſoit pour but,

de feruir fon Maiftre de
bonne façon, ne le per-
fuadant pas tant par fes parolles que par de veritables
effets, employez à luy
eftre fecret & fidelle; &
qu'en l'autre il n'afpiroit
qu'à fe bien mettre dans
fon efprit; Et bien qu'il y
ayt quelques Autheurs La-
tins qui difent que l'vne de
ces deux fins eft externe
& hors de noftre puiffan-
ce, & l'autre interne, qui
eft la charge mefme du Secretaire; Ie puis neant-
moins affirmer auec A-
lexandre Afrodifée que

les arts de cójecture n'ont
pas vne mesme fin que les
autres. Or s'il y a quelque
art au Secretaire, comme
il n'en faut pas douter, il
se fonde entierement sur
les conjectures, ou sur le
discours des choses pos-
sibles. Car les matieres
dont il escrit ne sont ny
eternelles, ny asseurées,
ny telles qu'il soit possible
d'en donner vne certaine
demonstration; mais bien
plustost incertaines, puis
qu'elles peuuent estre, &
n'estre pas, & que leur nature, comme dit Alcinous,

est posée entre le vray & le faux; tellemēt qu'elle panche plus ou moins, tantost d'vn costé, & tantost de l'autre. Mais le iugement du Secretaire consiste à sçauoir discerner d'où elle s'auoisine le plus; & les raisons qu'il peut alleguer, ou en escriuant, ou en parlant sont toutes probables, & n'apportent aucune necessité. L'Art du Secretaire ressemble donc bien fort à celuy de l'Orateur, en ce que les mesmes preceptes qui se donnent pour les Harangues, peu-

uent seruir pour les let-
tres, bien que toutesfois
lon en puisse donner quelques-vns qui leur sont
propres, la plus part desquels, qui ont esté mon-
strez en mon autre Traité,
sont descrits par Deme-
trius de Phaleree. Il ne s'ensuit pas pourtant que les
genres des Harangues &
des lettres soient vne mesme chose, non plus que
l'Orateur & le Secretaire,
dont l'vn parle à ceux qui
sont presens, & l'autre
escrit aux absens. Quoy
qu'il en soit, ie tiens quant

à moy pour tres-certain
ce genre de lettres , par
qui les amys font aduertis,
& comme asseurez de ce
qui se passe ; d'où est pro-
cedée, si ie ne me trompe,
la diuersité de genres entre
les vns & les autres : à raison dequoy ie ne puis ap-
prouuer en aucune sorte
l'opinion de ceux qui mettent soubs vn mesme gen-
re les lettres & les Harangues. Auecque cela l'Ora-
teur regne dans le iuge-
ment des causes, comme
il se voit encore auiour-
d'huy à Venise, au lieu que

l'action du Secretaire est
fort esloignée du bruit du
Palais, & du different de
ceux qui plaident ensem-
ble: Et toutesfois dans les
lettres du Secretaire il se
peut voir encore quelque
ressemblance d'accusation
& de deffense, de persua-
sion, & de dissuasion, de
blasme & de loüange; Il
est vray que les parties n'y
sont pas si nettement di-
stinguees, ny si bien polies
qu'en celles de l'Orateur;
& voila pourquoy ie trou-
ue plus à propos de suiure
la diuision que Ciceron en

a faite, qui est des trois
genres, chacun desquels
est capable d'en receuoir
vne autre nouuelle. Le So-
phiste Libauius en a cõpté
iusques à huict tãte, & les autres en ont mis ou plus ou
moins. Mais bien que cet-
te diuision consideree par
le menu, puisse estre faite
auec quelque contempla-
tion digne de loüange, si
n'est elle pas beaucoup vtile à vostre Secretaire, quãd
il s'agit d'escrire des lettres.
Car il ne fait pas sa demeure à l'Eschole des Rheto-
riciens, ou des Sophistes,

mais bien à la Cour des Princes ; outre que sa vie est en l'action, & non pas dans la contemplation. A quoy ne sert de rien d'objecter auec Plotin, que l'action est vne certaine contemplation, puis qu'en celle du Secretaire n'est point requise vne si grande subtilité, qu'en la speculation des Philosophes, ou de leurs semblables, quoy qu'il faille aussi d'vn autre costé que la magnificence en soit plus pompeuse & dans les escrits, & dans les parolles. Ainsi l'Orateur & le Secretaire se peuuent prester la main au besoin, & se faire part de leurs richesses. Que si d'autres que moy n'auoient donné des preceptes de l'art Oratoire, possible seroit il necessaire que ie traitasse plus au long de celuy d'escrire des lettres; mais les obseruatiõs qu'on peut faire là dessus sont si petites, qu'il y a moyen de les reduire en deux ou trois feüillets de papier. Ioint qu'il y en a quelques vnes qui ont beaucoup de rapport auec l'art Oratoire,

dont elles peuuent estre
tirees. Ie vous descouure
icy des sources, & des fon-
taines qui ne tarissent iamais, & où vous pouuez
puiser à vostre ayse, pour
estancher vostre soif. Que
si vous voulez que ie m'en-
gage plus auant dans cette
mer, ie vous diray qu'il n'y
a rien dans Aristote tou-
chãt l'Euthimeme & l'exẽ-
ple, qui font les argu-
ments de l'Orateur, qui ne
puisse seruir au Secretaire.
Tellement que par vne se-
rieuse lecture, il doit es-
sayer d'entendre tout ce

qu'vn si grand Autheur a escrit des lieux d'où sont tirez les arguments, & pareillement ce qu'il a dit des mœurs & des affections, afin que par ce moyen il sçache non seulement faire des argumens, mais entremesler la Morale dans ses lettres, & mesme esmouuoir les passions de l'ame, quand la necessité le requiert. Pour ce qui regarde les ornemens du langage, les lumieres des sentences, & les graces de l'expression, ce sont des choses qu'Aristote & De-

metrius ont amplement
demonstrées. D'elles mef-
me on peut apprendre l'art
de lier vn difcours, ou de le
couper; d'vfer de periodes
courtes ou longues, com-
me auffi de metaphores,
de comparaifons, & d'an-
tithefes ; d'euiter la rencontre des voyelles, & les
ennuyeufes redittes, & de
fe feruir à propos de gra-
dations, & mefme d'epi-
phonemes, de profopo-
pees, & des autres figu-
res de Rhetorique, par qui
peuuent eftre embellies, &
renduës agreables les lettres

tres & les harangues. Que
si quelqu'vn en veut sça-
uoir dauantage, en tel cas
il pourra lire Hermogene,
Ciceron, l'Autheur à He-
rennius, Quintilian, & les
autres Autheurs, qui en
ont traité assez amplemēt.
Mais pource qu'vne lettre
n'est point vne harangue,
comme il a esté dit cy deuant, c'est à raison de cela
que le Secretaire se doit
souuenir, ou de quitter
tout à fait quelques-vns
de ces embellissemens, ou
d'en vser plus auarement
que l'Orateur. Car ce

F f

qu'on appelle abondance
en l'Oraiſon, ſeroit ſuperfluité dans vne lettre, où
il ſuffit que les penſees
ſoient nettes , & les termes agreables , ſans qu'il y
ayt rien d'obſcur ny de cõ-
fus ; A quoy principale-
ment ſemblent ſe rappor-
ter tous les enſeignemens
de Phalarée , qui veut que
le ſtyle des lettres ſoit meſlé de deux caracteres, à
ſçauoir du Subtil, & de
l'Agreable. Il s'eſt pû faire neantmoins que lors
qu'il a donné ces pre-
ceptes , il n'a eu eſgard

qu'aux lettres familieres,
au de là defquelles il y en a
d'autres bien differentes,
à fçauoir celles qui font
efcrites aux Roys, aux
grands Princes, & aux
communautez, où, fi nous
croyons le mefme Deme-
trius, la Majefté du langage ne s'accommode pas
mal auec les chofes que
lon traite; d'où il faut inferer qu'à ce genre de lettres que l'on efcrit aux
Empereurs & aux Repu-
bliques peuuent eftre mef-
lez encore ces deux autres
caracteres, à fçauoir le Ma-
Ff ij

gnifique & le Vehement,
ce que Ciceron a sçeu fort
bien obseruer en diuers
endroits : En quoy certes
lon doibt tousiours auoir
esgard non seulemēt à ce-
luy à qui lon escrit, mais à
la nature mesme de la lettre, pource qu'il ne faut
iamais y apporter tant de
pompe, ny tant d'esclat &
de majesté, qu'aux haran-
gues & aux autres discours
oratoires ; à cause de-
quoy Demetrius n'attri-
buë aux lettres que les caracteres qui leur sont les
plus conuenables. Or bien

que la principale charge
du Secretaire confiste à efcrire des lettres, fi eft-ce
qu'ayant à traiter de viue
voix auec fes Maiftres &
fes amys de plufieurs affaires importantes, il ne faut
pas qu'il foit tout à fait
defpourueu de ces graces
du bien dire qui fe demon-
ftrent en l'Action & en la
Prononciation. Que fi la
nature ne l'en doüe fuffi-
famment, il faut qu'en tel
cas il effaye de la vaincre
par l'art, comme fit autresfois Demofthene; Ce qui
ne fera pas difficile au Se-

cretaire, l'actiõ duquel doit
estre plus temperée, & la
voix plus basse que celle de
l'Orateur, tellement que la
moindre partie de cette
Eloquence dont nous par-
lons luy pourra suffire, &
mesme il en aura de reste.
Adjoustons à cecy, qu'en-
core qu'il doiue auoir vne
grande memoire, & vne
profonde connoissance de
plusieurs langues, si ne
faut il pas neātmoins qu'il
se picque d'en sçauoir autant que Mithridates, que
Themistocles, ou que Si-
monides, ny d'en rafiner

la perfection; par où j'entends parler des Secretaires des Princes particu-
liers. Car pour ceux de ces
grands Roys qui comman-
dent à plusieurs Nations,
il n'y a pas de doute qu'ils
doiuent sçauoir plusieurs
langues, sans lesquelles
ils peuuent difficilement
contenter ensemble les
Princes & les Sujets. A
quoy certes il leur est impossible de paruenir, ny de
les apprendre comme il
faut, s'ils n'ont vne grande
memoire, de laquelle quelques-vns ont enseigné

l'Art, qui eſt de conſer-
uer les Images, & de les
placer châcune en ſon
lieu; ce que i'appelle vne
inuention particuliere, de-
monſtrée par l'Autheur à
Herennius, & par quel-
ques autres; non par Ari-
ſtote, qui le prend d'vne autre façon, quand il nous
enſeigne, comment par les
contraires, & les ſembla-
bles, nous pouuons ac-
querir la connoiſſance de
tous les deux; ce qui n'eſt
pas ſeulement vne paſſion,
mais vne action de l'en-
tendement; Ioint qu'il ſe

peut faire que l'opinion de
Porphire ſoit veritable en
partie, à ſçauoir que la memoire n'eſt point vne conſeruation des images, mais
vne production actuelle
des choſes que el'eſprit s'e-
ſtoit deſia propoſé de mettre dehors. Que ſi cette
opinion auoit lieu, noſtre
Secretaire n'auroit nullement beſoing de ſe for-
mer touſiours des Images,
ny d'en reformer de nou-
uelles, pour remplir les eſ-
paces vuides; & feroit plus
attentif à cette occupa-
tion, qu'à la contempla-

tion des Idees , qui sont
les modelles des Images.
Orest il que tous les deux
sont requis au Secretaire
parfait, pource qu'il agit
veritablement , ce qui est
vn effet de la contempla-
tion, qui luy permet quelquesfois d'esleuer son esprit aux choses les plus
hautes , qui ne peuuent
estre ny corrompuës, ny
renouuellees ; mais qui
sont tousiours les mesmes,
c'est à dire perdurables.
Nous laisserons donc à
part cet exercice qui se fait
de la memoire, & n'en per-

mettrons l'vsage qu'à l'hôme, qui a du loisir de reste,
puis qu'Aristote ne le rejette point tout à fait; &
ainsi nous soulagerons de
cette peine le Secretaire,
qui pourra facilement se
conseruer, & s'accroistre
la memoire naturelle, à
force d'exercer les fon-
ctions de son esprit, & de
les produire dans ses lettres. Mais entre les autres
operations, celles du iugement & de la prudence
sont necessaires au Secretaire, & tout à fait conuenables à la dignité de sa

profeſſion; Tellement que
pour eloquent qu'il ſoit,
ſi ne faut il pas pourtant
qu'il affecte en ces diſ-
cours, ny vne vaine oſten-
tation, ny vne abondance
ſuperfluë de penſees & de
parolles : car ie ne trouue
nullement bien-ſeante ny
au Courtiſan, ny à l'hom-
me d'Eſtat, cette ambi-
tieuſe Eloquence qui at-
tire l'admiration parmy les
Scenes & les Theatres; &
n'approuue non plus celle
par qui l'on apporte trop
de façon & d'eſtude aux
argumens que l'on fait;

Au contraire toutes deux,
ce me semble, se doiuent
tenir dans vne iuste moderation, & n'auoir qu'au-
tant de graces & d'orne-
mens qu'il en faut pour
vne grauité qui ne soit pas
si austere. Ainsi l'operation du Secretaire doit
estre telle que l'Eloquence par nous figurée, pource que le discours ou l'escrit ne luy conuient pas
seulement, mais encore
l'action, veu que la sienne
n'est pas moins digne d'e-
stime que celle de l'Am-
bassadeur ; D'ailleurs elle

est d'autant plus chere à
son Prince, que c'est au-
pres de luy qu'il agit,
pource que le deuoir de sa
charge requiert qu'il ne
s'esloigne point de sa presence, & que les occasions
de le seruir, de se conseruer dans la bonne estime,
& de se bien mettre en son
esprit luy sont plus cheres
que toutes les choses du
monde. Et d'autant que
l'occasion est, s'il faut ainsi
dire, la fleur du temps ;
dans les affaires qui se proposent, il faut que le Secretaire sçache l'art d'en

vſer prudemment , ſelon
qu'elle ſe preſente ou bonne ou mauuaiſe , la pre-
nant dans ſon vray poinct,
comme les fleurs ſe cueil-
lent en leur ſaiſon. C'eſt
pour cela meſme qu'il doit
ſçauoir connoiſtre le tēps
auquel châque choſe ſe
peut faire commodemēt,
puis qu'il eſt vray que ſelon les diuerſes diſpoſi-
tions des principes , les
affaires s'acheminent ou
moins ayſement, ou auec
plus de facilité, & qu'il y a
des graces qui s'accordent
en vn temps, & ſe refu-

sent en l'autre. Lon peut donc bien dire que l'occasion & le temps regnent dans les Cours, puis que par eux on s'ouure vn chemin, & aux honneurs, & aux dignitez. Cela estant, le Secretaire en doit sçauoir cognoistre la nature, quand tous les deux se presentent; en préuoir de loing l'euenement, & s'en seruir auec accortise, plustost pour le bien de son Prince que pour le sien propre. Il ne faut non plus qu'il se monstre nonchalant en l'obseruation des mouue-

mens

mens de la fortune, qui
font long temps à fe cou-
uer en cachette, comme
dit Speufippus, puis on
les voit tout à coup s'ef-
clorre, d'où il s'enfuit que
plus les occafions & les
principes des reuolutions
font cachez, plus il eft be-
foing d'vfer de prudence
à les preuoir. Que fi lon
m'allegue que toutes ces
chofes femblent eftre plus
neceffaires à l'hôme d'E-
ftat qu'au Secretaire, ie
refpondray que de la fa-
çon que nous le formons,
nous n'entēdons pas qu'il

Gg

foit fimple executeur des
commandemens & de la
volonté d'autruy , pour
n'eftre employé qu'aux
actions feruiles , & où
l'efprit agit bien plus que
le corps, mais que ce foit
vn courage noble, en la
probité duquel le Prince
fe puiffe repofer de fes
Eftats, de fa vie, & de
fon honneur. Cela eftant,
il n'y a pas de doute qu'il
doit eftre capable de toutes les hautes connoiffan-
ces qui font eftimer les
grands Politiques. Car
c'eft à luy à fçauoir l'Eftat

de la paix & de la guerre,
les caufes des diuifions &
des troubles, les diuerfes
reuolutions, les victoi-
res gaignees, les conque-
ftes des pays, la perte des
Prouinces, le fuccez des
batailles, les Genealogies,
l'accroiffement des famil-
les, la mort des grands, le
progrés, ou la decadence
des affaires, la fortune des
excellens hommes, ou
bonne, ou mauuaife; Et
pour le dire en vn mot l'e-
ftat general des affaires du
monde, afin d'en fçauoir
parler au befoin, & mef-

me d'en escrire, s'il en a le commandemēt expres de son Prince. En quoy certes il ne faut pas qu'il donne le change au mensonge non plus qu'à la verité, ny qu'il represente l'vn pour l'autre, comme les miroirs qui font paroistre le droit à gauche, & le gauche à droit. Au contraire, soit en ses parolles ou en ses escrits, il doit tousiours faire esclatter la verité aux yeux de son Prince, & la fidelité à la veuë d'autruy. Par tous ces moyens, il s'acquittera ponctuellement du deuoir de sa charge, qui consiste à dire au Prince son opinion touchant les affaires, & à faire ses commandemens. Et d'autant que cette seconde condition vous est desia toute acquise, puis qu'il est bon à voir en toutes vos actiõs, que vous estes plein d'esprit, diligent, secret, accort, sçauãt, & non moins habile à bien escrire, qu'à bien parler ; c'est auec beaucoup de raison que vous aspirez à la seconde ; En quoy veritablement

vous n'auez faute que d'â-
ge, & de ces chofes qui
s'acquierent à peine par
les annees. Il n'y a donc
rien qui vous doiue em-
pefcher de paffer outre
dans ce beau chemin, où
vous auez commencé d'al-
ler; ce qui vous fera poffible plus facile que vous
ne croyez, fi vous confi-
derez qu'il y a deux autres
moyens de fe bien met-
tre à la Cour, dont l'vn,
qui eft le moins long, con-
fifte à s'addreffer droit au
Prince, quand l'occafion
le permet ainfi par ie ne

fçay quelle conionĉture fauorable; & l'autre, que ie trouue le plus facile, & le plus aſſeuré, eſt de ſe preualoir de la faueur des Miniſtres & des principaux de l'Eſtat, lors que nous mettant dans l'employ, leur conſideration & nos bons ſeruices nous rendent dignes de la bien-veuillāce des Souuerains. En toutes ces choſes la fortune a la plus grande part, où l'induſtrie ſe trouue moindre, bien que toutesfois l'experience nous faſſe voir aſſez ſouuent,

que ceux qui pour estre
nouueaux à la Cour n'ont
aucuns appuis , & s'y esle-
nent d'eux mesmes, sont
fort sujets à tomber , ou
du moins à faire vne Ec-
clypse. C'est donc à eux à
ne courir pas si viste dans
vn chemin si glissant , à
mortifier leur humeur, si
elle est altiere , affin de
ne se rendre odieux, &
à ne rien entreprendre par
dessus leurs forces ; puis
que la cheute est d'autant
plus dangereuse , qu'elle
se fait d'vn lieu haut esleué : & certainement ie ne

fçay lequel des deux eſt le plus digne de honte, ou la fortune de ceux qui fou-ſtenus de la faueur d'au-truy en abuſent laſche-ment par leur ingratitude, & qui ſemblables au lierre eſſayent de ruiner le mur qui leur ſert d'appuy; ou l'infame des-honneur qui eſt inſeparable d'auecque leur cheute. Par où ie conclus, cher Ariſte, qu'aſpirant, comme vous faites, à la charge de Se-cretaire, vous deuez vous propoſer tous les exem-ples d'vne veritable loüan-

ge, pource que les belles
actions qui se remarquent
en vous en font la meilleure partie.

FIN.

LE
PERE DE FAMILLE.
DIALOGVE
DE
TORQVATO TASSO.

Yant vn voya-
ge à faire en
Piedmont en la
faiſon que l'on
commence les vendan-
ges, & à deſcharger les
arbres de leurs fruicts, ie
treuuay à propos de me

defguifer pour n'eftre connu, & fus à peine arriué
entre Nouare & Verfel,
qu'apprehendant quelque
grand orage, pource que le
Ciel eftoit defia tout noir-
cy, & qu'apparemment on
ne pouuoit manquer d'a-
uoir de la pluye, ie me mis
à picquer mon cheual, afin
de m'en exempter. Voila
cependant que i'ouys vn
confus aboyemẽt de chiẽs;
& vis en mefme temps,
que deux forts leuriers tenoient de prés vn Che-
ureul; qui n'en pouuant
plus de laffitude s'en vint

mourir à mes pieds. Com-
me ie m'arreſtois apres
cette chaſſe, ie vis arriuer
à moy vn jeune homme
aagé de dix-huict à vingt
ans, de fort belle taille, de
bonne mine, & bien pro-
portiõné de ſes membres,
qu'il auoit greſles & forts.
S'eſtant mis d'abbord à
parler aux chiens qui a-
uoient tué la beſte, il la
leur oſta, & fit ſigne à vn
Villageois qui le ſuiuoit,
qu'il euſt à la prẽdre; Comme en effet il la prit incontinent, & ſe mit deuant en
diligence, l'ayant chargée

sur ses espaules. Alors le
jeune homme se tournant
vers moy, apres m'auoir
salué fort courtoisement;
Monsieur, me dit-il, ne
prendrez vous point en
mauuaise part que ie vous
demande où vous allez ? Ie
m'en vay, luy dis-je, du
costé de Versel, où ie voudrois bien coucher s'il
estoit possible. Vous le
pourriez faire aysement,
me repartit il, n'estoit que
la riuiere, qui passe deuant
la ville, & qui diuise les
confins du Piedmont d'a-
uecque ceux du Milan-

nois, est si grosse depuis
peu, & si fort rapide, que
ie ne pense pas que vous
trouuiez qui vous mette
à l'autre bord. Cela estant,
ie tiendrois à singuliere faueur que vous voulussiez
prendre vn mauuais logis
que i'ay icy pres, où vous
pourriez possible passer la
nuict auec moins d'in-
commodité qu'en autre
lieu d'allentour. Tandis
qu'il me tenoit ces langages, i'auois tousiours la
veuë attachée sur luy, en
qui il me sembloit remar-
quer ie ne sçay quoy d'a-

greable & de genereux;
ce qui me fit croire qu'il
falloit que ce fuſt quelque
Gentil-homme du pays.
Et d'autant qu'il n'eſtoit
point à cheual, ie deſcen-
dis de deſſus le mien, que
ie donnay à vn homme
qui me ſuiuoit. Ainſi m'e-
ſtant mis à pied auecque
luy, apres que ie l'eus re-
mercié de l'offre qu'il m'a-
uoit faite, luy diſant en
ſuitte, que comme nous
ferions ſur le bord de la riuiere, ie verrois ſi ie m'ar-
reſterois là, ou ſi ie paſſe-
rois outre; Bien donc, me
reſpon-

respondit il, ie m'en vay
cependant vous seruir de
guide & passer deuant, plustost pour vous mõstrer le
chemin, que pour aucune
ambition que i'aye de vouloir estre au dessus de vous.
I'aduoüe, luy dis-je alors,
que ie suis obligé à la fortune de m'auoir fait faire
vne si bonne rencontre, &
Dieu veüille qu'en toute
autre occasion elle me soit
aussi fauorable qu'en celle
cy. Là dessus nous conti-
nuasmes nostre chemin, &
fusmes vn peu de temps
sans nous rien dire. Et

Hh

d'autant que ie remarquay
qu'à tout moment ce ieu-
ne homme se tournoit
vers moy, & me regardoit
depuis la teste iusques aux
pieds, comme s'il eust
bien voulu sçauoir qui i'e-
stois; cela me fit prendre
enuie de preuenir son de-
sir. M'estant donc mis à
parler; A ce que ie voy,
repris-je, ce pays n'est pas
moins beau que ceux qui
l'habitent sont courtois
& honnestes. C'est pour-
quoy ie ne dois pas me re-
pentir d'y estre venu, car ie
n'y auois pas encore esté, &

ie me souuiens qu'en vn
voyage que ie fis en France, il y a quelque temps,
ie paſſay bien par le Pie-
mont, mais ce fut par
vn autre chemin que ce-
luy-cy. Ce diſcours luy
ſeruant d'introduction à
me faire quelques deman-
des; & ne pouuant plus
long temps me tenir ca-
ché le deſir qu'il en auoit,
Monſieur, me dit-il, obli-
gez moy, ie vous prie, de
me declarer qui vous eſtes,
de quel pays, & quel ſujet
vous amene icy. Ie ſuis
natif de Naples, luy reſpon-

Hh ij

dis-je, & mon pere l'eſtoit
de Bergame, ville aſſez fa-
meuſe en Lōbardie. Mon
nom eſt ſi peu de choſe,
que quand ie vous l'au-
rois dit, vous ne me con-
noiſtriez non plus que
vous faites; & ma fortune
ſi mauuaiſe, que m'ayant
diſgracié d'auecque mon
Prince, elle m'a reduit icy,
pour y chercher vn Aſyle
dans les Eſtats de Sauoye.
Vous n'en ſçauriez trou-
uer vn plus fauorable ailleurs, me repliqua-t'il, & là
deſſus, il ne s'enquit pas
dauantage de mes affaires,

voyant bien , comme iu-
dicieux qu'il eſtoit, que ie
ne voulois pas luy en deſ-
couurir la verité. Apres
tous ces diſcours nous fû-
mes à peine à demy lieuë
de là, que nous arriuaſmes
ſur le bord de la riuiere,
qui eſtoit ſi groſſe, qu'elle
ne pouuoit plus ſe tenir
dans ſes limites ; & ſi rapide, qu'vn trait deſcoché
de la main d'vn Parthe, ne
ſçauroit aller plus viſte.
Comme ie vis donc que le
Batelier ne me vouloit
point mettre à l'autre
bord, joint qu'il ſe trou-
Hh iij

ua là quelques Payſans qui
me dirent qu'il auoit refu-
ſé de paſſer des Gentils-
hommes François , qui
s'eſtoient offerts à le payer
à ſa volonté ; Il faut que
ï'aduoüe, dis-je à ma guide , que la neceſſité me
contraint d'accepter l'offre que vous m'auez faite
que ie ne ſçaurois refuſer,
qu'à mon dommage, ny
ſeruir plus à propos de
l'occaſion qui ſe preſente.
C'eſt vne faueur, me reſ-
pondit il , dont ie vou-
drois bien eſtre redeuable
à voſtre volonté, pluſtoſt

qu'à la fortune : mais quoy
qu'il en soit ie luy auray
rouſiours l'obligation de
vous auoir retenu. Ces parolles ſi obligeantes mé
confirmoiēt touſiours plus
fort dans l'opinion que
i'aüois & de ſa naiſſance,
& de ſon Eſprit; de ma-
niere qu'eſtant bien ayſé
de me voir entre les mains
d'vn ſi bon hoſte, Puis qu'il
eſt ainſi, adjouſtay-ie, qu'il
vous plaiſt que ie m'en aille en voſtre maiſon, il faut
que ie vous confeſſe qu'il
m'ennuye deſia que ie n'y
ſois. A ces mots il me la

Hh iiij

monſtra aſſez pres de la riuiere. Le baſtiment en
eſtoit neuf, & ſi haut eſleué, qu'on jugeoit bien
à le voir de loing qu'il y
auoit pluſieurs eſtages l'vn
ſur l'autre. Au deuant
d'elle eſtoit vne petite place toute enuironnée d'ar-
bres ; & lon y montoit par
vn double eſcalier, qui s'a-
uançoit hors de la porte,
où il y auoit de part &
d'autre vingt cinq degrez,
extremement larges , &
commodes. Comme nous
fuſmes montez par là,
nous entraſmes dans vne

fale aſſez grande, & preſ-
que quarrée comme la
maiſon ; où lon voyoit
quatre fort beaux pauil-
lons, à ſçauoir deux à main
gauche, & deux à droite.
Tout aupres de la porte
par où nous eſtions en-
trez, il y en auoit vne autre d'où lon deſcendoit
dans vne baſſe court, aux
enuirons de laquelle ſe
voyoient pluſieurs petits
logemens pour des valets,
& quantité de greniers; Et
de ce lieu là lon paſſoit encore dans vn grand jardin
plein d'arbres fruictiers

rangez auec vn bel ordre.
La sale estoit tapissée de
cuir doré, & fort bien
meublée ; L'on y auoit
mis desia le couuert, &
dans des plats de fayance
estoiĕt remarquables plu-
sieurs beaux fruicts rangez
sur vne autre table. Sans
mentir, dis-je alors, voicy vne maison bien com-
mode, & qui doit appar-
tenir à vn homme de con-
dition & d'esprit, puis que
de la façon qu'elle est si-
tuée, il n'y a ie m'asseure
rien à desirer en son enclos
de ce qui se trouue dans

les villes pour l'entretenement de la vie : Mais dites
moy, ie vous prie, n'en
estes vous pas le Seigneur?
Nenny, Monsieur, me
respondit il, elle est à mon
Pere, de qui ie puis dire
sans mentir, qu'encore
qu'il ayt passé la plus part
de sa vie à la campagne,
si ne laisse t'il pas de sçauoir beaucoup de choses
de la Cour, où il a esté vn
assez long temps, & mes-
me il a vn frere qui est à
present en celle du Pape
auec le Cardinal de Vercel,
qui luy fait l'honneur de

l'aymer bien fort, comme
c'eſt ſa couſtume d'auoir
des inclinations particu-
lieres pour ceux de noſtre
pays, où ſes hautes vertus
le font cherir extraordi-
nairement. Il le merite
bien auſſi, adiouſtay-ie,
& ie ne penſe pas qu'il y
ayt aucune Prouince en
l'Europe, où ſa probité ne
ſoit connuë.

Comme ie m'entrete-
nois ainſi auecque luy, vn
ſien Cadet de fort bonne
mine, s'en vint l'aduertir
de l'arriuée de ſon Pere, qui
venoit de voir ſes poſſeſ-

sions; Nous sortismes en mesme temps, & le vis-mes entrer en la basse court, où il mit pied à ter-re, suiuy d'vn laquay, & d'vn homme de cheual. A le voir d'abbord on luy eust bien donné soixante ans, pource qu'il auoit la barbe & les cheueux blācs, ce qui apportoit beau-coup de grauité à sa bon-ne mine & à son visage ve-nerable. Ie n'eus pas plu-stost salué ce bon pere de famille, auec le respect qui se deuoit à sa condition & à ses années, que se tour-

nant vers son aisné auec
vn visage serain ; Mon fils,
luy dit-il, d'où nous est
venu cet honneste hom-
me, que ie ne pense pas
auoir veu iamais icy ny
ailleurs ? Il vient de Nouare, respondit le fils, en intention de s'en aller à Turin. Là dessus il s'appro-
cha de son Pere, & luy dit
quelque chose à l'oreille,
qui l'empescha, du moins
ie le creu ainsi, de s'enquerir plus auant de ma con-
dition, & m'asseura que
de quelque pays que ie
fusse i'estois le tres-bien

venu en vn lieu où il hono-
roit les Estrangers, & leur
faisoit volontiers seruice.
Le remerciant de sa cour-
toisie, Dieu veuille, luy
dis-je, que comme ie vous
suis maintenant obligé de
la bonne reception que
vous me faites dans vostre
logis, ainsi il arriue qu'vne
autrefois ie m'en puisse
reuancher, & n'en estre
pas ingrat. Comme nous
disions ces choses, on
nous presenta à lauer, &
il ne fut plus question que
de se mettre à table ; où
chacun s'assit comme il

plût au bon vieillard, qui
voulut que ie fuffe au deffus de luy, comme eftran-
ger que i'eftois. La table
fut incontinant chargée
de melons, & quant aux
autres fruicts ie pris garde
qu'il fit figne qu'on les
gardaft pour le deffert. Ie
reconnu d'abbord qu'il
eftoit homme d'efprit &
d'eftude, pource qu'à cette entrée fe mettant fur le
compliment; Vous voyez,
Monfieur, me dit il, com-
me à l'imitation de ce bon
vieillard Coricius, dont il
eft fait mention dans Virgile,

gile, ie couure ma table
de viandes qui ne font
point acheptées. C'eſt
pourquoy ſi elles ne vous
ſemblent ny delicates, ny
bien appreſtées, ſouue-
nez vous, ie vous prie, que
vous eſtes aux champs,
& que la mauuaiſe fortu-
ne vous a conduit dans la
maiſon d'vn pauure Gen-
til-homme. Ie veux croi-
re, luy reſpondis-je, qu'il y
a des maiſons à la campa-
gne qui n'ont pas toutes
les choſes neceſſaires à la
vie; mais à ce que ie vois
elles ſe treuuẽt abondam-

ment en celle-cy. Elles s'y
trouuent en effect, me re-
plicqua-t'il, & s'il ne m'en
reste point, ie me contente d'en auoir du moins autant qu'il m'en faut pour
l'entretenement de ma fa-
mille, sans qu'il soit besoin que i'enuoye rien
achepter à la ville; Car cette seule terre me fournit
dequoy viure honneste-
ment. Aussi est-ce pour
cela que ie l'ay diuisée en
quatre parties. La premiere me donne du bled &
des legumes de toutes les
sortes. La seconde du bois

plus qu'il ne m'en faut,
soit pour le chauffage, soit
pour en vser aux basti-
mens , outre les arbres
fruictiers qui seruent d'es-
chalas à nos vignes, selon
la coustume du pays. La
troisiesme, qui consiste en
prairies , est reseruée pour
la nourriture du bestail ;
Et la quatriesme où sont
les herbages & les fleurs,
ne m'est pas moins vtile,
qu'elle est agreable à la
veüe. Car auec ce que ie
me suis donné le soin d'y
faire mettre quantité de
rusches à miel , i'ay pris

plaisir d'y planter moy
mesme plusieurs arbres
que i'ay entez. Ie trouue
fort iudicieuse, luy repartis-je, cette diuision que
vous auez faite de vos terres, & vous monstrez bien
par là qu'en ce qui est du
mesnage des champs vous
auez estudié Varrõ & Vir-
gile. Mais ces melons que
voila, qui me semblent si
bons, sont ils encore de
vostre cru ? Ils le sont en
effet, dit-il, & puis que
vous les trouuez bõs, man-
gez en bien, ie vous prie,
sans vous arrester à moy,

car quoy que ie les ayme
affez, & que nous n'en
manquions pas ceans, fi
eft-ce que ie n'en mange
pas volontiers, pource
qu'ils ne me femblent pas
fains ; Ce qui procede à
mon aduis de ce qu'eftant
fur des couches, où le Soleil ne donne pas à moi-
tié, il ne fe peut faire autrement qu'ils n'attirent
hors de terre beaucoup
d'humeurs fuperflues; Auffi eft-ce pour cela qu'il s'en
trouue peu de bons, &
qui n'ayent vn gouft de ci-
trouïlle ou de concom-

bre. A ces parolles il s'arresta, & ie ne voulu point
luy respondre, pour mon-
strer par là que i'approu-
uois sa raison, sçachant
bien d'ailleurs que les
vieillards ou ceux qui
commencent à le deuenir,
ayment naturellement à
parler, & qu'on ne leur
sçauroit faire vn plus grãd
plaisir que de les escouter
attentiuement. En suitte
de tout cecy il fit appeller
sa femme, & s'addressant
de rechef à moy; Elle at-
tend d'estre inuitée, me
dit-il, & ce qu'elle ne s'est

point affiſſe, elle l'a fait par
vne maniere de reſpect,
ſçachant bien qu'il ne ſe
peut faire que les Eſtrangers, qui ſont, comme
vous, modeſtes & hon-
neſtes gens, ne ſoient auſſi
dans la contrainte en la
preſẽce des Dames : neantmoins ce n'eſt pas ſeule-
ment à la campaigne, mais
dans les villes que l'vſage
de noſtre pays permet vne
certaine liberté loüable &
honneſte, à laquelle il eſt
bon que vous commen-
ciez de vous accouſtu-
mer. Sa femme eſtant ve-

Ii iiij

nuë en mefme temps, fe
mit à la place où elle auoit
accouftumé de s'affeoir;
& alors le bon Pere de famille recõmençant à par-
ler; Vous voyez icy main-
tenant, me dit-il, ce que
i'ay de plus cher dans le
monde, à fçauoir ma fem-
me & mes fils; car elle n'a
iamais eu de filles: de quoy
ie ne ferois pas trop mef-
content, n'eftoit qu'elle
s'attrifte fouuent de n'a-
uoir perfonne qui luy tienne compagnie. Car les
garçons, comme vous fça-
uez, ne demeurent guere

volontiers à la maison, à
cauſe dequoy mon fils aiſ-
né ſeroit deſia marié, s'il
m'euſt voulu croire. Ce refus qu'il a fait, repliquay je,
de s'engager au mariage
de ſi bonne heure, luy peut
difficilement eſtre nuiſi-
ble; du moins ie ſuis de
cette opinion, que la couſtume de marier ſi toſt les
jeunes gens, ne peut pas
eſtre beaucoup loüable:
la raiſon eſt, pource qu'il
les faut laiſſer croiſtre iuſques au poinct où la na-
ture s'arreſte, & où voſtre
fils n'eſt pas encore arriué,

auant que leur donner vne
femme pour l'vsage de la
generation. D'ailleurs, les
peres doiuent à mon aduis
auoir tousiours vingt huiĉt
ou trente ans plus que
leurs enfans, pource que
s'ils en ont moins, il se
trouue qu'ils sont encore
en la vigueur de leur âge,
quand la ieunesse de ceux
qu'ils ont mis au monde
commence d'estre en sa
fleur ; de maniere qu'en
eux ne sont pas encore
esteintes toutes ces pas-
sions qu'ils doiuent mo-
derer, sinon pour autre

chose, du moins pour ser-
uir d'exemple à leurs en-
fans. A quoy i'adiouste
que cela est cause bien
souuent qu'au lieu de leur
porter le respect qui se
doit à vn pere, ils les trai-
tent de compagnons, ius-
ques là mesme qu'ils
deuiennent quelquesfois
leurs riuaux dans les pra-
tiques d'amour. Il faut
neantmoins que l'âge des
vns & des autres ne soit
ny trop grand, ny trop petit, mais dans la medio-
crité requise. Car s'il falloit que les peres atten-

diſſent trop long temps
à marier leurs enfans, ils
ſeroient plus que ſexage-
naires , lors qu'eux au-
roient à peine neuf ou dix
ans ; & ainſi ils ne pourroient receuoir en cet âge
tendre ce fauorable ſe-
cours, ny cette iuſte re-
connoiſſance à quoy la
nature les oblige. Ie me
ſouuiens à ce propos qu'en
liſant Lucrece, i'ay plu-
ſieurs fois admiré cette façon de parler,

Qu'il faut par ſes enfans
fortifier ſon aage

pource qu'à dire le vray
les enfans feruent natu-
rellement aux peres d'au-
tant de rempars, pour les
deffendre, & les mainte-
nir ; Ce qu'ils ne pour-
roient pas faire, s'ils n'e-
ftoient en vn aage fort &
vigoureux, quand les peres
font deuenus vieux. Puis
donc que vous l'eftes defia, ou qu'il n e s'en faut que
bien peu, il me femble
qu'en matiere de marier
voftre aifné, vous ne de-
uez pas auoir moins d'ef-
gard à fon aage qu'aux autres conditions, qui font

requises pour cet effet, &
qu'ainsi quand il attendra
encore dix ou douze ans à
prendre vne femme, il y
sera possible arriué assez à
temps.

Cómme ie disois ces
choses, ie pris garde qu'elles ne plaisoient pas tant
au pere qu'au fils, qui s'en
estant apperceu; A ce que
ie voy, dit-il, auec vn visage riant, cette iournée
m'est fort profitable, puis
qu'outre la chasse que i'ay
prise, ma bonne fortune
m'a fait rencontrer vne
personne qui plaide si bien

ma cauſe. Ce diſant il me
ſeruit de quelques mor-
ceaux des plus delicats du
cheureul, dont l'on auoit
mis roſtir vne partie, & de
l'autre on en auoit fait vne
maniere de hachis de fort
bon gouſt. L'on nous ſer-
uit encore d'vne piece de
ſanglier cuitte à l'eſtuuée,
& de demy-douzaine de
pigeonneaux, dont il y en
auoit trois de boüillis, &
trois de roſtis. Comme on
eut mis cette viande ſur la
table; cette piece de ſanglier, dit le bon pere de famille, vient d'vn Gentil-

homme de nos amis, qui
nous en a fait prefent, luy
& mon fils ayant accou-
ftumé de fe partager leur
chaffe. Quant aux pigeons,
on les a pris à noftre co-
lombier ; & voila tout ce
que nous auons à foupper:
car ce qu'on fert de bœuf
fur la table eft pluftoft
pour la couurir, que pour
en manger en cette faifon,
où il fait encore chaud. En
voila de refte , dis-je, puis
qu'il ne fe trouue guere de
feftin, où il y ait de deux
fortes de venaifon, com-
me en celuy-cy: tellement
qu'apres

qu'apres l'auoir bien con-
sideré ie m'imagine d'estre
en festin auec ces an-
ciens Heros, qui ne man-
geoient ordinairemēt que
de la chair de bœuf, ou de
sanglier; tesmoin Home-
re qui dans ses ouurages ne
fait point seruir d'autres
mets, que de ceux-cy à la
table d'Agamemnon, bien
que toutesfois, s'il en faut
croire Lucian, tous ses
banquets meritassent d'a-
uoir Nestor pour escorni-
fleur. A quoy se peut rapporter encore ce que les
Poëtes ont feint des com-

K k

pagnons d'Vlyſſe, qui s'ex-
poſerent à pluſieurs dan-
gers, non pour ſe raſſaſier
de perdris & de faiſans,
mais pour manger les
bœufs du Soleil. C'eſt
pour cela meſme qu'afin
de ne s'eſloigner de cette
couſtume, Virgile fait aller Enée à la chaſſe aux
cerfs, & luy en fait tuer
ſept en Afrique, bien que
toutesfois il n'y en ayt aucuns. Mais poſſible que
pour s'eſtre voulu par trop
arreſter à la nourriture des
Heros, il oublia, ou vou-
lut oublier ce qui eſtoit

propre à cette Prouince.
Mais d'où vient, reprit le
bon vieillard, que les Poëtes se sont aduisez de fein-
dre que les Heros ne vi-
uoient que de venaison?
Ils l'ont ainsi imaginé, luy
respondis-je, pource que
cette sorte de viande est
fort nourrissante, & fort
propre par consequent à
ces hommes extraordinai-
res, qui en auoient d'au-
tant plus besoin, qu'ils
estoient tousiours en exercice dans les aduentures
où leur valeur s'esprou-
uoit. Ainsi le gibbier, bien

que plus facile à digerer, ne
leur estoit pas si bon que
la venaison ; la raison est,
pource que les bestes fau-
ues qu'on a couruës per-
dēt la plus part de ce qu'elles ont de grossier, & que
leur graisse mesme est plus
naturelle que celle des animaux domestiques qu'on
nourrit auecque soin ; De
sorte que ce n'est pas sans
raison que Virgile veut
que les compagnons d'E-
née

S'emplissent de vin vieil, &
de venaison grasse.

pour monſtrer qu'ils ſe
ſaouloient de ces viandes,
ſans qu'elles leur fiſſent
mal. A ces mots ie m'im-
poſay ſilence , quand le
bon Pere de famille re-
commença de parler ainſi.
Ce que vous auez dit du
vin & du ſiecle des Heros
me remet en memoire vne
choſe que i'ay appriſe autresfois, à ſçauoir qu'Homere ayant à loüer le vin,
le nomme touſiours noir
& doux, bien qu'à mon
aduis ces deux conditions
ne ſoient pas beaucoup
loüables en luy. Et certai-

K k iij

nement ie m'eſtonne de
cette loüange qu'il luy
donne; & m'en eſtonne
d'autant plus, qu'il me
ſemble auoir pris garde
que tous les vins qu'on
nous apporte du Leuant,
comme la Maluoiſie, le
vin de Crete, & ainſi des
autres qui ſe boiuent dans
Veniſe, ſont blancs & fort
bons. Le meſme ſe voit
encore des vins que l'on
nomme Grecs dans le
Royaume de Naples, poſ-
ſible pource qu'on y pro-
uigna des greffes que lon
fiſt venir de Grece. Il eſt

vray qu'ils font pluftoft de couleur d'or que blancs; comme au contraire le vin qui vient d'Allemagne & des pays froids, eſt proprement blanc, foit que cela procede de l'artifice qu'on y apporte en le faiſant, ou foit que le Soleil n'ayt pas la force qu'il faut, pour meurir entieremẽt les raiſins, auant la faiſon de la vendange. Ce que vous dittes eſt vray, luy reſpondis-je. Mais quant à ce qu'Homere donne ordinairement au vin l'epithete de *doux*, il le fait fans

K k iiij

doute par vne maniere de
Metaphore , par qui l'on
appelle douces toutes les
choses qui sont ou cheres
à l'esprit, ou agreables aux
sens; bien que toutesfois
ie ne veüille pas nier que ie
n'ayme naturellement le
vin qui est vn peu doux.
Aussi comme cette dou-
ceur y est requise, pour-
ueu qu'elle ne soit point
excessiue , elle se remarque en la Maluoisie, aux
vins Grecs , & aux autres
de cette nature , & ne se
perd iamais que lors qu'on
les garde trop long temps.

C'eſt la raiſon pour laquelle vn Poëte appelle amer
le vin vieil ; non qu'il le
ſoit en effet , mais pource
qu'il perd ſa douceur auecque le temps, ſi bien qu'il
deuient fort & picquant,
qui eſt ce qu'il appelle a-
mertume. Par où l'on peut
voir qu'Homere & Ca-
tulle n'ont pas donné ſans
raiſon au vin les deux Epi-
thetes de doux & d'amer,
bien qu'elles ſe contra-
rient. Que ſi Homere l'a
nommé noir, ç'a eſté lors
qu'il a voulu parler de
quelque vin particulier,

qui pouuoit eſtre en eſtime de ſon temps, comme
celuy que nous appellons
Lachryma, qui pour eſtre
faict de meſmes raiſins
que le vin Grec, ne laiſſe
pas toutesfois de tirer ſur
le rouge.

Sur ces entrefaictes,
voila que mon hoſte beut
à moy ; Et d'autant que i'a-
uois deſia gouſté du vin
blanc tout pur ; pour ay-
der à la digeſtion des melons, ie luy fis raiſon auec
du clairet, qui me ſembla
fort delicat. Cõme nous
euſmes paſſé quelque

temps en ces contentions
de galanterie ; à la fin pour
rendre parfaites les delices
de ce festin, où nous trou-
uions à rassasier l'esprit &
le corps ; on leua les plats
de dessus la table, que l'on
couurit de toute sorte de
fruicts. Alors le bon vieillard n'en ayant gousté que
fort peu, voila, dit-il, ce que
nous dõne l'Automne, qui
est, à dire le vray, vne saison
si aymable ; qu'il ne faut
pas s'estonner si plusieurs
bons esprits l'ont honno-
ré de plusieurs louãges qui
luy sont iustement deuës.

I'ay veu n'aguere deux lettres imprimées, l'vne de
Mutio, & l'autre du Tasso,
où ils mettent en question
quelle de ces deux saisons
est la plus noble, ou l'Hyuer ou l'Esté ; Mais quelque sentiment qu'ils en
ayent, ie trouue pour moy
qu'il n'ē est point de comparable à l'Automne, l'excez de la chaleur n'estāt
pas moins incōmode que
celuy de la froidure. Aussi
voyons nous que le Pilote
n'ose sortir du port en Hyuer, de crainte de la tour-
mente, & que durant les

grandes chaleurs de l'Esté,
les soldats, les pelerins &
les chasseurs, ont bien de
la peine à trouuer vne ombre assez fauorable pour
prendre le frais, & vn arbre assez touffu pour se
mettre à couuert des ora-
ges & des rauines de
pluye, qui les surprennent
à la campagne. Que si telles incommoditez sont
insupportables aux ieunes
gens, elles le doiuent estre
bien plus encore aux vieillards, & aux bons Peres de
famille, qui ne peuuent
qu'auec beaucoup de pei-

ne visiter leurs possessions
& leurs heritages. I'ad-
iouste à cecy, qu'en l'vne
de ces deux saisons, qui est
pleine de poudre, de sueur
& de fatigue , lon ne re-
cueille qu'vne bien petite
partie des biens de la terre;
& qu'en l'autre, qui est pa-
resseuse, & toute engour-
die , lon se perd le plus
souuent parmy la fainean-
tise & l'yurongnerie , à
force de consommer in-
dignement dans les des-
bauches de la vie, les biens
que les defunts ont acquis
par leur bon mesnage,

L'Hyuer est donc vne sai-
son bien iniuste, & cette
iniustice paroist esgalle-
ment par l'inesgalité des
nuicts & des iours, pource
qu'ē Hyuer nous voyōs
que le iour, qui de sa nature est preferable à la nuict,
ne laisse pas toutesfois de
luy ceder, pource qu'e-
stant, comme il est, extremement court, & plein de
brouillards, il ne donne
pas aux hommes ce qu'il
leur faut de temps pour
trauailler & pour mediter.
Tellement que pour vac-
quer à l'vn & à l'autre, il

faut qu'ils attendent que
la nuict soit venuë, qui est,
à le bien considerer, vn
temps peu commode à
tous les deux, d'autant
que les sens, qui sont les
Ministres de l'Intellect, ne
peuuent alors bien exer-
cer leur office. Quant à
l'Esté, c'est vne saison en
laquelle le iour demeure
victorieux, non comme
iuste Seigneur, mais en
qualité de tyran & d'vsur-
pateur ; Car il s'ē faut bien
peu qu'il ne prenne tout
pour luy, ne laissant à la
nuict que ce qu'il luy faut
de

de temps pour delaſſer le
corps, que le trauail & les
chaleurs ont abbattu du-
rant le iour. Auſſi ſans
mentir de ſi courtes nuicts
ne ſont pas ſeulement in-
commodes aux Amans,
qui voudroient qu'elles
duraſſent lõg temps, mais
encore aux bonnes Meres
de Famille, qui ne peuuent
trouuer bon que leurs ma-
ris les reſueillent, & qu'ils
ſe deſrobent d'entre leurs
bras, ſur le poinct qu'elles
les voudroient retenir, &
s'endormir encore auec
eux. A ces mots que le

vieil Gentilhomme profe-
ra de fort bonne grace, &
auec vn visage riant, il se
mit à regarder sa femme,
à qui la couleur en vint au
visage, puis reprenant son
discours ; Voila, conti-
nua-t'il quelles sont, si ie
ne me trompe, les incom-
moditez de l'Hyuer & de
l'esté, que lon ne trouuera
ny au Printēps ny en l'Autōne, qui sont deux saisons
pleines de mille plaisirs, où
le Soleil se monstre si iuste
dans l'égalité du iour & de
la nuict, que l'vn ne peut
se plaindre de l'autre. Que

si nous voulons faire encore vn parallele du Printemps & de l'Automne, nous trouuerons que ce premier n'eft pas moins au deſſoubs du dernier, que les effets font preferables aux eſperances, & les fruiçts aux fleurs. L'Automne eſt donc bien à loüer, puis qu'en luy duſ̃ret encore tous les fruiçts, qui font produits en Eſté, fans y comprendre ny ceux qui luy font propres, ny la vendange, qui eſt le plus noble foing que puiſſe auoir le Pere de Famil-

le. Car ſi les payſans le
trompent en la recolte des
fruicts, cela ne l'incom-
mode pas beaucoup ; au
lieu que ſi les Vignerõs ne
font pas bien les vendan-
ges, il en reçoit non ſeulement du dommage, mais
encore de la honte, pource
qu'ayant à traiter quel-
qu'honneſte homme dans
ſon logis, il n'a pas le principal du feſtin. Ie conclus
par là que l'Automne eſt
la meilleure de toutes les
ſaiſons, & qu'il n'y en a
point qui doiue eſtre plus
agreable que celle-là au

bon Pere de Famille. Ie
me souuiens à ce propos
d'auoir ouy dire à mon pere, qui passoit en sõ temps
pour vn homme doüé des
plus hautes cognoissances
des belles lettres, de la Morale, & de la Philosophie
naturelle ; Qu'il est à croire que le monde prist son
cõmencemēt en Autõne,
si toutesfois on peut de-
signer vn tēps à sa creation.
Quelques Docteurs, dis-
je a lors, ont esté de ceste
opinion : mais le croira qui
voudra, puisque ce n'est
point vn article de foy:

Pour moy i'ay vn senti-
ment tout contraire à ce-
luy-là, & tiens qu'il est
vray semblable que pre-
supposé qu'il y ait eu au
monde vn commence-
ment ç'à esté le Printemps,
& non en l'Autōne, ce que
i'essayeray de prouuer ainsi. Vous deuez sçauoir que
le Ciel est rond, que toutes ses parties sont vnifor-
mes, qu'on ne peut dire
qu'il y ait en luy ny commencement ny fin, ny
droit ny gauche, ny de-
uant ny derriere, si ce n'est
possible à l'esgard du mou-

uement , qui commence
par le costé gauche. Il
est vray qu'àcause que
le mouuement du Soleil
va contre celuy du
premier mobile , l'on
pourroit mettre en doute
si les six differences du lieu
que nous venons de poser,
se doiuent prendre ou se-
lon le mouuement du pre-
mier mobile , ou selon celuy du Soleil. Mais l'on
peut respondre à cela,
qu'estant veritable ; que
toutes les choses de ce
monde corruptible dé-
pendent du mouuement

Ll iiij

du Soleil, pource qu'estant
la source de la generation,
& de la corruption, & le
pere des animaux, il faut
auec raison que ce soit luy
mesme qui par son mou-
uement determine les dif-
ferences du lieu; comme
par exemple, c'est par le
mouuement du Soleil que
nostre Pole se trouue le
plus haut, au lieu qu'il seroit le plus bas, à le prendre selon le mouuement
du premier mobile. Ce
fondement presupposé, si
nous voulons rechercher
en quelle saison le monde

peut auoir esté creé, nous
trouuerons qu'apparem-
ment, il doit auoir pris son
cōmencement en celle là,
où le Soleil se mouuant ne
s'esloigne point de nous,
mais s'en approche ; &
en qui la generation & la
corruption commencent
à se faire, veu qu'à suiure
l'ordre de la nature, les
choses s'engendrent pre-
mierement, & puis elles se
corrompent. Que s'il est
vray, comme il n'en faut
pas douter, que le Soleil
se mouuant dans le signe
du Belier, s'approche de

nous, & donne commen-
cement à la generation, il
est à croire, qu'il estoit en
ce mesme Signe, quand le
monde eut son commen-
cement ; ce qui se trouuera veritable, si lon considere biē les choses qui dās
le Thimee de Platon sont
dittes par le Pere des
Dieux aux autres Diuini-
tez, qui sont au dessoubs
de luy. Neantmoins s'il
falloit prendre les posi-
tions du lieu par le mou-
uement du premier mobi-
le, il s'ensuiuroit que le
pole Antarctique seroit le

plus haut de fa nature ; &
que le mõde deuroit auoir
pris fon commencement
en cette faifon, en laquelle le Soleil venãt à fe mouuoir , s'approche de nos
Antipodes , & où la gene-
ratiõ cõmence à fe faire en
ces partiés de l'autre monde, qui font oppofées à celle-cy. Que fi lon demeu-
roit d'accord de cela,
quoy que lon pûft dire
que le mouuement au-
roit commencé en l'Equi-
noxe Automnal , lors que
le Soleil eft au figne de la
Balance, cela n'empefche-

roit pas toutesfois que
lon ne deferaſt au Prin-
temps ce meſme com-
mencement. La raiſon eſt,
pource que noſtre Au-
tomne leur eſt vn Prin-
temps, & qu'ainſi le prin-
cipe du mouuement ſe
prendroit à l'eſgard de
telles ſaiſons. Quoy qu'il
en ſoit, comme la premie-
re opinion eſt la plus conforme à la raiſon naturelle ; elle eſt de meſme la
plus capable de perſuader,
eſtant veritable que noſtre
monde fut honnoré de la
preſence du vray Fils de

Dieu, lequel ayant à mou-
rir, voulut que ce fuſt en
Ieruſalem , & choiſit ex-
pres ce lieu, qui, ſelõ quelques vns , eſt le milieu de
noſtre Hemiſphere. Auec-
que cela , nous pouuons
dire qu'il luy pluſt ſouf-
frir la mort à l'entree du
Printemps ; pour rachep-
ter la race humaine , en
cette meſme ſaiſon en la-
quelle il l'auoit creé.

I'auois à peine acheué
de parler ainſi, lors que ce
bon Gentilhomme , qui
s'eſtoit monſtré fort at-
tentif à mes paroles , me

regardant fixement ; Ie
voy bien, dit-il, que ma
bonne fortune a voulu
que i'euſſe auiourd'huy
pour hoſte vn homme ex-
traordinaire; car vous eſtes
poſſible cét excellent
Eſtranger de qui lon fait
courir vn bruit parmy
nous, qu'il eſt venu chercher vn Aſyle en noſtre
pays pour vn malheur
honorable, qu'on tient
luy eſtre arriué, & qui le
rend auſſi digne de pardon
qu'il l'eſt de loüange. Ce
que ie ſuis en ce pays, luy
reſpondis-je, eſt à dire

le vray vn effect de mon
desaſtre pluſtoſt que de
ma vertu, que vous loüez
trop obligeamment. Mais
quelque perſõnage que lõ
me faſſe joüer, i'eſſayeray
de ne parler iamais, ny par
le meſpris d'autruy, ny
par animoſité. Aſſeure-
ment, reprit-il, vous pa-
roiſſez auoir trop d'eſprit
pour ne point faire ce que
vous dittes; & pour moy
qui n'ay pas aſſez d'effron-
terie pour m'enquerir des
particularitez qui vous
touchent, ie me conten-
te de voir par eſpreuue ce

que vous valez. Que si ie
ne craignois de vous im-
portuner, ie me remet-
trois volontiers à voſtre
iugement d'vn diſcours
que me fit mon pere quel-
ques annees auant que
mourir, lors qu'appeſanty
par l'âge il me remit le ſoin
de ſa famille, & de toutes
les affaires de noſtre maiſõ.
Tãdis qu'il parloit ainſi, l'õ
oſta le couuert, & ſa fẽme
ſe leua de table : ſes fils en
firent de meſme, & furent
accompagner leur mere.
Mais pource que ie les vis
reuenir incontinent, cela
fit

fit que me tournant vers
mon hofte, Monfieur, luy
dis-je, vous ne me fçauriez
faire plus de plaifir que de
me tenir promeffe par le
recit des chofes à quoy
vous vous eftes offert n'a-
guere. Mais pource qu'il
me fafcheroit qu'en les
efcoutant les autres fuf-
fent incommodez, ie vous
prie de permettre à vos
deux fils de s'affoir ; &
alors ils n'eurent pas pluftoft pris des fieges, qu'il
commença ainfi fon dif-
cours.

Au temps que l'Empe-

reur Charles V. laffé de la
Monarchie & des foins
du monde, fe retira de la
tempefte au port, & quitta
la vie Actiue pour vacquer
à la Contemplatiue : mon
pere, qui auoit alors foi-
xante dix ans, & moy trente, ou enuiron, me fit appeller vn iour , & fe mit à
m'entretenir de ces langages. Encore qu'il femble,
dit-il, que les actions des
grands Roys, qui attirent
les yeux de tous les peu-
ples du monde , foient
fi hautes & fi confidera-
bles, qu'elles ne femblent

auoir aucune proportion
auec celles de nous autres
hommes, qui ne sommes
à comparaison d'eux, que
de fort petites gens, elles
ne laissent pas toutesfois
par l'authorité de leur exēple de nous esmouuoir à
les imiter, de mesme que
nous voyons que la pro-
uidēce de Dieu Tout-puis-
sant est imitée, non seulement par la nature de
l'homme, qui est vn ani-
mal raisonnable, la dignité duquel approche fort
de celle des Anges, mais
par l'industrie mesme des

moindres animaux qui
ſoient ſur la terre. Il ne
faut donc pas trouuer
eſtrãge ſi l'Empereur Charles V. ayant ſecoüé le ioug
de la Monarchie, ie trou-
ue à propos de l'imiter, &
de me deſcharger du far-
deau des ſoins domeſti-
ques, qui ne m'eſt pas
moins peſant que l'Em-
pire l'eſtoit à luy, bien
que ſa vertu fuſt aſſez
forte pour le ſouſtenir.
Mais auant que ie t'en
remette le gouuernemēt,
qui t'appartient pluſtoſt
qu'à ton frere, & par le

droit d'aifneffe, & pource
que tu as à mon aduis plus
d'inclination que luy à
l'Agriculture, qui me femble entierement neceffaire
au mefnage des champs,
ie voudrois bien de ce
cofté là te pouuoir donner
les mefmes inftructions
que mon pere m'a don-
nées, afin qu'elles ne te
fuffent pas moins profita-
bles qu'à luy & à moy.
Car encore qu'il ne fuft
qu'vn pauure Gentil-hom-
me, fi eft-ce qu'il fçeut fi
bien faire valoir fes terres
par fon induftrie & fon

bon mefnage, qu'il en aug-
menta beaucoup le reue-
nu. Pour moy ie puis dire
fans mentir que fon bien
n'eft point diminué entre
mes mains, & que ie t'en
laiffe plus que ie n'en ay
reçeu de luy. Car quoy
que ie n'aye efté fi bon
mefnager que luy, ny fi foi-
gneux de faire proffiter
mes terres, fi eft-ce, mon
fils, que ie puis dire entre
nous, que pour auoir eu
plus de connoiffance que
luy de la nature des chofes,
& du commerce du mon-
de, cela m'a feruy d'vn

grand aduantage, pour
faire plus ayſemēt & dans
vne plus grande deſpence
beaucoup de choſes qu'il
ne faiſoit qu'auec peine,
& fort difficilement,pour-
ce qu'il n'eſtoit point hō-
me de lettres, ny des
mieux verſez en la prati-
que du monde. Pour com-
mencer doncques à t'in-
ſtruire, il faut que tu ſçaches que la charge de pere
de famille conſiſte en deux
choſes, à ſçauoir en la perſonne & au bien; En l'vne
deſquelles il doit faire l'office de mary, de pere & de

Mm iiij

Maiſtre, & en l'autre ſe
propoſer deux fins principales, qui ſont la conſeruation & l'accroiſſement.
Or ayant à t'inſtruire ſur
ces deux articles, ie com-
menceray par la perſonne
pluſtoſt que par le bien,
pource que le ſoin des
choſes raiſonnables, eſt
bien plus noble que celuy
des irraiſonnables. Le bon
pere de famille eſt donc
obligé ſur tout d'eſtre ſoigneux de ſa femme, qu'il
peut poſſible plus proprement nommer ſa compai-
gne, puis qu'ils doiuent

partager efgalement les faueurs & les difgraces de la fortune, & fe communiquer ce qui leur arriue de mal ou de bien dans la vie, tout de mefme qu'entre le corps & l'ame il y a cõmunauté d'operations. Car comme il n'eft pas poffible que l'ame, qui fe reffẽt des foibleffes du corps, puiffe eftre ioyeufe quand il eft indifpofé, il faut de mefme que la femme prenne part aux afflictions de fon mary, & que le mary participe aux trifteffes de fa femme. Il faut, dis-je,

qu'il y ait entre eux vn
mesme partage de soins
& d'affections, & qu'ils
soient inseparables com-
me le corps & l'ame, que
l'ingenieux Petrarque, possible à l'imitation de Dante, a fort à propos nom-
mée la femme, ou la com-
paigne du corps. Or com-
me depuis que la liaison
en est vne fois rompuë; il
n'y a pas d'apparêce qu'elle se puisse joindre à vn autre corps, ny souffrir la
ridicule Metempsicose de
ces resueurs, qui vouloient
qu'elle changeast de de-

meure comme vn Pelerin
a de couſtume de changer
d'Hoſtellerie en paſſant
pays; Ainſi il ſembleroit
eſtre à propos que l'hom-
me & la femme ne s'enga-
geaſſent iamais à vn ſe-
cond mariage, depuis que
la mort auroit vne fois
rōpu le nœud & l'eſtrein-
te du premier. Et poſſible
pourroit on bien dire ſuiuant cela, que Didon ne
ſe fuſt pas acquiſe vne
petite loüange, ſi elle
n'euſt changé la reſolu-
tion de ne ſe point rema-
rier, ny fauſſé le ferment

solemnel que Virgile luy
en fait faire en ces termes:

Mais que pour m'englou-
*　tir, la terre*
Ouure son goufre spacieux,
Ou que Iupin du haut des
*　Cieux*
Me frappe d'vn coup de
*　tonnerre,*
Auant qu'vne seconde fois,
Hymen, ie viue soubs tes
*　loix.*

Toutesfois, puis que la
Coustume & les ordon-
nances humaines permet-
tent à l'homme & à la

femme de paſſer à de ſe-
condes nopces , & parti-
culierement quand ils y
ſont portez par le deſir d'a-
uoir des enfans, qui eſt
naturel à toutes les Creatures raiſonnables, aſſeurement ils ne ſont pas à
blaſmer, quand ils ſe re-
marient ; & le ſeroient encore moins s'ils ſe con-
tentoient de l'auoir eſté
vne fois. Puis donc que
l'vniõ qui ſe fait de l'homme auecque la femme, par
le moyen du mariage, eſt
ſi eſtroite, & ſi conſidera-
ble, il faut bien prendre

garde qu'entre l'vn & l'autre il y ait l'esgalité requise,
qui consiste en deux cho-
ses principalement. Car
comme deux bœufs d'vne
hauteur fort inesgale, ne
peuuent pas estre bien ac-
couplez à vn mesme ioug,
ainsi lon peut difficile-
ment soubmettre à celuy
du mariage vne femme de
grande condition auec vn
homme de basse naissan-
ce. Que s'il arriue par vne
faueur de la fortune, que
l'hõme espouse vne fem-
me qui soit de meilleure
maison que luy, il faut

qu'en tel cas, sans oublier
qu'il est son mary, il en
fasse plus d'estat, qu'il ne
feroit d'vne femme qui ne
seroit pas de si haute qualité que luy, & qu'en ma-
tiere d'amour il la tienne
pour sa compaigne; mais
qu'il luy defere quelque
chose en ce qui est des
honneurs & des compli-
mens qui se rendent en public, & qui ont plus de
monstre que d'existence.
Elle aussi de son costé doit
faire estat qu'il n'y a point
de si grande difference de
Noblesse qui ne soit au

deſſoubs de celle que la
Nature a miſe entre les
hommes & les femmes,
par qui elles ſont nées
leurs ſujets. Mais ſi d'ailleurs l'homme ſe marie à
vne femme qui ſoit moin-
dre que luy, il faut qu'il ſe
repreſente que le Mariage
vnit enſemble pluſieurs
ineſgalitez, & qu'il l'a priſe pour ſa compagne, &
non pas pour la tenir en
qualité de ſeruante. Voila
quant aux conditions re-
quiſes au Mariage. Pour
ce qui eſt de l'âge, c'eſt
mon opinion qu'il faut
que

que l'homme prenne vne
femme qui soit plus jeune
que vieille pour deux raisons principales ; la premiere, pource qu'en la
ieunesse elle est plus capable d'engendrer, & la
seconde, d'autant qu'en
cet aage là, comme le re-
marque Hesiode, elle se
rend plus susceptible des
humeurs, & de la manie-
re de viure de son mary.
Comme donc la vie de la
femme n'est pas ordinai-
rement si longue que celle
de l'homme, joint qu'elle
vieillit plustost que luy,

Nn

pource qu'en elle la cha-
leur naturelle n'eſt point
proportionnée à l'humi-
dité ſuperfluë, il y deuroit
auoir, ce me ſemble, en-
tre l'homme & la femme
vn tel degré d'aage, que
la vieilleſſe de tous deux
ne commençaſt point en
meſme temps, & que l'vn
ne deuint pas pluſtoſt que
l'autre inhabile à la generation. Que s'il arriue heu-
reuſement pour l'homme
qu'il prenne vne femme
auec les conditions que
i'ay dittes, ce luy ſera vn
moyen de pouuoir exer-

cer plus facilement cette
haute preeminence que la
Nature luy a donnée par
deſſus elle, à faute dequoy
il n'arriue, que trop ſouuent qu'il la trouue ſi re-
ueſche & ſi deſobeïſſante,
qu'au lieu de l'auoir pour
compagne, l'experience
luy apprend à ſon domma-
ge qu'elle eſt veritable-
ment vne Maiſtreſſe im-
portune, qui ſe donne de
l'Empire ſur luy, & vne
perpetuelle ennemie, qui
ne luy fait pas moins de
peine que la Concupiſcen-
ce en donne à la raiſon, à

Nn ij

qui elle ne cesse de contre-
dire. Cette comparaison
n'est pas mauuaise, à la
bien considerer comme il
faut ; Et comme nous
voyons que la Conuoiti-
se se pare de plusieurs belles vertus, quand elle se
rend obeïssante & soupp-
ple à l'esprit, ainsi lors que
la femme obeït à son ma-
ry, asseurement elle s'enrichit alors de ces hautes
qualitez, dont il s'en faudroit beaucoup qu'elle ne
fust embellie si elle se mu-
tinoit, & s'opposoit à ses
volontez. Il est donc du

deuoir de la femme, de fçauoir obeïr à l'homme, non
comme le vallet au Mai-
ftre, ou le corps à l'efprit,
mais comme les Citoyens
obeïffent aux Loix & aux
Magiftrats dans les villes
bien reiglées, & les puif-
fances de l'ame, à la partie
raifonnable : A quoy cer-
tes la Nature a fçeu bien
pouruoir, puis qu'eftant
raifonnable qu'en la com-
pagnie que l'homme & la
femme fe deuoient tenir,
leurs offices & leurs foins
fuffent differens, il falloit
que leur vertu le fuft auffi.

La Prudence, la grandeur
de courage, & la Gene-
rosité sont des Vertus
propres à l'homme, com-
me la Modestie & la Pudi-
cité le sont à la femme;
tellement que l'vn & l'autre peuuent faire leur deuoir, s'ils veulent mettre
en pratique ces excellen-
tes Vertus. Or bien que
la Pudicité ne soit point
vne vertu propre à l'hom-
me, si faut il neantmoins
qu'vn bon mary ne viole
point, s'il est possible, les
loix du mariage; car cela
sert grandement à tenir en

bride l'humeur d'vne fem-
me, qui n'ayme pas moins
que l'homme les plaifirs
de la Deeffe Venus. Que
fi elle ne fauffe la foy à fon
mary, elle le fait pour
trois confiderations, qui
font l'Amour, la Honte,
& la Crainte, que ie treuue dignes de loüange, bien
que neantmoins la dernie-
re ne le foit pas tant que
les autres. Auffi n'eft-ce
pas fans raifon qu'Ariftote
dit que la Honte, qui n'eft
point loüable en l'hõme,
l'eft grandemẽt en la femme, & que cette rougeur

naturelle qui fied fi bien à
fes ioües, ne donne pas
moins d'efclat à fa beauté,
que luy en oftent le vermil-
lon & le fard, dont elle fe
plaftre comme quelque
mafque, pour en paroiftre
plus belle. Or comme vne
femme fe monftre peu iu-
dicieufe, lors qu'eftant
belle de fa nature, elle a
recours à l'artifice pour
s'embellir dauätage, bien
que cela ne ferue qu'à la
gafter, ainfi le mary ne le
doit pas permettre, s'il eft
poffible; Toutesfois, puis
qu'il faut qu'en l'empire

de l'homme il y ait quel-
que moderation , princi-
palement en matiere des
choſes que l'vſage fait paſſer pou bonnes parmy
les dames ; le ſoing qu'elles ont de ſe parer & de
s'habiller, ne peut eſtre
pris qu'à tort pour vne
marque d'impudicité. Que
ſi le mary teſmoigne à ſa
femme qu'il ne ſe ſoucie
point qu'elle prenne tant
de peine à s'attiffer, il n'y
a pas de doute qu'elle en
negligera le ſoin, ſi elle eſt
honneſte ; Car le but des
femmes vertueuſes n'e-

stant que de plaire à leurs
maris, celle-cy sera con-
tente de n'agreer seule-
ment qu'au sien. Il faut
neantmoins que le mary
luy donne ce qu'il luy faut
pour paroistre selon sa
qualité, pource qu'encore
que ces ornemens exte-
rieurs & superflus soient
plus seans au theatre & à la
Scene qu'à la personne des
honnestes Dames ; si est-
ce qu'en cecy lon doit
donner quelque chose à
l'vsage, & ne choquer pas
si fort les inclinations des
femmes, qui aiment na-

rufellement à eſtre parées.
Ie ſçay qu'on me pourra
dire là deſſus, qu'il ſe remarque tout le contraire
en l'intention de la Nature, qui a fait plus beau le
maſle que la femelle, cõme
il ſe void par l'exemple du
cerf & du lyon, à l'vn deſquels elle a donné pour or-
nemẽt vne teſte plãtureu-
ſe, & à l'autre vn crin qui
luy traine iuſques à terre;
outre qu'elle a mis en la
queuë du paon vne diuerſité de couleurs bien plus
grãde qu'en celle de ſa femelle. Mais ie reſpondray

auſſi qu'en l'eſpece des
creatures raiſonnables, elle a eu moins d'eſgard à la
beauté de l'homme, que
de la femme. Car il faut
aduoüer qu'elle a ſur le viſage des graces qui luy
ſont particulieres, & que
ſon teint de lys & de roſes
ſe voit tout à deſcouuert,
ſans que la barbe y ſerue
d'obſtacle ; Et ne ſert de
rien d'alleguer que le propre de l'homme eſt d'en
auoir, puis qu'on ne peut
nier que les ieunes gar-
çons qui n'en ont point,
ne ſoient plus beaux que

les hommes. Aussi est-ce
pour cela mesme que la iudicieuse Antiquité nous a
peint sans barbe, Amour,
Bacchus , & Apollon,
qui furent les plus beaux
de tous les Dieux. Il est
vray qu'ō les a representez
auec v.ne cheuelure fort
lōgue, à cause que les che-
ueux se peuuēt nōmer l'vn
des plus beaux ornemens
de la nature. Or est-il qu'ils
ne croissent iamais tant à
l'homme qu'à la femme,
joint qu'ils ne sont pas en
luy, ny si mols, ny si de-
liez. Voila pourquoy ce

n'eſt pas ſans raiſon que
les femmes , qui ſçauent
bien que ſans ce cher or-
nement leurs teſtes ſont
auſſi laides à voir que des
arbres qui n'ont aucunes
feuilles , en ſont grandement ſoigneuſes ; iuſques
là meſme qu'en quelques
Contrees d'Italie , elles
ont accouſtumé de ſe les
coupper apres la mort de
leurs maris, pour vne marque de deuil ; Couſtume
qui fut autres fois en vſage
parmy les Anciens, com-
me le remarque Euripide,
parlant d'Helene.   Puis

qu'il eſt donc vray que la
Nature a eſté ſi ſoigneuſe
de la beauté des femmes, il
eſt biẽ raiſonnable d'en faire eſtat, & d'y adiouſter les
ornemens exterieurs, afin
de l'accroiſtre. Tellement
que ſi tu prends vne fem-
me telle que tu la ſouhai-
tes, à ſçauoir qui ſoit belle,
ieune, modeſte, de ta qualité, & nourrie ſoubs la diſcipline d'vne ſage mere, tu
dois faire en ſorte de la
contenter autant que tu
l'aymeras, & de luy entretenir vn eſtat conforme à
ſa condition, & à l'vſage

de ton pays. Il ne faut pas
encore que tu la tiennes
si reſſerrée, qu'elle ne
puiſſe aller quelquesfois
aux honneſtes compa-
gnies, & aux aſſemblées
ſolemnelles. En quoy tou-
resfois tu dois vſer de moderation, & ne luy laſcher
pas ſi fort la bride, qu'elle
ſe donne la liberté de ſe
faire voir des premieres
au bal & aux comedies.
En tout cela, comme i'ay
dit, il faut que tu donnes
quelque choſe à ſes hon-
neſtes deſirs, conſiderant
que ces inclinations qu'on
a d'or-

a d'ordinaire à se resiouïr,
naissent auec la ieunesse
comme les fleurs auec le
Printemps. Il ne faut donc
pas que tu sois en son endroit, ny si austere, qu'elle
t'en veuille du mal, & t'ap-
prehende, comme les va-
lets craignent leurs mai-
stres; ny si facile non plus
à t'accommoder à ses vo-
lontez, qu'elle en deuien-
ne orgueilleuse; & se des-
poüille de cette modeste
honte, qui fait vne des
principales parties de l'hō-
neste femme. Par elle i'entends vne espece de crain-

te , distinguée de celle
qu'on nomme seruile, &
qui s'accompagne auſſi facilement de l'amour, que
cét autre de la haine. Cette crainte, qui eſt vn effect
de ſa modeſtie à qui le reſpect s'entremeſle ordinairemēt, luy doit eſtre recō-
mandable en toutes les
actions de ſa vie : mais il
faut auſſi que le mary l'en-
tretienne de ſon coſté, &
que ſes careſſes ne ſoient
point comme celles d'vn
Amant, qui s'abandonne
apres ſes plaiſirs , & qui ne
recherche point en la mai-

ſtreſſe qu'il poſſede, qu'elle ſe couure du voile de la
nuict, ny de celuy de la
honte. Tellement que ce
n'eſt pas merueille, ſi Cal-
tide ne trouuoit pas ſi
doux les baiſers de ſon mary, que ceux du galand qui
la ſeruoit. Comme i'ap-
pelle cela des effects d'vne
brutalité deſreiglée, en
cette incontinence il n'y
peut iamais auoir tant de
douceur, ny tant d'amour
que dans la moderatiõ des
plaiſirs du mariage; Ce qui
me fait croire qu'on ne
O o ij

peut mieux comparer les embraſſemens du mary & de la femme, qu'aux feſtins des hommes ſobres, qui ne gouſtent pas moins bien les viandes que les goulus, & poſſible mieux, pource que les ſens moderez par la raiſon iugent plus ſainement des obiets, que lors qu'ils s'emportent dans le debord de la paſſion. A quoy ſe rapporte fort iudicieuſement la fiction d'Homere, qui dit que Iunon ayant pris la ceinture de Venus s'en alla trouuer ſon mary ſur

le mont Ida , & qu'apres
qu'elle luy eut donné de
l'amour, elle iouït de ſes
embraſſemens , couuerte
d'vne nuee; ce qui ne ſignifie autre choſe, ſinō que ſe
deſpouïllant du tiltre de
femme mariée , elle prit
celuy d'Amante, pour ſe
rendre plus agreable à Iupiter, qu'elle s'en alla trouuer : car tous ces charmes
delicieux, & cét agreable
meſlange d'appas , de ris,
de ieux, de mignardiſes,
de flatteries & de careſſes,
qu'elle prit auec la ceinture de Venus, ſont des cho-

ſes plus ordinaires, & plus
ſeantes à vne Maiſtreſſe,
qu'à vne femme ; telle-
ment que pour la honte
qu'elle eut d'en vſer auec
ſon mary, elle ſe voulut
couurir d'vne nuë. Or ce
que Iupiter luy dit, qu'il
ne s'eſtoit iamais veu ſi
amoureux d'elle, depuis
le iour qu'il l'auoit eſpouzée, eſt pour monſtrer,
qu'il eſt quelques fois de la
bien-ſeance d'vn mary de
ioüer le perſonnage d'vn
Amant, pourueu neant-
moins qu'il y apporte la
moderation requiſe : car

autrement cela ne peut
eftre que nuifible à vn Pere de Famille, qui veut
gouuerner fa maifon com-
me il faut, & viure en
bonne intelligence auec
celle qui luy eft donnee
pour compagne. Ie ne
penfe pas qu'il me refte à
te dire autre chofe tou-
chant l'amour reciproque
qu'il y doit auoir entre le
mary & la femme; car de
rechercher icy quelle ef-
pece de punition il doit
faire d'elle, s'il fe trouue
qu'elle luy ait fauffé la foy
du mariage, cela feroit à

mon aduis, hors de mon
fuiet, & par consequent
il vaut mieux en remettre
la consideration à vne autre fois.

Ayant parlé du mariage,
qui apres la gloire de Dieu
a pour but la generation,
paffons à la nourriture des
enfans. Il faut, ce me
femble, qu'elle foit telle,
que la mere prenne le foin
de les efleuer, & que le
pere les faffe inftruire. Car
fi la mere n'eft maladiue,
c'eft fon deuoir d'en eftre
elle-mefme la nourriffe,
d'autant qu'en cét âge

mol & tendre, vn enfant
succe la plus part du têps,
auecque le laict, les hu-
meurs, ou bonnes, ou
mauuaises de celle qui luy
donne la mammelle. Que
si la nourriture n'alteroit
le corps, & par consequēt
les humeurs des enfans,
on ne deffendroit pas aux
nourrisses l'vsage du vin;
Et d'autant qu'on leur en
en donne ordinairement
de basse naissance, il est
bien difficile qu'en cette
premiere nourriture les
enfans ne tiennent d'elles,
au lieu que si les meres les

esleuoient, ils en seroient
plus gentils & n'auroient
pas l'esprit si grossier, outre qu'à dire le vray, celle
qui refuse la mammelle à
son enfant, semble per-
dre la qualité de mere, qui
se connoist principale-
ment par la nourriture. Or
pource que les enfans sont
encore sous la nourriture
de la mere, quelque temps
apres qu'on les a seurez, &
qu'elle se ioüe quelques-
fois à les perdre, à force de
les esleuer auec des soings
superflus , & vne trop
grande delicatesse; Pour

empefcher que cela n'arriue, il faut que le pere prenne bien garde qu'ils ne
foient nourris trop mole-
ment. Puis donc qu'en ce
premier âge, ils ont de la
chaleur naturelle de refte,
il n'y a point de mal de les
accouftumer à fouffrir le
froid. La raifon eft, pource
que leur complexion de-
uient plus forte, à mefure
que la chaleur naturelle fe
referue au dedãs, & qu'il fe
fait en eux cette repercu-
tion que les Philofophes
appellent Antiperiftafe. A
quoy fe rapporte l'ancien-

ne couſtume de quelques
peuples , & particuliere-
ment des Celtes, deſquels
Ariſtote dit que pour en-
durcir les enfans au froid,
ils les ſouloient tremper
dans l'eau; ce que Virgile
attribuë aux Latins, cóme
ces vers le teſmoignent.

Nous trempons nos enfans
 dans l'onde,
Auſsi toſt qu'ils viennent
 au monde,
Et puis nous les endurciſ-
 ſons,
Contre la pluye & les gla-
 çons.

Or bien qu’il y ait quel-
quesfois ie ne fçay quoy
de blafmable en cette fe-
uerité, fi eft-ce qu’il me
femble à propos de t’ad-
uertir là de ffus, que fi Dieu
te donne des enfans, il ne
faut pas que tu les nourrif-
fes fi delicatement, qu’ils
deuiennent tels que les
Phrigiens, dont le mefme
Poëte fait mẽtion, aufquels
on peut comparer les habitans de quelques villes de
Lombardie ; & në fert de
de rien dire que ce pays
là ne laiffe pas de produire
des gens de courage, quel-

la diſcipline militaire. Tu
les rendras capables de ces
profeſſiõs, ſi tu les dreſſer
de telle ſorte, que leur cõ-
plexion ſoit virile, & non
pas effeminee, les accou-
ſtumant aux exercices du
corps & de l'eſprit ; Mais
d'autant que toute cette
partie de la nourriture des
enfans tient ie ne ſçay
quoy de la ſcience des Politiques, de qui les Peres
de Famille deuroient ap-
prendre les maximes de
cette inſtruction, afin que
par ce moyen la diſcipline
des villes, fuſt vniforme,

ie

ie veux laiſſer à part ce rai-
ſonnemēt, ou le ſeparer du
moins d'auec le gouuer-
nement d'vne maiſon, mē
contentant de te conſeil-
ler, que tu inſtruiſes tes
enfans en la crainte de
Dieu, en l'obeïſſance, &
en tous ces arts tant de
l'eſprit que du corps, l'exercice deſquels eſt eſgale-
ment loüable.

Apres auoir parlé cy-
deuant de ce qu'il faut que
tu faſſes en qualité de mary & de pere, il ne reſte
plus qu'à venir à la conſideration de la troiſieſme

perſonne, qui eſt celle de Maiſtre, ou de Seigneur, qni a de la relation auec le ſeruiteur. Si nous voulons demeurer d'accord de ce que les Anciens ont eſcrit du gouuernement d'vne famille, nous aduoüerons qu'il y a trois choſes, à ſçauoir le trauail, la nourriture & la punition, par le moyen deſquelles vn Maiſtre doit ranger ſes ſeruiteurs domeſtiques, & les tenir dans les bornes de l'obeiſſance. Mais pource qu'anciennement les vallets eſtoient des eſclaues,

que lon prenoit à la guerre, & qu'on nommoit fer-
uiteurs du mot latin *Ser-*
uare, d'autant qu'on leur
conferuoit la vie ; & qu'il
n'en eft pas de mefme
auiourd'huy , veu qu'ils
font pour la plus part de
condition libre ; tout ce
qui regarde le chaftiment
de ce cofté là , doit eftre
laiffé à part, ce me femble,
comme peu conuenable à
noftre fiecle, & à nos couftumes , fi ce n'eft poffible
en ces contrées tant feulement où lon a de couftu-
me de fe faire feruir par des

esclaues. Il faut donc que
le Maistre d'vne maison
fasse suppleer la remon-
strance au chastiment, auec
vne seuerité biē plus grande, & plus imperieuse que
ne doit estre celle d'vn Pere de Famille enuers son
enfant. Que si le vallet ne
se corrige point pour tout
cela, & s'il est inutile dans
la maison, il est bon en tel
cas que son Maistre le
congedie, & qu'il en met-
te à sa place vn autre qui
fasse son deuoir mieux que
luy. Les Anciens ont en-
core obmis vne chose, qui,

à dire le vray, n'est pas du
traittement des esclaues,
mais qui en matiere de
ceux qui sont de condi-
tion libre est tout à fait raisonnable, & mesme ne-
cessaire, à sçauoir la re-
compense ou le salaire qui
se doit à leurs seruices. Vn
Maistre qui a des vallets se
doit donner le soing de les
nourrir, de les faire trauailler, de leur remonstrer ce
qui est de leur deuoir, &
de leur payer leurs gages,
se comportant enuers eux
de telle sorte, qu'ils soient
satisfaits de leur trauail, &

P p iiij

qu'eux auſſi le ſoient de
ſon traitement. Or bien
que les loix & les couſtu-
mes des hommes ſoient
fort changeantes, & particulierement en matiere de
ſeruiteurs, qui ſont la plus
part nais libres, & qui ayment auſſi la liberté, ſi eſt-
ce que ny la reuolution
des temps, ny l'vſage ne
font point changer les
Loix ny la difference de la
nature. C'eſt ſur elles meſmes que ſe fonde ce qu'il
y a de difference entre le
Maiſtre & le vallet. Car il
eſt certain qu'en ce bas

monde les vns font nais
pour commander, & les
autres pour obeÿr, telle-
ment que fi la fortune reduit quelqu'vn, quand
mefme ce feroit vn Prin-
ce, foubs l'Empire d'vn
plus grand, ce n'eft pas
vne improprieté, ce me
femble, de dire qu'il eft
dans la feruitude, puis qu'il
releue d'autruy. Lon ne
le tient pas ainfi neant-
moins, pource que le me-
nu peuple, qui ne s'arrefte
qu'aux apparences, a cet-
te couftume de iuger des
conditions des hommes,

P p iiij

comme lon fait ordinai-
rement aux Tragedies, où
lon appelle Roy celuy qui
vestu de pourpre, & tout
esclattant d'or, de pierre-
rie, & de perles, joüe le
personnage d'Agamem-
non, d'Etheocle, ou d'A-
trée; Que s'il aduient qu'il
ne le represente comme il
faut, on ne laisse pas pourtant de l'appeller Roy,
quoy que lon die qu'il a
mal joüé son roole. Ainsi
bien qu'en cette vie, qui
est comme le theatre du
monde; celuy que la for-
tune aura esleuée à la con-

dition de Noble, ou mef-
me de Souuerain fe rende
femble à Dauus, ou à Si-
rus, ou à Geta, fi ne fera-t'il
pas appellé des hommes
autrement que Prince &
que Gentil-homme: mais,
à proprement parler, ce-
luy-là fe doit nommer feruiteur, de qui la condi-
tion, la fortune, & l'ef-
prit, n'ont rien qui ne foit
feruile. C'eft de cette maniere de gens qu'il faut
que fe ferue vn bon Pere de
famille, pource qu'il luy
doit fuffire de leur pou-
uoir commander, fans

qu'ils ayent qu'autant de
vertu qu'il leur en faut
pour luy obeïr. Tels fer-
uiteurs ont ce particulier
aduantage par deſſus les
animaux, que la Nature a
fait dociles, & propres à
eſtre dreſſez par l'homme,
de pouuoir en l'abſence de
leurs Maiſtres retenir les
choſes qui leur ont eſté
commandées, & par meſ-
me moyen les mettre en
execution. L'on peut donc
bien dire que le ſeruiteur
eſt vn animal raiſonnable,
par vne certaine maniere
de participation ; comme

par celle du Soleil , les
Eſtoilles & la Lune ſont
dittes luiſantes , ou comme l'appetit deſreiglé deuient raiſonnable , à force
de participer à la clairté de
l'entendement. Ainſi que
ce meſme appetit retient
en ſoy les formes des vertus que la raiſon a imprimées en luy, le ſeruiteur
reſerue de meſme en ſon
eſprit le caractere des inſtructions, & des remon-
ſtrances que ſon Maiſtre
luy peut auoir faites.

Mais afin que tu ne te
laiſſes point abuſer à l'au-

thorité d'Hesiode, ancien
Poëte Grec, lequel descri-
uant les membres, ou les
parties d'vne maison, met
le bœuf à la place du feruiteur, il faut que tu sçaches qu'il y a vne grande
difference entre la façon
de dresser des bestes, &
celle d'instruire des seruiteurs. La raison est pource
que la docilité des bestes
n'est point vne discipline,
mais vne certaine accou-
stumance despourueuë de
raison, & semblable à celle par qui la main droite se
sert mieux d'vne espee que

la gauche, bien qu'elles ne
soient pas d'vne differente
nature; ce que l'on ne peut
pas dire de la docilité des
seruiteurs, pource qu'elle
est raisonnable, & par consequent susceptible de discipline, comme celle des
enfans. Cela estant, ie trouue peu capables de raison
ceux qui veulent que les
vallets en soient despour-
ueus, puis qu'elle ne leur
est pas moins conuenable
qu'aux enfans encore ten-
dres, & qu'ils en ont possible dauantage, outre que
l'experience fait voir au

befoin qu'ils ne manquent
ny de force, ny de prudence; & qu'ils en ont quel-
quesfois autant que leurs
Maiftres mefmes durant
les efmotions populaires,
& les dangers des guerres
ciuiles; fuiuant cela, c'eft
à fort bon droit que les
feruiteurs de Milon font
loüez par le plus Eloquent
de tous les Romains, &
que Valere le Grand en
eftime auffi beaucoup d'autres. Que fi ie voulois fortifier ces authoritez par diuers exemples fort memo-
rables, ie perdrois le fou-

uenir de ce que i'ay dit n'a-
guere; à sçauoir qu'on appelle proprement serui-
teurs ceux qui sont nais
pour obeïr, & rendus in-
dignes des charges publi-
ques, par vn deffaut de
vertu, pource qu'ils n'en
ont pas dauantage que ce
qu'il leur en faut pour se
ranger à l'obeïssance. Que
si tu viens m'alleguer qu'il
te souuiēt d'auoir leu dans
l'histoire, que les Romains
curēt autresfois vne guerre fort dangereuse, qu'ils
appellerent *seruile*, à cause que ce furent des serui-

teurs qui l'esmeurent; ou
si tu m'objectes encore
qu'on a veu de noftre
temps que les armées des
Soldans eftoient compo-
fees d'efclaues, & qu'au-
iourd'huy mefme les plus
redoutables forces du
Turc confiftent en cette
maniere de gens nourris
à la feruitude; Tu n'as qu'à
te remettre en memoire
la diftinction que nous en
auons donnée, qui t'ef-
claircira de toute forte de
doutes. Elle n'eft autre fi-
non qu'il y en a plufieurs
que la fortune rend efclaues,

ues, & non la nature ; tellement qu'il ne faut pas
s'eſtonner s'il s'en trouue
quantité parmy ceux-cy
qui trament des conſpi-
ratiõs & des guerres dan-
gereuſes. Si quelqu'vn
neantmoins vouloit pro-
duire vn grand teſmoigna-
ge de cet effet de baſſeſſe
& de laſcheté, que la fortune ſeruile a de couſtume
d'engendrer dans les eſ-
prits , il n'auroit qu'à produire l'exemple des Scites,
leſquels ayans mis ſur pied
vn bon nombre de ſoldats
pour s'en aller contre leurs

Q q

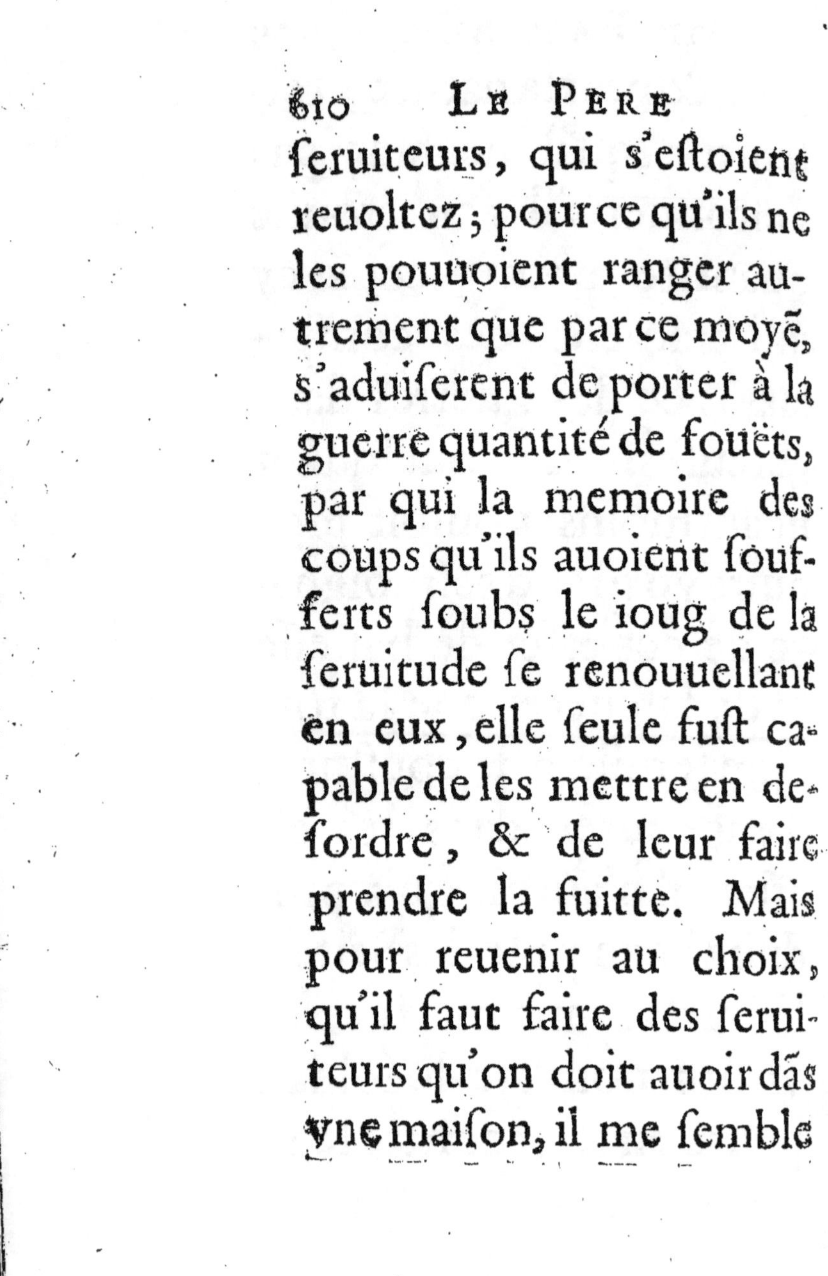

feruiteurs, qui s'eſtoient
reuoltez ; pource qu'ils ne
les pouuoient ranger au-
trement que par ce moyẽ,
s'aduiſerent de porter à la
guerre quantité de fouëts,
par qui la memoire des
coups qu'ils auoient ſouf-
ferts ſoubs le ioug de la
ſeruitude ſe renouuellant
en eux, elle ſeule fuſt capable de les mettre en deſordre, & de leur faire
prendre la fuitte. Mais
pour reuenir au choix,
qu'il faut faire des ſeruiteurs qu'on doit auoir dãs
vne maiſon, il me ſemble

qu'il n'eſt pas ſi à propos
de les prendre d'vn natu-
rel courageux & aguerry,
que d'vne complexion
robuſte, & propre à reſi-
ſter au trauail. Ceux-cy
peuuent eſtre diſtinguez
en deux eſpeces qui ſont
ſubalternes, l'vne de Su-
rintendans, ou de Con-
trooleurs, & l'autre de ſeruiteurs ordinaires, ſans
y comprendre le Maiſtre
d'Hoſtel, non plus que
l'Eſcuyer, qui a vn ſoing
particulier des cheuaux,
comme on l'obſerue aux
grãdes maiſons. Mais d'au-

Q q ij

tant que la fortune ne
veut pas que ie te laisse affez de bien pour pouuoir
establir ta maison auec cet
ordre, & employer vn si
grãd nõbre d'officiers & de
seruiteurs, il te suffira d'a-
uoir vn homme qui te ser-
ue ensemble de Maistre
d'Hostel, d'Escuyer, &
d'Intendant. Le deuoir de
celuy-cy doit estre de
commander à tous les
autres, de se faire obeïr
à eux, de les payer ou plus
ou moins, selon qu'ils le
meritent, & de pouruoir
si bien à leur nourriture,

qu'au lieu d'en auoir faute, ils en ayent pluſtoſt de
reſte, ou du moins hon-
neſtement. Il faudra neantmoins que tu leur faſſes
donner d'autres mets que
ceux de ton ordinaire, &
que tu ne deſdaignes point
de faire ſeruir ſur la table
où tu mangeras, les vian-
des les moins delicates
qu'on aura acheptées pour
les ſeruiteurs ſelon les ſaiſons, afin qu'ils en man-
gent plus volõtiers, quand
ils verront que tu en auras
gouſté. Puis, quand on le-
uera de deſſus la table ce

Q q iij

qu'il y aura de plus exquis,
il faut que le partage en
soit fait selon la condition
& le merite des seruiteurs.
Et d'autant que s'il ne tenoit qu'à les bien nourrir,
& les bien payer, sans auoir
le soing de les faire trauailler, ce seroit le vray
moyen de leur rendre con-
tagieuse l'oysiueté, & de
leur faire couuer de mau-
uais desseins, d'où vien-
droiēt à s'esclorre auec le
temps des actions encore
pires; cōme nous voyons
que les eaux dormantes,
& marescageuses engen-

drent des poiſſons qui ne
peuuent eſtre ſains; Ton
principal ſoing & de ton
Maiſtre d'Hoſtel ſera de
faire agir chacun dans ſa
charge; & meſme de leur
donner à tous quelqu'au-
tre employ extraordinai-
re, ſelon qu'ils y ſeront
propres. Par exemple apres
que le Pouruoyeur aura
donné ordre aux viures,
ou que le vallet de cham-
bre aura fait le lict, ou net-
toyé les habits, & le Pal-
lefrenier penſé les che-
uaux, il ſera bon qu'en cas
que le prudent Maiſtre

d'Hoſtel remarque qu'il y
ayt encore quelque choſe
à faire en la maiſon, il y
employe tantoſt l'vn, &
tantoſt l'autre. Mais il doit
prendre garde ſur toutes
choſes, qu'aux apparte-
mens ny en la baſſe court,
ny dans les chambres, ny
ſur les meubles, il n'y ait
aucune ordure, & que
tout ce qu'il y a de vaiſſelle
& d'vſtenſilles dans la maiſon ſoit reluiſant & poly
comme vn miroir. Car
auec ce que la propreté eſt
agreable à la veuë, &
qu'elle donne vn certain

esclat aux choses qui sont
les plus viles de leur nature ; comme au contraire
la saleté rauale le prix de
ce qui de soy est digne d'e-
stime ; Il y a cela de remarquable encore que l'vn
des deux n'est pas moins
vtile à la santé, que l'autre
luy est nuisible. Cela estãt,
châque seruiteur en particulier ne doit pas moins
auoir de soin de nettoyer
les outils qui luy sont necessaires, que le bon Soldat
en a de tenir ses armes nettes, & polies. Suiuant cela
ce n'est possible pas sans

raiſon que Virgile appelle
generalement armes tous
les outils dont les villageois ſe ſeruent, & dont
on vſe à faire du pain, comme il le demonſtre par ce
vers :

*Ils ſe haſtent d'vſer des ar-
mes de Ceres.*

Et d'autant qu'il arriue aſſez ſouuent que les ou-
uriers ne vont pas tous eſgalement viſte, il eſt neceſſaire que ceux qui ont
les premiers acheué, ſou-
lagent leurs compagnons,

côme nous voyons qu'v-
ne main laſſée appelle l'autre à ſon ayde. Que ſi le
Maiſtre d'Hoſtel apper-
çoit quelqu'vn, qui n'ayt
pas aſſez de courtoiſie
pour ſe porter à cela, ou
qui s'y addonne trop laſ-
chement, il faut qu'en tel
cas il le tance de bonne façon, & qu'il luy com-
mande de trauailler. Que
s'il y en a quelqu'vn de malade, il eſt raiſonnable que
les autres ſeruiteurs ſoient
ſoigneux de l'aſſiſter, &
que le Seigneur du logis
vſant de charité enuers

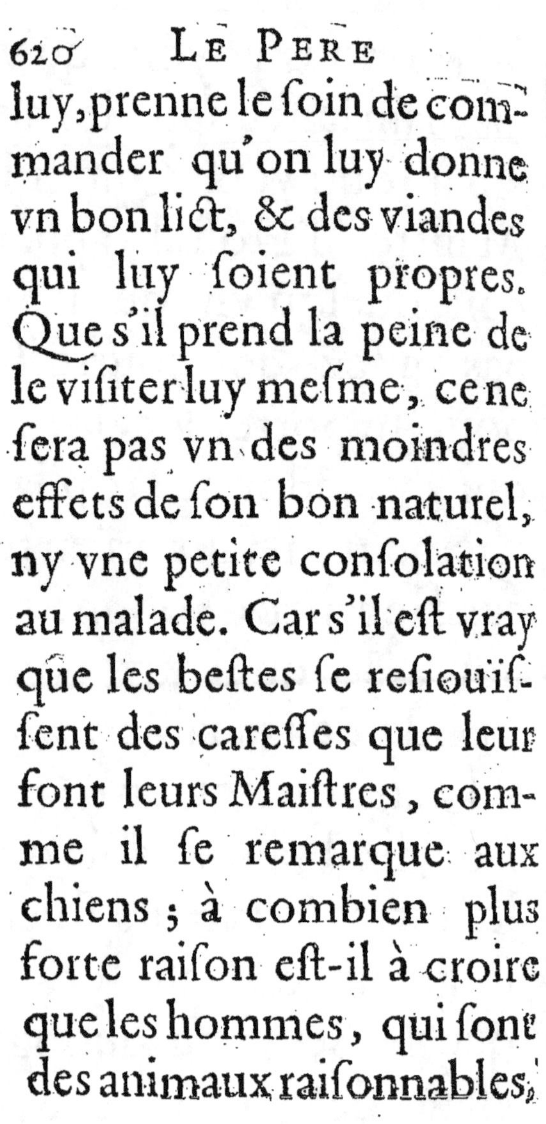

luy, prenne le foin de commander qu'on luy donne
vn bon lict, & des viandes
qui luy foient propres.
Que s'il prend la peine de
le vifiter luy mefme, ce ne
fera pas vn des moindres
effets de fon bon naturel,
ny vne petite confolation
au malade. Car s'il eft vray
que les beftes fe refiouïf-
fent des careffes que leur
font leurs Maiftres, com-
me il fe remarque aux
chiens ; à combien plus
forte raifon eft-il à croire
que les hommes, qui font
des animaux raifonnables,

en seront ayſes & ſatis-
faits ? De là vient auſſi
que les bons ſeruiteurs,
qui ont de l'amitié pour
leur Maiſtre, luy obeïſſent
incontinent au moindre
clin d'œil, & au moindre
ſigne qu'il leur fait ; en cela
ſemblables à ces animaux
amis de l'homme, qui ne
manquent iamais à faire
habilement ce à quoy on
les a dreſſez ; ou tels que
la main, qui eſt à bon droit
nommée *l'inſtrument des*
inſtrumens ; d'autant que
c'eſt elle qui les fait agir.
Lon en peut dire de meſ-

me du seruiteur, qui est, à
proprement parler, vn in-
strument & vn ressort qui
fait mouuoir tous les ou-
tils d'vne maison, qui sont
necessaires pour l'vsage de
la vie. Toute la difference qu'il y a, c'est qu'au lieu
que les autres instrumens
sont inanimez, le seruiteur
au contraire est animé &
different de la main, pour
ce qu'elle est jointe au
corps, & luy separé d'auec
son Seigneur. Il differe
encore des ouuriers en ce
qu'ils sont les instrumens
de ce qu'on appelle pro-

prement ouurage, au lieu
que le feruiteur eſt l'inſtrument de l'action, qui eſt
diſtinguée de l'ouurage
meſme. Si tu veux donc-
ques auoir vne entiere
connoiſſance du feruiteur,
& en apprendre la defini-
tion, il faut que tu ſçaches
que c'eſt vn inſtrument de
l'action, qui eſt ſeparé &
animé. Mais pource qu'en-
tre les actions, il y en a qui
ne paſſent pas l'enclos de
la maiſon, & d'autres auſſi
qui s'eſtendent plus loin
dans les affaires publi-
ques, il arriue quelques-

fois que les plus vertueux
d'entre les Gentils-hom-
mes, du nombre defquels
ie defire que tu fois, font
bien ayfes d'auoir à leur
feruice de jeunes gens, qui
leur feruent de Secretai-
res, & qui dans cet hon-
nefte employ mettent or-
dre à ce qui leur importe
le plus. Ceux-cy meritent
bien de tenir vn plus haut
rang que les autres, pource qu'ils font pour la plus
part, ou qu'ils doiuent eftre
doüez d'vn efprit qui n'ayt
rien de feruil ny de ma-
teriel, & qui ne foit pas
moins

moins propre à l'action
qu'à la contemplation.
Aussi véritablement entre
eux & leurs Maiſtres il n'y
a par maniere de dire point
de commandement, ny de
ſeruitude, mais bien vne
certaine correſpondance
naturelle, & qu'Ariſtote
honore par excellence du
nom de vraye amitié. Nous
liſons à ce propos qu'en
l'heureux ſiecle de la Republique Romaine, ceux-
cy eſtoient fort en eſtime
dans les grandes maiſons,
& tenus en plus haute
conſideration que les au-

tres domestiques. Tel fut
Terence, qui nous a don-
né des Comedies, & que
lon tient auoir eu de si
grandes familiaritez auec
Lelius & Scipion, que
plusieurs ont voulu dire
que ces excellens hom-
mes auoient quelque part
en ses ouurages. Tel fut
encore Tiron, à qui le plus
Eloquent des Romains a
escrit quantité de lettres:
aussi estoit il sçauãt Gram-
mairien, bien que toutes-
fois il s'amusast vn peu
trop à faire des obserua-
tions plus seueres qu'il ne

falloit, & à pointiller sur certaines choses, que Ciceron mesprisoit, plustost qu'il ne les ignoroit.

I'ay assez traicté, ce me semble, de ce qui regarde la personne des seruiteurs que lon doit choisir, si tu ne desires possible que ie parle aussi des seruantes, ce qui est vne affaire de femme, dont il n'est pas autrement à propos que ie fasse mention; Et d'autant que ie ne pense point auoir laissé en arriere pas vne des choses qui appartiennent au deuoir d'vn vertueux mary, d'vn bon pere de famille, & d'vn excellent Maiſtre, il me ſemble qu'il eſt temps que ie paſſe à la ſeconde partie de mon diſcours, & que ie parle du ſoin qu'vne bonne mere de famille doit auoir de ſon meſnage. Ce ſoin, qui conſiſte, à mon aduis, en la conſeruation, & en l'accroiſſement du bien, ſe doit partager entre le pere & la mere de famille, quoy que toutesfois il doiue pluſtoſt appartenir au dernier. Or pource qu'vne choſe ne peut s'augmen-

ter, ſi elle n'eſt conſeruée,
le pere de famille, qui ne
veut point laiſſer perdre
ſon bien, doit ſçauoir de
poinct en poinct l'eſtat de
ſon reuenu, & de la de-
penſe qu'il peut faire hon-
neſtement, pour entrete-
nir ſa maiſon. En quoy, ce
me ſemble, il faut prendre
garde que la depenſe ne
ſe monte iamais ſi haut
que le reuenu; car s'il en
vſoit autrement, il ne
pourroit point faire les re-
parations requiſes, ny donner ordre aux dommages
qui arriuent bien ſouuent

R r iij

aux maiſons des champs,
ou par la tempeſte, ou par
le feu, ou par le deborde-
ment des riuieres. Or pour
s'eſclaircir du reuenu de
ſes terres, il eſt à propos
que luy meſme les ayt me-
ſurées auecque ces inſtrumens qui donnerent com-
mencement à la Geome-
trie en Egypte, leſquels
pour eſtre diuers ſelon les
pays, ne laiſſent pas toutesfois de ſe rapporter à
vn meſme but, ſans que la
diuerſité y mette vne difference ſubſtancielle. Il
eſt neceſſaire encore qu'il

fçache ce qu'il deura re-
cueillir à peu pres du grain
qu'il aura femé , & auec
quelle proportion la ter-
re , qui n'eft iamais ingra-
te , a de couftume de rendre les chofes qu'elle a re-
çeuës. En vn mot il doit
auoir vne entiere connoiffance de tout ce qui regarde l'Agriculture & le Be-
ftail, comme auffi de ce
que peuuent valoir les
chofes, felon le prix qu'y
ont mis les Magiftrats, ou
felon qu'elles fe vendent
ordinairement à Turin, à
Milan, à Lyon, à Venife,

R r iiij

& aux autres villes. Que s'il
en est vne fois biē informé,
ceux qui auront le soin de
ses affaires le pourront
tromper difficilement en
la recolte, ny en la vente
de ses danrées. Mais d'autant que i'ay dit qu'il doit
sçauoir ponctuellement
quelle est la quantité, &
quelle la qualité de ses
biens (i'appelle quantité
non seulement ce qui se
mesure auec des instru-
mens de Geometrie, com-
me sont les champs, les
vignes, les prairies, & les
boys; ou par des nombres

d'Arithmetique, comme
les troupeaux, & le be-
ftail, mais encore ce qui fe
compte en argent) pour-
ce qu'en matiere d'ajufter
fon reuenu à fa depenfe,
il n'y a point de quantité
plus confiderable que celle de l'argent que lon tire
de fes rentes, bien que toutesfois elle foit fort incertaine & changeante, &
que les terres ne fe mon-
tent pas toufiours au mefme prix, ny leurs reuenus
encore moins; C'eft particulierement dans cette in-
certitude, & en cette di-

uerſité que le bon Pere de
famille doit faire paroiſtre
ſon iugement & ſon expe-
rience, qui ſont des cho-
ſes neceſſaires pour aug-
menter ſon bien & le con-
ſeruer. Quant aux quali-
tez dont il deppend, elles
ſont ou artificielles, ou naturelles, ou animées, ou
inanimées. I'appelle des
qualitez artificielles les
meubles d'vne maiſon, ou
la maiſon meſme, & l'ar-
gent, l'vſage duquel eſt
de l'inſtitution des hom-
mes, puis que lon s'en
pourroit bien paſſer ſi lon

vouloit viure comme au
temps de nos Peres, où
lon ſouloit donner vne
choſe pour l'autre, & ainſi
lon ſe fourniſſoit de ce
que lon vouloit auoir.
Mais les hommes ont
introduit depuis l'argent
monnoyé, par la loy qu'ils
en ont faite, d'où vient le
mot *Nummus*, tiré du
Grec *Nomos*, qui ſignifie
Loy en langue Grecque;
Ce qu'ils ont fait ſans doute, afin d'eſgaler commo-
dement toutes les ineſga-
litez des choſes que lon
achepte, & rendre par ce

moyen le commerce plus
facile, ou mefme plus iufte
qu'il n'eſtoit jadis, lors
qu'on ne faiſoit feulement
que changer les danrées.
Il me femble en outre
qu'on peut nommer artifi-
cielles en matiere de ri-
cheſſes toutes les choſes
où lon fait monter au plus
haut prix l'art de l'ouurier,
que la matiere mefme à laquelle il a trauaillé; & naturelles celles que la Nature a produittes. Parmy
ces dernieres les vnes font
inanimées, comme les
poſſeſſions, les metaux,

les vignes & les prairies; &
les autres animées, com-
me les troupeaux de be-
ſtail, en quoy conſiſte le
reuenu du Pere de famille.
Il importe encore beau-
coup à la conſideration de
ces qualitez, ſi les poſſeſſions ſont proches ou eſ-
loignées de la ville, ſi le
pays eſt mareſcageux, &
par conſequent mal ſain,
ſi elles ſont ſituées en lieu
commode, comme pres
d'vne riuiere nauigable,
ou en quelque endroit qui
ſoit propre au charroy; ou
en vn lieu de paſſage, ou

loin du commerce, ou sur
des collines, afin que la
veuë en soit plus belle, ou
dans le fonds des vallees.
Car comme toutes ces
conditions jointes ensem-
ble font estimer plus ou
moins les choses, ainsi
elles peuuent estre cause
que la depense estant
moindre, le bon Pere de
famille en augmête mieux
son bien, & le conserue
plus aysement. Mais pour
venir aux particularitez
du soing qu'il est obligé
d'auoir, il faut, ce me semble, qu'il fasse en sorte que

sa maison soit tousiours
fournie de toutes les choses qui sont necessaires à la
nourriture de sa famille;
Que les prouisions qu'il a
de reste soient venduës en
leur temps, & que de l'argent qu'il en retire, il en
supplee au deffaut des cõ-
moditez dõt il mãque dans
ses terres, les faisant achepter en la saison où elles
coustent le moins; ce qui
luy sera facile, s'il a eu le
soin de retrancher de sa
depense, pour auoir de-
uant soy vne somme d'ar-
gent, afin de s'en ayder au

befoin. A quoy luy ſerui-
ra de beaucoup encore de
preuoir, s'il eſt poſſible,
& ſelon les apparences
humaines, ſi l'année ſera
bonne, ou mauuaiſe, ſe
ſouuenant de l'exemple de
Thales, qui par la connoiſſance qu'il auoit des choſes naturelles s'enrichit
tout à la fois, pour auoir
fait achepter vne grande
quantité d'huile, qu'il ven-
dit apres bien cherement.

Voila quant au ſoin du
pere de famille, à la femme duquel nous donnons
celuy des choſes du meſ-
nage,

nage, & des menues dan-
rees qui croiſſent dans la
maiſon, ou que lon y por-
te de la ville, il faudra pour
cet effet qu'elle les ſerre
& les reſerue ſeparement,
ſelon la nature de chacu-
ne. Car il y en a qui veulent eſtre au Soleil & au
vent, d'autres en lieu froid
& humide, & d'autres au
contraire qui ayment la
ſeichereſſe, joint qu'elles
ſe conſeruent, ou plus, ou
moins, ſelon que la natu-
re en eſt differente ; toutes
leſquelles choſes eſtant
bien conſiderees par vne
Sſ

foigneufe mere de famille,
elle doit mettre ordre que
les prouifions les plus faci-
les à fe gafter foient man-
gees les premieres , & garder les autres , qui font les
moins fujettes à corrup-
tion. A quoy toutesfois
elle peut pouruoir par le
moyen du fel & du vinai-
gre qui empefche de fe
corrompre, non feulemēt
la chair qui dure le plus;
mais encore les pigeons,
& le poiſſon mefme. Par
ce moyen l'on peut auſſi
conferuer les fruicts, qui
font fort fujets à putre-

faction, & il faut pour cet
effet les cueillir vn peu
auant qu'ils soient meurs,
& les tremper dans le vi-
naigre, ou les mettre dans
le four, d'autant que la va-
peur chaude faisant attra-
ction de l'humidité super-
fluë, de la chair, du poisson,
des raisins, des figues, &
des autres fruicts, cela est
cause qu'ils se gardent vn
assez long temps sans se
corrompre. Mais tout au
contraire de cecy, il y a des
choses qui deuiendroient
si arides & si dures, qu'il
ne seroit pas possible d'en

manger, si l'on ne les con-
seruoit dans quelque sorte
de liqueur. Que si la mere
de famille a pris le soin
d'en faire vne bonne pro-
uision, elle s'en pourra seruir au besoin, soit qu'il
luy vienne compagnie, ou
soit que pour quelque em-
peschement on manque
de luy apporter les viandes
requises pour la nourriture de ses gens, & ainsi elle
ne sera point prise au des-
pourueu. Elle doit pareillement estre bien soigneu-
se de la conseruation de
son bled, & de la distribu-

tion du pain que ſes ſer-
uiteurs doiuent auoir, à
quoy il faudra qu'elle tienne l'œil, elle & ſon mary
ayant pour cet effet vne
clef commune, afin qu'au
deffaut du Maiſtre d'Ho-
ſtel, qui n'eſt pas touſiours
à la maiſon ils puiſſent di-
ſtribuer aux domeſtiques
ce qui leur ſera neceſſaire, & donner à boire aux
Eſtrangers. En cela neantmoins la mere de famille
doit prendre garde que
les prouiſions de bouche
ſoient partagees auec mo-
deration, pource que l'eſ-

pargne ne luy est pas
moins propre que la li-
beralité l'est à l'homme.
Pour cet effet il est à propos qu'elle tienne le côpte
de tout, & que ses soings
ne s'estendent pas seule-
ment sur la distribution
des choses que nous auons
dittes, mais sur la garde
des vins, qui pouuant se
conseruer long temps,
plus ils vieillissent, & plus
ils sont bons ; il faut donc
garder le plus fort, & boire
le petit vin le premier, ou
le faire vendre si lon en a
de reste. Mais son princi-

pal foing à mon aduis doit
eftre celuy du lin, des toi-
les, & de la foye, par qui
elle pourra faire vn hon-
nefte gain, & entretenir
honnorablement fa mai-
fon. Cela ne luy eft pas
moins conuenable qu'à
l'homme, ny moins bien-
feant auffi. Au contraire,
fi elle veut paffer pour
bonne mefnagere en ma-
tiere de vendre, d'achep-
ter, ou de changer, elle ne
doit point defdaigner le
proffit qui fe prefente, ny
mefme de mettre la main
à l'œuure, principalement

Sf iiij

pour le regard des choſes
qui ne chocquent point la
bien-ſeance, & dont le
commerce n'eſt pas des-
honneſte. Tel eſt celuy du
lin & du linge, qui eſt le
meilleur meuble qu'elle
ſçauroit auoir en ſa mai-
ſon, elle ne doit donc
point deſdaigner d'y tra-
uailler, puis que c'eſt vn art
ſi diuertiſſant & ſi propre
aux honneſtes Dames, que
ce n'eſt pas ſans raiſon
qu'on l'attribuë à la Deeſſe
Minerue, comme le de-
clarent ces vers de Vir-
gile;

Il faut que la nuict luy serue
Non pas tant à sommeiller,
Qu'à les faire trauailler
Aux ouurages de Minerue.

Par où l'on peut voir que
l'intention de ce grand
homme n'est pas de parler
des petites femmes, mais
bien de ces excellētes meres de famille qui ont plusieurs seruantes dans leur
maison, & que cet Art est
si noble de soy, qu'on l'attribuë aux Princesses mesmes, comme nous lisons
de Penelope, & de Circé,

par l'exemple defquelles
le Prince des Poëtes La-
tins imite Homere qui en
dit de mefme. Or bien que
les Romains qui fçauoient
garder la biē-feance beaucoup mieux que les Grecs
n'approuuafsēt point qu'v-
ne mere de famille fe mef-
laft de la cuifine, ny de telles autres chofes qui leur
fembloient indignes d'el-
le, fi ne laiffoient ils pas
d'eftimer loüable, qu'elle
trauaillaft en linge, qui fut
l'action en laquelle Tar-
quin furprit la pauure Lu-
creffe, quand il fe rendit

amoureux d'elle. De ce
que ie viens de dire, il s'ensuit que plus vne mere de
famille sera au dessoubs de
la haute condition de Prin-
cesse, moins elle deura des-
daigner de mettre la main
à des choses, où il n'y a pas
tant d'art ny d'excellence
qu'à la tissure. En quoy
certes elle me semble estre,
ou peu s'en faut, aussi loüable que l'homme, à cause
que de cette façon elle
trouue le moyen de con-
seruer & d'acquerir, bien
que toutesfois ce dernier
ne luy soit pas si propre

qu'à l'homme, & d'autant
que les choſes conſeruees
viennent beaucoup mieux
en main quand on prend
le ſoin de les ranger & de
les mettre par ordre, il
faut que la mere de famille
en ſçache faire la ſepara-
tion ſelon que leur nature,
& la commodité le requie-
rent, affin d'en mieux pouuoir vſer. Car en ayant vne
fois banny la confuſion,
elle les trouuera touſiours
à poinct nommé, & ſçau-
ra par conſequent en quoy
conſiſte l'Eſtat de ſon bien
& celuy de ſes affaires. Ie

ne fçaurois alleguer à ce
propos vn plus bel exem-
ple que celuy de la me-
moire humaine, qui fai-
sant de soy-mesme vn ma-
gasin & vn reseruoir de
toutes les formes des choses visibles & intelligibles
ne pourroit iamais les produire dehors pour les trãf-
mettre à la langue, & à la
plume, si elle n'vsoit en
cela de l'ordre requis, sans
lequel il se trouueroit
qu'elle contiendroit quelquesfois des choses dont
elle mesme ne sçauroit
rien. Ce qui monstre assez

que l'ordre n'a pas moins
de vertu qu'il a de beauté.
Pour comprēdre cela plus
facilement, il ne faut que
se proposer l'exemple des
Poëtes, qui pour embellir
leurs vers ne trouuent
point de meilleur moyen
que de ranger les parolles
de telle sorte, que l'vne
respōde à l'autre, ou comme semblable, ou comme
contraire. Les Orateurs
vsent encore de ce mesme
Art, qui apporte vn mer-
ueilleux ornement & à la
prose & aux vers, joint qu'il
soulage beaucoup ceux

qui veulent apprendre par
cœur l'vn & l'autre. Que
s'il est vray, comme disent
quelques Philosophes, que
la forme de l'Vniuers n'en
est proprement que l'or-
dre, & s'il est permis de
comparer les petites cho-
ses aux grandes, nous
pouuons dire que la forme
d'vne maison est en l'or-
dre; & qu'en establir vn
nouueau, c'est la reformer.
Ie rapporteray à ce propos
qu'à mon retour de Fran-
ce, comme ie passay par
Beaune, il me prit enuie
d'y voir la maison des pau-

ures, ou bien que tous les appartemens & toutes les chambres pûſſent conten-ter la veuë des plus diffici-les, de la façon que tout y eſtoit propre & bien ran-gé: ſi eſt-ce que ie n'y trou-uay rien de ſi admirable qu'vne cuiſine qui eſtoit à coſté de celle où lon ap-preſtoit à manger ordinai-rement. Car ie ne la trou-uay pas moins propre que pourroit eſtre la chambre d'vne Eſpouzée: Auecque cela ie pris garde, que la batterie en eſtoit ſi propre, & chaque choſe ſi bien miſe

mife en fa place, qu'auoir
tout cet ordre, & la pro-
prieté des vtenfiles, qui
nettoyèz de toute roüille
brilloient au Soleil com-
me des miroirs luifans &
polis, ie m'imaginois d'e-
ftre à l'Arfenal de Venife.
Mais pour paffer de la con-
feruation à l'acquifition
lon peut mettre en doute
fi cet art d'acquerir eft le
mefme que celuy qu'on
nomme *familier*, ou *ordi-*
naire, ou bien s'il n'en eft
qu'vne partie, ou s'il n'en
fournit fimplement que
les outils, comme l'Ar-

T t

meurier donne aux gens
de guerre la cuiraffe & la
falade, ou comme celuy
qui fait vn vaiffeau, en reçoit le boys du buſcheron
qui le coupe. Pour eſclaircir cette doute, & mar-
quer la difference de ces
deux arts, il ſuffit de dire
que le propre de l'vn eſt
d'apprefter les choſes, &
celuy de l'autre de les mettre en œuure, quand elles
font preſtes. Il ne reſte
plus qu'à confiderer ſi l'art
de l'acquiſition n'eſt qu'v-
ne eſpece, ou qu'vne partie
du *familier*, ou bien s'il

differe tout à fait de luy,
la faculté de l'acquifition
peut eftre naturelle, ou ne
l'eftre pas. I'appelle naturelle celle par qui l'on s'ac-
quiert les chofes que la
nature a produittes pour
le feruice de l'homme. Or
il n'y en a point de plus naturelle que celle que la
mere donne à fon enfant,
ou qui vient de la terre,
qui eft noftre commune
mere. Lon peut appeller
encore naturels les ali-
mens que nous prenons
du beftail; qui eft à nous,
ou par acquifition ou au-

Tt ij

trement. Car ie n'appelle
pas petite l'vtilité que
nous reçeuons de ce be-
stail, qui est ou domesti-
que ou sauuage, & la chasse de ce dernier n'est pas
inutile à l'entretenement
de la vie. I'adjouste à cela,
qu'il semble que la nature
ayt engendré non seule-
ment les bestes pour le seruice des hommes, mais
les hommes mesmes qui
sont propres à obeïr pour
le seruice de ceux qui sont
nais pour cõmander. Sui-
uant quoy il semble enco-
re qu'on doiue appeller

naturel le butin qui se fait
à la guerre quand elle est
iuste. Ie ne veux point oublier à ce propos ce que
dit Tucidide en la preface
de son Histoire, à sçauoir
qu'au premier siecle du
monde, l'art de butiner
ou d'aller à la piccorée
n'estoit point tenu pour
infame; D'où vient que
nous lisons dans les Poë-
tes que ce n'estoit point
faire vne iniure à vn homme que de l'appeller Cor-
saire, comme le remarque
Virgile quand il en introduit vn qui parle ainsi:

Tt iij

Dans nos guerrieres entre-
*   priſes*
Nous fondons tout noſtre
*   Deſtin,*
A ne viure que de butin,
Et faut de nouuelles priſes.

Mais quoy qu'il en ſoit, il
faut touſiours conſiderer
ſi la guerre eſt iuſte, pource qu'en tel cas le butin
l'eſt auſſi, & il en faut
nommer naturelle l'acqui-
ſition comme celle que
les Cheualliers de Malthe
font ſur les Turcs, & ſur
les autres Barbares.

Il semble donc que ces arts, qui regardent l'acquisition naturelle soient conuenables au Pere de famille, & particulierement l'Agriculture; tellement que celuy-là ne feroit pas mal qui les mesleroit tous ensemble: Ce meslange est à propremét parler de l'art du commerce, dont il y en a de plusieurs sortes, mais pour moy ie n'en trouue point de plus iuste que celle par qui l'on fournit de marchandise les lieux où il n'y en a point, d'où l'on en

remporte d'autre, pour y
proffiter deſſus. Ciceron
dit à ce propos dans ſes
Offices : Que le commer-
ce eſt vil quand il eſt petit,
mais que s'il eſt grand, il
ne luy ſemble pas beau-
coup blaſmable. Toutes-
fois i'eſtime qu'en cet endroit ces parolles doiuent
eſtre priſes , comme ve-
nant de la part d'vn Philo-
ſophe Stoïcien , qui ſe
monſtre vn peu trop ſeue-
re à diſcourir de ces ma-
tieres. Car aux autres endroits où il en diſcourt en
Bourgeois , il parle hono-

rablement de la marchan-
dife, iufques là mefme
qu'il appelle fouuent gens
d'efprit & de reputation
ceux qui receuoient les
rentes de la Republique,
& qui traffiquoient com-
me les autres Marchands.
Mais comme lon doit ap-
peller honnefte ce com-
merce par qui lon tranf-
porte des marchandifes au
lieu où il n'y en a point,
afin d'en tirer quelque
proffit, ainfi ie trouue
qu'il y a de l'iniuftice, lors
que fe feruant de l'aduantage de la faifon lon re-

uent la marchandise au
mesme lieu, où lon l'a
acheptée, bien que tou-
tesfois il ne soit point
contre la bien-seance du
pere de famille de faire
vendre aduantageusemēt,
& où bon luy semble les
choses qu'il recueille de
ses possessions, & le be-
stail qu'il y nourrit. Voila
pource qui est de l'acquisition naturelle propre au
Pere de famille. En quoy
ce me semble il proffitera
beaucoup, s'il est instruit
comme il faut non seule-
ment de la nature, du prix

& de la bonté des chofes
dont il traffique, & qui fe
tranfportent de lieu en
lieu; mais s'il prend encore le foing de s'informer
en quelle Prouince naif-
fent les meilleures mar-
chandifes, en quelle les
pires, & en quelle elles fe
vendent ou plus cher, ou
à meilleur marché. Il faut
qu'il s'enquefte pareillement s'il eft ayfé ou difficile de les tranfporter, en
quelle faifon cela fe peut
faire plus commodemēt;
Quelles correfpondances
il y a d'vne ville ou d'vne

Prouince à l'autre, & en
quel temps se tiennent les
Foires qu'on appelle fran-
ches. Ce sont des choses
neantmoins qu'il doit faire accortement, non pas
en qualité de Marchand,
mais de pere de famille.
Car au lieu que le Mar-
chand se proposant pour
but principal l'accroisse-
ment de son bien qui se
fait par le moyen du com-
merce, s'y porte quelquesfois auec tant d'ardeur,
qu'oubliāt sa propre fem-
me, ses enfans, & sa mai-
son, dont il laisse le soing

à ſes facteurs, il s'en va
dans les pays eſtrangers;
Le pere de famille tout au
contraire ne ſe propoſe
pour fin que le change
d'vne choſe auec l'autre
pour la rapporter à l'en-
tretenement de ſa mai-
ſon, qui eſt le principal de
ſes ſoings, tellement qu'il
n'employe aux autres af-
faires qu'autant de trauail
& de temps qu'il en faut
pour les aduancer ſans
y apporter du deſordre.
D'ailleurs comme il n'eſt
point d'art qui ne deſire
que la fin qu'il a pour ob-

jet aille iufques à l'infiny,
ce que l'on peut prouuer
par l'exemple du Mede-
cin & de l'Architecte,
dont l'vn eſſaye de guerir
ſon malade autant qu'il
ſe peut, & l'autre de rendre vne maiſon acheuée
de tout poinct; Il ſemble
de meſme que le Mar-
chand n'ayt point de plus
forte paſſion que de fai-
re aller ſon gain iufques
à l'infiny. Il n'en eſt pas
ainſi du pere de famille,
qui ſçait reſſerrer dans
certaines bornes le deſir
qu'il a d'auoir du bien,

La raison est, pource que
les richesses ne sont au-
tre chose, que plusieurs
instruments joints en-
semble, qui appartien-
nent au soing & à l'en-
tretenement d'vne famil-
le. Or est il que les in-
strumens ou les outils
de quelque profession que
ce soit, ne sont iamais
infinis, ny en nombre,
ny en grandeur. Car si
cela estoit, l'Artisan n'en
pourroit pas auoir con-
noissance, veu que l'in-
finy entant que tel, ne
sçauroit estre compris

par noftre entendement.
Que fi la grandeur de ces
outils eftoit infinie, ce qui
n'eft pas poffible, l'Artifan
ne les pourroit pas ma-
nier. Or comme en quel-
que meftier que ce foit
les outils ne doiuent pas
moins eftre proportion-
nez à l'Ouurier qu'à fon
ouurage, côme par exem-
ple, il ne faut pas qu'en vn
vaiffeau le timõ foit moindre qu'il ne doit eftre pour
en guider la route, ny fi
grand auffi que le Nocher
ne le puiffe manier ; ny
qu'en matiere de fculptu-
re

re le ciseau soit si pesant,
que le Sculpteur n'ait
moyen de le soustenir, ny
si leger qu'il n'ayt pas la
force d'entamer la matie-
re qu'il met en œuure; De
cette mesme façon les ri-
chesses doiuët estre si bien
proportionnées au Pere de
famille & à sa maison, qu'il
y en ayt à suffisance, de
sorte qu'il en laisse à son
heritier autant qu'il luy en
faut pour viure honnora-
blement selon que le
temps, & la grandeur de
la ville où il demeure le
peuuent requerir auec bië-
Vu

seance. Que si Craſſus
n'appelloit point riche vn
homme s'il ne pouuoit
entretenir vne armée, poſſible que par ces mots il
entendoit parler des ri-
cheſſes que deuoit auoir
vn Prince, Citoyen de Ro-
me , & non pas vn petit
Bourgeois ou de Preneſte
ou de Naule ; & quand
meſme il ſe fuſt trouué
dans Rome quelqu'vn aſ-
ſez riche pour cela, ie tiens
pour moy qu'il y auroit
eu du vice en cet excez,
comme en tous les autres:
car il n'appartient qu'aux

Roys & aux Princes sou-
uerains de pouuoir entre-
tenir des armees, & non
pas aux Citoyens, qui vi-
uent dans vne ville libre,
lesquels en quelque con-
dition qu'ils soient, ne doiuent point, ce me semble
auoir de si grands aduan-
tages sur autruy, qu'ils de-
struisent la proportion qui
est requise en vne Com-
munauté d'hommes li-
bres. Car comme vn nez
qui croistroit tousiours sur
vn visage changeroit enfin
de nature & de nom; il ar-
riueroit de mesme que ce-

luy de qui les biens s'aug-
menteroient d'vne façon
extraordinaire, ne seroit
plus à la fin Bourgeois d'v-
ne ville , mais quelque
chose de plus , puis qu'affez fouuent on ne iuge
de la condition des hom-
mes que par leurs richef-
fes. De vous dire mainte-
nant à quel, poinct elles
doiuent aller , c'eft de-
quoy, ie ne fuis pas d'aduis de me mettre en peine:
Et toutesfois fi ie ne me
trompe , il faut qu'elles
foient proportionnées à
celuy qui les poffede, au-

quel il suffit d'en amasser
à ses enfans autant qu'il en
faut, afin que le partage
en estant fait, ils puissent
viure honnestement, & en
Bourgeois bien accom-
modez. Voila tout ce que
i'auois à dire touchãt l'acquisition naturelle la plus
conuenable au Pere de fa-
mille, qui la tire proprement de ses terres & du
bestail qu'il y nourrit. Ce
qui n'empesche pas neant-
moins, qu'on ne la puisse
faire par d'autres voyes,
comme par le moyen du
commerce, de la chasse,

& de la milice, puis que
l'Histoire fait foy que plusieurs Romains estoient
appellez de la charruë aux
dignitez de la Republi-
que, d'où ils retournoient
à leur premier train du la-
bourage, apres auoir po-
sé la pourpre. Mais pour-
ce que le bon Pere de fa-
mille doit comme tel, &
non pas en qualité de Me-
decin, estre soigneux de
sa propre santé, puis de
celle des personnes qui
luy appartiennent, & de
tous ses domestiques, il
importe beaucoup qu'il

s'employe à l'acquisition
des chofes qui font les
plus capables de la con-
feruer. Qu'il s'addonne
donc luy mefme, & qu'il
faffe addonner fes gens
aux exercices du corps
qui degourdiffēt lẽ nerfs,
& qui entretiennent la
fanté, à laquelle la mol-
leffe & l'oyfiueté font
entierement contraires.
Cela eftant, qu'il ayme la
chaffe, & qu'il eftime
bien plus vn butin qui fe
fait auec peine & à la
fueur de fon corps, que
non pas vne chofe qui s'ac-

V u iiij

quiert auec supercherie, &
sans aucune fatigue.

Mais apres auoir parlé
de cette sorte d'acquisi-
tion qui est naturelle, il
n'est pas hors de propos
que nous fassions men-
tion de l'autre qui ne l'est
pas, quoy qu'elle n'appar-
tienne point au Pere de famille. Celle-cy se diuise
en deux especes, dont l'v-
ne s'appelle change, &
l'autre vsure, & n'est point
naturelle, pource qu'elle
peruertit le propre vsage
des choses. Car on ne se
sert de l'argent que pour

esgaler l'inesgalité de celles que lon châge, & pour en mesurer le prix aussi. Quant au reste, tout le monde sçait assez qu'on n'auroit pas besoin d'argent ny en la vie priuée, ny en la Ciuile, n'estoit que c'est luy qui esgale l'inesgalité des choses, & qui en mesure le prix ; à cause dequoy tant seulement il est necessaire & commode. Ainsi quand les changes que lon en fait, ne se rapportent qu'à l'interest propre, & à se multiplier iusques à l'in-

finy, lon peut bien dire
qu'en cela ils n'imitent
aucunement la Nature,
pource qu'ils n'ont aucu-
ne fin limitée, au lieu que
la Nature & tous les arts
qui l'imitent, en ont or-
dinairement vne qu'ils se
proposent. I'ay dit que le
change peut multiplier le
gain iusques à l'infiny,
pource que le nombre en-
tant que tel, croist à l'infiny, comme il n'est point
appliqué aux choses ma-
terielles, & qu'en luy lon
ne considere point l'ar-
gent comme appliqué à

pas vne autre chose que
ce soit. Pour mieux en-
tendre cecy il faut que tu
sçaches que le nombre se
considere ou selon son
estre formel, ou selon le
materiel. I'appelle nom-
bre formel vn assemblage
d'vnitez, qui n'est pas appliqué aux choses comp-
tees, au lieu que le materiel en est proprement l'v-
nion & la liayson. Le
nombre formel peut croi-
stre à l'infiny, au lieu qu'il
n'est pas possible que le
materiel se multiplie iusques là; Et bien qu'à l'es-

gard de la diuision il semble qu'il se puisse multiplier en effet; neantmoins,
pource que telle diuision
n'a point de lieu dans le
sujet dont nous traitons,
il est certain qu'il ne peut
croistre à l'infiny , puis
qu'en quelque espece que
ce soit, le nombre des In-
diuidus est finy. Cette diuision presupposée, il n'y
a pas de doute qu'on peut
mieux multiplier vn bien
qui est en argent entant
que tel, que non pas ce-
luy qui consiste en choses
mesurées & comptées au

prix de l'argent mefme.
Car bien que le nombre
n'en foit pas formel, fi eft-
ce que dans l'amas qui
s'en fait, il femble que le
defir fe chatouïlle, & qu'il
afpire iufques à l'infiny. Il
ne laiffe pas toutesfois d'y
auoir vne grande diffe-
rence entre l'vfure & le
change, veu que ce der-
nier peut eftre reçeu non
feulement par la couftu-
me, qui l'admet dans les
plus belles villes du monde, mais par la raifon encore, pource qu'on l'a
eftably pour feruir à l'vti-

lité publique , au lieu du
tranſport de l'argent qu'il
faudroit faire d'vn lieu à
l'autre ; ce qui ne pouuant
eſtre ſans vne grande in-
commodité , & ſans cou-
rir beaucoup de fortune,
il eſt fort iuſte que le Chã-
geur, ou le Banquier en tire
vn gain raiſonnable. D'ailleurs , comme le prix des
monnoyes peut eſtre di-
uers , & ſe peut changer
par conſequent par l'inſtitution & la Loy des hom-
mes , & meſme par la rai-
ſon , ſelon que l'alliage en
eſt ou bon ou mauuais , il

s'enfuit de là que les changes publics peuuent aussi
en quelque façon estre re-
duits à vne certaine industrie naturelle, de laquelle
l'vsure n'est pas capable,
pource qu'elle n'entend
aucune raison ; aussi est
elle deffenduë à bon droit,
& dans l'ancienne Loy, &
dans la nouuelle aussi. Ie
deduirois plus au long
cette matiere, si ie ne
croyois auoir discouru assez amplement de l'acqui-
sition naturelle, & de celle
qui ne l'est pas. Par où tu
peux auoir appris quel

est dans vne famille le deuoir des femmes, des en-
fans, & des seruiteurs, soit
en la conuersation, soit en
l'acquisition des biens, qui
sont les cinq parties dont
ie me suis proposé de traiter. Mais d'autant que ie
desire que les choses dont
i'ay parlé maintenant s'im-
priment si bien dans ton
entendement, qu'elles ne
s'en effacent iamais, ie te
les donneray par escrit,
afin qu'à force de les reli-
re, tu puisses non seule-
ment les apprendre, mais
encore les reduire en acte,

puis

puis que l'operation est
le but & la fin de toutes
les instructions qui ap-
partiennent à la vie de
l'homme.

Voila le discours que
me fit mon Pere, qui prit la
peine de me l'escrire dans
vn petit liure qu'il me
donna, que i'ay leu & re-
leu tant de fois, qu'il ne
vous doit pas sembler
estrange, si ie vous ay sçeu
si bien raconter tout ce
qu'il m'en dit pour l'in-
struction de ma vie. Il ne
reste plus maintenant si-
non qu'apres auoir pris

la peine d'ouïr vn si long
discours, vous me fassiez
la faueur de me dire si
vous y auez trouué quel-
que deffaut, afin que ie
n'aye pas en vain abusé de
vostre patience. I'aurois
tort, luy respondis-je, d'y
trouuer quelque chose à
redire, puis que tout en est
excellent , & que vous
ne l'auez pas moins bien
retenu que mis en prati-
que. Tout ce qu'il y au-
roit à desirer, ce me semble, seroit de sçauoir s'il
n'y a qu'vne seule metho-
de de gouuerner vne mai-

son, ou bien s'il y en doit auoir plusieurs, afin d'agir plus ou moins par la connoissance qu'on aura de ses affaires. Vous auez raison, me dit-il, & ie vous aduouë que cela manque à l'instruction que mon pere m'en a donnée. Car il ne faut pas douter que le gouuernement de la maison d'vn Prince, & celuy d'vne famille particuliere ne soiёt deux choses bien differentes. Que si mon pere ne s'aduisa point de faire cette remarque, ce fut sans doute pour auoir

iugé qu'il n'appartenoit
point à des hommes parti-
culiers de gouuerner les
maisons des Princes. Vous
auez compris mon inten-
tion, luy repartis-je plus
promptemét que ie n'euf-
fe creu. Mais puis que
nous auons trouué qu'il y
a plus d'vn gouuernement
dans vne maison, il ne
vous reste qu'à confide-
rer si l'vn differe de l'autre,
ou en grãdeur seulement,
ou mesme en espece. Que
si ce n'est qu'en grandeur,
le gouuernement sera dif-
ferant, car comme il est

du deuoir de l'Architecte,
de considerer aussi bien la
forme d'vne petite maison
que celle d'vn grand Pa-
lais, il faut aussi qu'en matiere de gouuernement vn
bon Intendant ait à pro-
portion le mesme soing
pour l'vn & pour l'autre.
Voila ce que ie vous en
puis dire, adiousta il, & il
me semble que si i'auois à
gouuerner la maison d'vn
Prince, ou celle de quel-
que particulier, qui fust
extremement riche, ie
n'en mettrois la difference qu'en la grandeur seu-

X x iij

lement. Voſtre opinion,
luy reſpondis-je, me ſem-
ble fort bonne ; Car com-
me le Prince & le particulier ſont differens en eſpece, & en commandemẽt,
leurs maiſons le ſont de
meſme en matiere d'eſtre
bien gouuernees. Con-
formement à cela quand
bien la maiſon d'vn pau-
ure Prince ſeroit auſſi petite que celle d'vn riche
Bourgeois, il ne s'enſui-
uroit pas pour cela que
l'vne & l'autre ne deuſ-
ſent eſtre diuerſemẽt gou-
uernées : Toutesfois s'il

faut tenir pour veritable
ce qu'Aristophane & So-
crate preuuent dans le
banquet de Platon, à sça-
uoir qu'il n'est pas incompatible qu'vn mesme Au-
theur ne compose ensem-
ble, & la Comedie & la
Tragedie, bien qu'elles
soient toutes deux diuer-
ses d'espece, & presque
contraires; Il s'ensuit de là
qu'vn bon Oeconome ne
doit pas moins bien sça-
uoir gouuerner la maison
d'vn Prince que celle d'vn
particulier. I'ay veu à ce
propos dans vn petit liure

qu'on attribuë à Ariſtote,
qu'il y a quatre differans
gouuernemens dans vne
maiſon, à ſçauoir le Royal,
le Satrapique, le Ciuil,
& le Particulier ; Ce qui
eſt à mon aduis vne diſtinction qui doit bien eſtre
approuuée. Car quoy que
le ſiecle où nous ſommes
differe du temps paſſé en
pluſieurs choſes, l'expe-
rience fait voir neant-
moins que l'eſtat de la
maiſon du Viceroy de Na-
ples & du Gouuerneur de
Milan a la meſme propor-
tion, & la meſme correſ-

pondance auec le gouuernement des maiſons Royales, qu'auoit autresfois celuy des Satrapes; A quoy j'adiouſte que cette proportion ſe peut encore trouuer eſgalement entre les maiſons des Ducs de Sauoye, de Ferrare, & de Mantoüe, & celles des Gouuerneurs d'Aſt, de Verſel, de Modene, de Reggio, & du Mont-ferrat. Mais ie ne voy pas pour tout cela en quoy conſiſte la difference qu'il y a entre le gouuernement d'vne maiſon, ou *Ciuil*,

ou *Particulier*, fi ce n'eſt
qu'on appelle *Ciuil*, celuy
d'vn homme qui s'em-
ploye aux charges de la
Republique, & *Particulier*
celuy d'vne perſonne qui
s'en diſtrait entierement,
pour donner tous ſes
ſoings aux affaires dome-
ſtiques. Cette conſequen-
ce ſe peut tirer des meſ-
mes parolles d'Ariſtote,
qui dit que le gouuerne-
ment particulier eſt le
moindre de tous, & qu'il
ſe tire du proffit des choſes que les autres tiennent
à meſpris ; Où il eſt à re-

marquer que par les autres
il entend apparemment
les Politiques , qui pour
estre dans les grands em-
plois desdaignent quanti-
té de choses que les par-
ticuliers estiment beau-
coup ; Et d'autant qu'il
se pourra faire que quel-
qu'vn de vos enfans sui-
uant l'exemple de son
oncle, se jettera dans la
Cour, ie serois bien ayse
de faire en suitte de ce discours vn recit particulier
de l'Estat, & du gouuer-
nemēt des maisons Roya-
les. Mais le temps ne le

permet pas, pource qu'il
eſt deſia tard, joint qu'il
me ſēble d'ailleurs qu'aux
choſes que nous auons
deſia dittes, lon n'en peut
adjouſter d'autres qu'en
fort petit nombre, & qu'il
luy ſera facile de les apprendre, ou dans les liures
d'Ariſtote, ou par l'experience qu'il pourra faire
à la Cour. A peine eus-je
acheué de parler ainſi, qu'il
me teſmoigna d'eſtre fort
ſatisfaict de mon entre-
tien. De maniere qu'il ſe
leua de ſon ſiege en meſ-
me temps, & m'accom-

paigna iusques dans la
chambre, qu'il m'auoit
fait preparer, où ie me
mis aussi tost au lict, pour
me deslasser de la fatigue
de cette journée.

FIN.